中國歷史文集叢刊

湛然居士文集

〔元〕耶律楚材 著
謝方 點校

中華書局

圖書在版編目(CIP)數據

湛然居士文集/(元)耶律楚材著;謝方點校. —北京:中華書局,2021.9(2025.8重印)
(中國歷史文集叢刊)
ISBN 978-7-101-15319-4

Ⅰ.湛… Ⅱ.①耶…②謝… Ⅲ.中國文學-古典文學-作品綜合集-元代 Ⅳ.I214.72

中國版本圖書館 CIP 數據核字(2021)第179860號

責任編輯:孫文穎
封面設計:周　玉
責任印製:陳麗娜

中國歷史文集叢刊
湛然居士文集
〔元〕耶律楚材 著
謝　方 點校
*
中 華 書 局 出 版 發 行
(北京市豐臺區太平橋西里38號　100073)
http://www.zhbc.com.cn
E-mail:zhbc@zhbc.com.cn
北京建宏印刷有限公司印刷
*
850×1168 毫米 1/32 · 13¼印張 · 2 插頁 · 240 千字
2021 年 9 月第 1 版　　2025 年 8 月第 2 次印刷
印數:2501-3100 册　　定價:58.00 元

ISBN 978-7-101-15319-4

前言

耶律楚材字晉卿，號湛然居士，生於金章宗明昌元年（公元一一九〇年），死於蒙古乃馬真后三年（公元一二四四年），享年五十五歲。他是契丹貴族的後裔，遼東丹王突欲的八世孫，尚書右丞耶律履的兒子。楚材三歲喪父，由其母楊氏撫養長大。十七歲時試進士科，所對獨優。二十四歲，金章宗授予他開州同知。次年，蒙古大軍南下，圍攻燕京，楚材留守燕京，爲左右司員外郎。公元一二一五年，燕京陷落。公元一二一八年，成吉思汗風聞楚材學行，且善於占卜，便下詔召見他。其後成吉思汗西征，楚材常跟隨幕下，以備咨詢。公元一二二七年成吉思汗死。不久楚材被召赴燕京搜索經籍。公元一二二九年，窩闊台繼大汗位，定都和林，耶律楚材被任命爲中書令，這是蒙古統治者第一次授命一位異族人以相當於宰相的最高官職。但實際上耶律楚材的權力，僅能行於當時的漢人地區，即現在的河北、山西一帶。耶律楚材試圖推行一套漢族的傳統的統治政策，但不斷遭到蒙古貴族們的反對。公元一二四一年窩闊台死，乃馬真后稱制。耶律楚材受冷遇，只保留一個名義上的相位。耶律楚材逝世後，他的兒子耶律鑄遵遺命於一三〇三年將他歸葬於燕京玉泉山東的甕山，即今萬壽山。其墓於清代重修，今猶存。

耶律楚材是一位很有政治抱負的知識分子。他出身於一個漢化了的契丹貴族家庭，從小博覽羣書，尤通經史。他在童年和青年時代曾目睹連年戰亂給人民帶來巨大的苦難。在燕京被圍期間，他拜萬松老人爲師，皈依佛教，試圖從學佛中找到精神安慰。但他投靠成吉思汗以後，便逐漸地顯示出他要求用儒家的一套政治主張來治理國家、維護統治階級利益的强烈願望。在西征途中，他曾以「治天下匠」自居。（見中書令耶律公神道碑）但成吉思汗當時對他並不重視；即使到了窩闊台時期，也不過是讓他去主管文化、教育方面的工作和漢人地區的税收工作。而在高於一切的軍事方面和大政方針上，他是無權過問的。他的政治生涯，最後不得不鬱鬱而終。但雖然如此，我們認爲耶律楚材在蒙古人統治我國初期所提出的一些政治主張，是有積極意義的；他在相位期間的安定民生，實行漢法的施政方針，在某些方面是取得了成果，對社會秩序的安定和生産的恢復發展，是起了促進作用的。

耶律楚材的政治主張主要反映在他向窩闊台提出的陳時務十策中，這就是：「一曰信賞罰，二曰正名分，三曰給俸禄，四曰封功臣，五曰考殿最，六曰定物力，七曰汰工匠，八曰務農桑，九曰定土貢，十曰置水運。上雖不能盡行，亦時擇用焉。」（神道碑）耶律楚材又反對大規模的遷民和屠殺，並在漢族地區建立一套户籍法和課税法，大力提倡儒家學説，進用了一批漢族知識分子。這與蒙古統治階級屠殺政策相比，無疑是進了一步。在滅金以後，北方的社會經濟、農業和手工業生產、財政税收等都有一定程度的恢復和發展。因此，耶律楚材不愧是我國歷史上少數民族中一位有卓識的政治家。

耶律楚材博覽羣書，能文善詩。他遺留下來的著作有兩部：一是從西域東歸後寫的西遊録；一是別人替他編的這部湛然居士文集。文集以詩爲主，也有一些序、疏等文章。楚材雖然不以文學著名，但他的詩寫得不壞，主要特點是求實、通俗，一氣呵成，毫不矯飾。詩文大都是送親友的唱和之作，卻反映了他個人的真實思想和當時社會的狀況。因此，他的作品，爲我們今天研究耶律楚材的思想和十三世紀初蒙古統治下我國北方和西北歷史，提供了很多有價值的資料。

關於耶律楚材的思想，陳垣先生曾在耶律楚材父子信仰之異趣一文（收入陳垣學術論文集第一集，中華書局一九八〇年版）中揭出了楚材篤信佛教而他的兒子耶律鑄卻十分喜歡道教，認爲這是「研究宗教思想史者一個有趣的問題」，因爲當時佛、道是相互排斥的。但我們從文集中有關詩文看，這個問題並不難理解。因爲耶律楚材的真正思想，並不是崇佛而是宗儒。芳郭無名人在本書後序中稱他是「迹釋而心儒，名釋而實儒，言釋而行儒，術釋而治儒」，這是很對的。耶律楚材在燕京被圍期間，走投無路，投奔佛門；一旦他投靠到成吉思汗帳下後，學佛只是他的一種交際手段而已，其實他的言行，很多都是與佛教宗旨相違的。他在西域期間，曾和道士長春真人丘處機有過交往，並有不少唱和詩。在題西菴歸一堂（卷二）他又提出「三聖真元本自同，隨時應物立宗風。道、儒表裏明墳典，佛祖權宜透色空」的道、佛、儒三教同源説。後來他又提出「以儒治國，以佛治心」説，在遭到了萬松老人的責難後，他急忙辯解道：

屈佛道以徇儒情者。此亦弟子之行權也。……雖然，非屈佛道也，是道不足以治心，僅能治天下，則爲道之餘滓矣。（卷十三寄萬松老人書）

他把這種尊儒抑佛説成是「行權」，其實正是他的思想本質。文集中的幾首訓子詩，也説明他是以儒家的正統思想來教育兒子的。他高居相位的大半生，便是他尊奉儒家學説的最好説明。文集中雖然也有不少關於談佛的詩文，但大都是一些空洞無物的應酬性作品；而那些感時、述懷詩和詠史詩，都是浸透了儒家思想的。

關於耶律楚材的西域詩，這是文集中很有價值的一部分，可以和長春真人西遊記中丘處機的咏西域詩相互媲美。耶律楚材旅居西域前後共十年（公元一二一八——一二二七年），寫了很多詩。其中像河中春遊有感五首、壬午西域河中遊春十首、河中遊西園四首、過陰山和人韻、過金山用人韻、過閭居河四首、用前韻送王君玉西征四首等詩，不但是歷史上歌咏西域的名篇，也是我們研究中亞地區民族歷史的重要史料。試看他在公元一二三五年於和林寫的贈高善長一百韻（卷十二），其中有回憶中亞的情況：

西方好風土，大率無蠶桑。家家植木綿，是爲壠種羊。年年旱作魃，未識舞鷗鸆。決水溉田圃，無歲無豐穰。遠近無飢人，四野棲餘糧。是以農民家，處處皆池塘。飛泉遶曲水，亦可斟流觴。早春而晚秋，河中類餘杭。濯足或濯纓，肥水如滄浪。雜花間側柏，園林如綉妝。爛醉蒲萄酒，渴飲石榴漿。隨分有絃管，巷陌雜優倡。佳人多碧髯，皎皎白衣裳。市井安丘墳，畎畝連城隍。貨錢無孔郭，賣餅稱斤量。甘瓜如馬首，大者狐可藏。採杏兼食核，飡瓜悉去瓤。西瓜大如鼎，半枚已滿筐。芭欖賤如棗，可愛白沙糖。人生爲口腹，何必思吾鄉。

這是十三世紀初西域河中地區的真實描繪，今天看來，猶令人神往。這裏還需一提的就是詩中説到的「壠種羊」即「木綿」，這糾正了以前我國史籍中「地生羊」的錯誤説法。如史記卷一二三大宛列傳正義引宋膺異物志説，「有羊羔自然生於土中，……其臍與地連，割絶則死」云云；甚至晚於耶律楚材的常德使西域時，仍沿用這種説法（見劉郁西使記）。耶律楚材正確地指出了「壠種羊」其實就是棉花（當時稱「木綿」）；長春真人西遊記中也提到「其地出帛，目曰秃鹿麻，蓋俗所謂種羊毛織成者。」數百年來關於「壠種羊」的疑團，至此釋然。

文集中還保存了不少不見於「正史」的重要史料。如關於窩闊台的醫官鄭景賢的事蹟，就是一例。文集中提到有關鄭景賢的詩，幾乎占了全書數量的十分之一。他是耶律楚材的摯友，擅長醫術，詩、書法、音樂都很好，早在西域時，楚材和他就有密切的交往。文集中屢稱景賢之才，如「龍岡（鄭景賢的號）才德古來無，敏捷新詩正起予。詞翰雙全妙天下，銀鈎深似魯公書。」（卷七和景賢二絶其二）王國維曾根據牧庵集三鄭龍岡先生挽詩序等記述他值得稱頌的品德和功勞説：「一曰廉，太宗賜銀五萬，辭；今上賜鈔二千緡償責，辭。二曰讓，太宗再富以地比諸侯王，再辭；貴以上相位兩中書右，又辭。三曰仁，金以蹙國，汴都尚城守，太宗怒其後服，拔將甘心，公佛逆，曲折陳解，城賴不屠，所全毋慮數十萬人。」（耶律文正公年譜餘記）像這樣有大功的人，元史中卻没有他的事蹟，這是很不當的。文集中保存不少鄭景賢的資料，可補正史之闕。

此外，文集還有一些關於西遼遺事的詩文，這也是研究西遼史不可多得的資料，這裏不再述説了。

湛然居士文集最早編成於公元一二三三年（蒙古窩闊台汗五年），共九卷，這是當時中書省都事宗仲亨輯録的，這九卷就是現在本書的前九卷，寫於公元一二三三年以前。後來又有人補輯了公元一二三三—一二三六年的作品，是爲本書的後五卷。合計十四卷，即現在整理的十四卷本。四庫全書收入的也是十四卷本。公元一二三六年以後耶律楚材的詩文已不存。錢大昕補元史藝文志録有湛然居士集三十五卷，未詳何時何人所輯。本書漸西村舍本有光緒乙亥（公元一八七五年）芳郭無名人的後序，已稱「其三十五卷之集，則予未之見也。」三十五卷本我們今天仍未見到，這是很遺憾的。

現在我用四部叢刊本（據無錫孫氏小緑天藏影元寫本）作爲底本，以漸西村舍本（清光緒乙未袁昶刻）互校。漸西本有光緒乙亥芳郭無名人的序和光緒丁亥李文田在卷七末寫的跋語，詩文中又增加了一部分雙行夾注；商務印書館於一九三七年曾據漸西本出版過排印本，編入叢書集成初編，校點中亦取作參考。原書目録分别置於各卷之首，現重新編爲總目，置於全書之前。本書校勘方法，凡底本有誤和漸西本有不同之處可供參考者，均寫出校記，並在正文中改正。底本不誤而漸西本誤者，一般不寫出校記；叢書集成本雖據漸西本排印，但個别字亦有改正，可供校正，亦在校記中寫出。原底本中的小字雙行夾注，現改爲小字單行；漸西本所加的雙行夾注則改排在校記中。詩文題後的繫年，是校點者所加，主要是根據王國維的耶律文正年譜（原載王忠慤公遺書内編，現收入本書附録）而寫的。另還輯録了一些正史外有關耶律楚材的資料，作爲附録，以供參考。

謝方　一九八三年十月

目録

湛然居士文集卷二

湛然居士文集卷三

湛然居士文集卷四

湛然居士文集卷五

湛然居士文集卷六

湛然居士文集卷七

湛然居士文集卷八

湛然居士文集卷九

湛然居士文集卷十

湛然居士文集卷十一

湛然居士文集卷十二

湛然居士文集卷十三

湛然居士文集卷十四

附　録

序一〔一〕

士君子困而後學，老乃思歸。□□□流，〔二〕猶賢乎已。屏山年二十有九，閲復〔三〕性書，〔四〕知李習之亦二十有九，參藥山而退著書，大發感歎，日抵萬松，〔五〕深攻亟擊。退而著書三十餘萬言，内藁心學，諄諄太半，晞顔早立，亞聖生知，追繹先賢，誠難倒指。湛然居士年二十有七，受顯訣於萬松。其法忘死生，外身世，毁譽不能動，哀樂不能入。湛然大會其心，精究入神，盡棄宿學，冒寒暑、無晝夜者三年，盡得其道。萬松面授衣頌，目之爲湛然居士從源。自古宗師，印證公侯，明白四知，無若此者。湛然從是自稱嗣法弟子從源。自古公侯，承禀宗師，明白四知，亦無若此者。

萬松一日過其門，見執菜根蘸油鹽，飯脱粟。萬松曰：「子不太儉乎？」曰：「圍閉京城，絶粒六十日。」守職如恒，〔六〕人無知者。以至扈從西征六萬餘里，歷艱險，困行役，而志不少沮；跨崑崙，瞰瀚海，而志不加大。客問其故。而曰：「汪洋法海涵養之力也。」若乃罥聖安而成贊，戲清溪而發機，行九流而止縱横，立三教而廢邪僞。外則含弘光大，禦侮敵國之雄豪；内則退讓謙恭，和好萬方之性行。世謂佛法可以治心不可以治國，證之於湛然正心修身家肥國治之明效。吾門顯訣，何愧於大學之篇哉！湛然嘗以此訣忠告心友，時無識者，慨然曰：「惟屏山、閑閑〔七〕可照吾心耳！」噫嘻！雖欲普慈兼濟天下後世，末由也已！

嘗和友人詩曰：「贈君一句直截處，只要教君能養素。但能死生榮辱哀樂不能羈，存亡進退盡是無生路。」至於「西天三步遠，東海一杯深」，老作衲僧，未易及此。使裴公美、張無盡見之，當斂衽焉。蓋片言隻字出於萬化之源，膚淺未臻其奥者，方且索之於聲偶鍛鍊之排，正如檢指蒙學對句之牧豎，望涯於少陵詩史者矣。加以志天文以革西曆，翫焦桐而贊南風，在燮理爲難能，皆湛然之餘事。

或謂萬松闊論，無乃夸誕乎？曰：王從之、雷晞顔、王禧伯尚不肯屏山、閑閑，形於論辯，萬鍛炎爐，不停蚊蚋，宜乎子之難信也，吾待來者！千載一人，豈獨爲子設耶！

甲午年仲冬晦日，萬松野老行秀中夜秉燭序。

〔一〕序一　原作「領中書省湛然居士文集序」，漸西本作「序三」，現因該序原居首，故改爲「序一」。

〔二〕思歸　其下原空三字，漸西本小字夾注云：「案思歸下疑作『宗浄之流』。」

〔三〕復　此字原爲空一字，案本書卷十四屏山居士鳴道集序作「閱復性書」，漸西本亦作「閱復性書」，據補。

〔四〕閱復性書　其下漸西本小字夾注云：「案金末李之純有屏山鳴道集，與元裕之齊名。」

〔五〕萬松　其下漸西本小字夾注云：「案謂萬松老人。」

〔六〕守職如恒　其下漸西本小字夾注云：「□云，前賢守職分，堅苦不懈若此，豈止不素飽之謂哉！」

〔七〕屏山閑閑　其下漸西本小字夾注云：「案趙秉文自署閑閑老人，金禮部尚書，著有滏水集内外稿。」

序　二〔一〕

夫文章天下之公，其〔二〕言賦者自以與賈、馬争麗則，言詩者自以與李、杜争光焰，逞詞藻者不讓蘇、黄，恃歌詞者輒輕吴、蔡，以至氣衝雲霄，而莫肯相下。及其較量長短，探賾妍醜，得其全者鮮矣，厭人望者鮮矣。中書湛然性禀英明，有天然之才，或吟哦數句，或揮掃百張，皆信手拈來，非積習而成之。蓋出於胸中之穎悟，流於筆端之敏捷。味此言言語語，其温雅平淡，文以潤金石，其飄逸雄掞，又以薄雲天，如寶鑑無塵，寒水絶翳，其照物也瑩然。向之所言賈、馬麗則之賦，李、杜光焰之詩，詞藻蘇、黄，歌詞吴、蔡，兼而有之，可謂得其全矣，厭人望矣。

外省官府得居士文集古律詩、雜文五百餘首，分爲九卷。恐珠沉於海，玉隱於山，而輝彩未著，特命良工版行於世，使四方士大夫如披雲覩日，快願見之心。嗚呼！言者心聲也。中書之言，如詠物之外，多以國事歸美爲章句，雖稷契之忠，臯陶之嘉，未易過此。

癸巳歲十二月望日，平水冰巖老人王鄰序。

〔一〕序二　此二字原缺，據漸西本補。

〔二〕其　原作「共」，據漸西本改。

序　三〔一〕

乾坤之運，〔二〕否之則塞，泰之則通；日月之光，蒙之則晦，廓之則明；聖人之道，鬱之則滯，推之則行。化而裁之謂之教，神而明之存乎人。天之未喪斯文，陰有所主宰，亦有所託付，數不終隱，待其人而益弘。況乎啟端發源於新造之初，枝傾拄邪於積亂之後，以任當世之重，以行衆人之難，必有命世大賢，超人異行，舉歷代非常之事，卒前哲未成之志，與時標準，卓然爲吾道之倡。夫道之不明久矣，去古而今，□情其性。〔三〕典謨遠而淳風衰，雅頌息而淫詞作。以大學、中庸爲虛位，以致知格物爲迂論。聖門閉而不開，正路梗而莫辟。加之兵革以來，百餘年間，宇宙之内昏昏默默，如夜之未晝，夢之未寤，醉之未醒，病之未藥，伏陰未覩於太陽，寒谷未煕於春律，黎苗之渴望未蘇，黔首之倒懸未解。夫欲躋塗炭而域仁壽，滌瑕穢而鏡澄清，療國脈之膏肓，〔四〕補〔五〕天維之罅漏，草創萬有，權輿百度，興禮樂於板蕩之際，拯詩書於煨燼之餘，黼黻皇猷，經緯政體，變干戈而俎豆，易荒服而衣〔六〕冠，斲雕反〔七〕樸，鑄頑成仁，扇美化以風六合，沛膏澤以雨羣生，教續將絶之時，功晝無形之世，非天下之至神，其孰能與於此哉！

惟我中書湛然居士天姿英挺，上智誠明，蓍龜其識，鈞鼎其器，聳四方之具瞻，遇千載之嘉會，作朝廷之翰，維社稷之楨，牢籠區夏，宰制山川，提封不牧之邦，郡縣不毛之地。以正璣衡而泰階平，明曆數而靈符定。開元建極，盡彌綸之術；驟帝馳王，入酬酢之計。以唐虞吾君爲遠圖，以成康吾民爲己任。涵養乎〔八〕事業，形容於文章，得之心不受一塵，應之手自能三昧。游戲妙場，掀揭理窟，運天地之橐籥，奪造化之機緘。論性則窮其深源，談道則索其隱旨。以聖經爲根本，故其文體用而精微；以史氏爲枝葉，故其文氣焰而宏麗。盤誥訓誓其格言，詠歌比興其奥義。雖出師征伐之間，猶鋭意經濟之學。觀其投戈講藝，横槊賦詩，詞鋒挫〔九〕萬物，筆下無點俗，揮灑如龍蛇之肆，波瀾若〔一〇〕江海之放，其力雄豪足以排山嶽，其輝絢爛足以燦星斗。斡旋之勢，雷動飈舉；温純之音，金聲玉振。片言隻字，冥合玄機，奇變異態，靡有定跡。敻乎出於見聞之外，鏗鍧〔一一〕炳耀，盪人之耳目，所謂造物有私，默傳真宰，胸中別是一天耳。蓋生知所禀，非學而能。如庖丁〔一二〕之解牛，游刃而餘地；公輸之制木，運斤而成風。是皆造其真境，至於自然而然。公之於文，亦得此不傳之妙。若夫湛然之稱，不可以形尋，不可以言詰。其處之也厚，其資之也深，静於内爲善淵，演於外爲道派。即其性而見其文，與元氣俱粹然一出於剛正。觀夫所稱，其人可知矣。然則作之者創於始，亦在乎述之者成其終。

適有中省都事宗仲亨，最爲門下之舊，收録公之餘稿，纖悉無遺。今又增補雜文，誠好事之君子，舉其全帙，付之於門下士高冲霄、李邦瑞協力前修，作新此本，以示學者，可謂兼善之用心。省丞相胡公喜君之文，揄揚溢美，勸成爲書。中或有悮者，更加釐正，命工刊行於世，益廣其傳，真得仁人之雅意。省寮王子卿、李君實、許進之、王君玉、薛正之皆欣然嚮應，共贊成之。二公承宗公之志，畢其能事，同諸君累求爲序。僕以兵塵中來，舊學荒廢，不敢應命。蓋公之心術至賾，不能盡探之於文；公之文章高致，不能具陳之於序。雖其文皆公之寓言，筌蹄而忘象，是亦勳業之餘藴。公如不言，則人將何述焉。

嘗謂雲漢爲章天之文，言詞可法人之文。故觀乎天文，以察時變，觀乎人文，以化成天下，文之爲用大矣哉！今公之爲言，非徒示虚文而已，實救〔一三〕世行道之具。所以柱石名教，綱紀〔一四〕彝倫，鼓舞士風，甄陶人物，豈惟立當〔一五〕代之典章，端可爲將來之軌範。

於戲！大禹不治水，吾民憂其魚；孔子不作經，王道幾乎熄。夫以文德開通濟物，密藏諸用，扶持聖道之久弊，幽而復顯，見天意之所屬，爲時求定，而能樹治本，遏亂源，活生靈，福奕世，其功德無慚於先聖，斯文之不墜，皆公之力焉！是言也，非獨予之所言，乃天下之公言也！

歲次癸巳十有二月初吉，襄山孟攀鱗序。

〔一〕序三　此二字原缺，漸西本作「領中書省湛然居士文集序一」。案此序原本排在第三，故改爲「序三」。

〔二〕運　漸西本作「氣」。

〔三〕□情其性　「情」上原空一字，漸西本於此句下小字夾注云：「案『今』下疑有『罔』字。」

〔四〕肓　原作「盲」，據漸西本改。

〔五〕補　原作「細」，據漸西本改。

〔六〕衣　原作「不」，據漸西本改。

〔七〕反　原作「及」，據漸西本改。

〔八〕乎　原作「于」，據漸西本改。

〔九〕挫　漸西本作「摧」。

〔一〇〕若　原作「如」，據漸西本改。

〔一一〕鏗鍧　漸西本作「鍧鏗」。

〔一二〕丁　原作「下」，據漸西本改。

〔一三〕救　漸西本作「斯」。

〔一四〕紀　漸西本作「維」。

〔一五〕當　漸西本作「崇」。

湛然居士文集後序一〔一〕

夫文章以氣爲主，浩然之氣養於胸中，發爲文章，不期文而文有餘矣。古之君子，其文見於簡策，宏深渾厚，言近而旨遠，辭約而義深，非後世以雕篆爲工者所能比，蓋其浩然之氣貫於中也。諸葛孔明暨近代范文正公，懷王佐之才，有開物成務之略，自任天下之重，初不欲以文章名世，然出師一表，可與伊訓、説命相表裏；而萬言一書，議者亦比於管仲、樂毅。二子者豈嘗學爲如此之文也哉！其忠義之氣形之於文，亦不自知其所以然也！嗚呼！世之作文者非不衆也，言語非不工也，及其建功定業，任大持重，不若昔之人者，其胸中所養者小也。今吾湛然居士其庶幾乎！公當聖朝開創之際，膺鹽梅鼎鼐之任，仰贊天子，茂弘德威，臣上古所不臣之國，籍禹貢所不籍之地，公之功業著見於天下炳如日星，雖月氏殊俗，蠻荆遠方，莫不仰戴其威名。觀其從事征討，軍務倥傯，宜其不暇留意於文字間，然雄篇傑句，散落人間復如彼其多。或吟詠其情性，或寄意於玄機，千彙萬狀，會歸於正，皆肆筆而成，若不用意爲者。人雖服其精敏，意者何爲而能然耶？殊不知公善養其浩然之氣，充於其中，形於言動，發於功業，見於文章，有不得不然者矣。孔子曰：

「有德者必有言。」其是之謂乎！

邇者中書省都事宗公仲亨更新此集，募工鏤版，過雲中，同監納樊子通見屬爲序。微以爲文章者，公之餘事也，公之德業天下共知之，固不待文而顯也；其文天下共傳之，又奚待以序而彰哉！雖然，不爲之辭者，微東城一鄙人也，幸齒於門下士之末，若復獲挂名於文集中，固所願也，於是乎書。

癸巳年十月晦日，九山居士李微子微序。

〔一〕湛然居士文集後序　此序題四部叢刊本原作「湛然居士文集序」，置於全書之末，今據漸西本增「後」、「一」二字，置於正文之前。

湛然居士文集後序二[一]

移剌文正公爲成吉思佐命，扞圉邊庭，國威遐震，草創法度，功在廟社。諫革初制之苛猛，蘇息民物之瘡痍，豐功偉烈，衣被天下，非劉秉忠諸人所能望。振興儒教，進用士人，以救偏任武夫及色目種人之弊，亦開姚許之先聲。意者其學術必有服習六藝，秕穅衆流，立天地之心，以佐龕拯之業者。乃覽其遺集，於六藝之學粗涉藩杝而已。其深造乃在臨濟、雲門宗門棓喝之機用。其師友擩染，又不過李屏山、萬松老人之流。夫古今事業，無無用之體，亦無無體之用。公之體用果安在哉？

沈思久之，憬然曰：吾乃今得之矣！孟子通五經，尤長於詩書，其言直指心地，劃清義利界限，操則存，舍則亡，義如快斧利刀，遇事一分兩斷，與孔門四科六藝家法委曲繁重者，蓋稍稍殊別，直趨易簡工夫。陸文安公在鵞湖及荆門州講學，亦以利之一字錮蝕人心，最爲隱微深切之病。所喻在義則爲君子，君子在位，天下莫不蒙其福；所喻在利則爲小人，小人在位，生民莫不被其禍。治亂之數，視乎君子、小人之消長，不待蓍蔡而知也。今之士大夫居高位者，率終身在利欲膠漆盆中，生心害政，敗壞風氣，亂萌愈伏愈深，此生民之所以生機日蹙，而萬事之所以骫骳不治也。湛然居士借宗門機鋒，勇猛之指，殺活在手，於此勘入，不著一物，直下承擔，其氣雄直，足以動難説之驕主，其詞簡當，足以折不可迴之邪謀。視儒效迂緩，功德百之。故發爲諫疏條教，語言文字，如春雨日時，百穀萌芽而怒生也，如迅雷乘令，威嚴潛緎而蟄蟲始蘇也。故能佐成吉思帝開百六十年車書漸一之基業，豈偶然哉！豈偶然哉！

諺曰：正人行衺法，衺法皆正。況宗門嬗衍，瑑可苦行，雖異儒流，要非衺法，固亦無惡於聖人哉！國家用人，勿偏任才華，首當辨志，苟察其人一念在利欲膠漆盆中，國之蠹也，雖才何賴焉！陳同甫發策課諸生云：張良習黄老，賈生明申商，諸葛亮以申韓書發人意智，魏元成習縱横家，彼四人豈非古今所謂名臣，何以習異端云云。其故劇可思矣，豈僅讀湛然集發人慨歎而已哉！觀居士之所爲，迹釋而心儒，名釋而實儒，言釋而行儒，術釋而治儒，彼其所挾持者，蓋有道矣。竊意國家最急者人才耳，今有人於此，墨名而儒行，足以任帷幄，靖内憂，禦外侮，以視夫發蒙振落，曲學阿世，謬託儒術以爲名高者，其致治亂之數，果孰愈哉！所關係於世運人心，良非一端，盍深思而觀其要矣！

錢氏補元史藝文志，著録湛然集三十五卷。又中書都事宗仲亨所輯文集止十四卷。

此宗氏輯本，其三十五卷之集則予未之見也。不知海内尚有傳鈔本否？

光緒乙亥改元正月人日，芳郭無名人識。

〔一〕湛然居士文集後序二　此後序原四部叢刊本無，漸西本作「湛然居士文集後序」，置於諸序之後。今補入此序，序題並增「二」字。

湛然居士文集卷一

和黄華老人題獻陵吴氏成趣園詩

〔據王國維耶律文正公年譜（以下簡稱年譜），作於公元一二三一年。〕

雪溪詞翰輝星斗，紙蠹塵蒙詩一首。湛然揮墨試續貂，囁嚅使人難出口。丁年彭澤解官去，遨遊三徑真三友。悠然把菊見南山，暢飲東籬醉重九。獻陵吴氏治荒園，成趣爲名良可取。養高不肯事王侯，閑卧林泉了〔一〕衰朽。今年扈從過秦川，可憐尚有蕭條柳。歸計甘輸吴子先，麗詞已後黄華手。知音誰聽斷絃琴，臨風痛想紗巾酒。嗟乎世路聲利人，不知曾憶淵明否？

〔一〕了　漸西本作「老」。

和平陽王仲祥韻

〔據年譜，作於公元一二三一年。〕

一聖揚天兵，萬國皆來臣。治道尚玄默，政簡民風純。明明我嗣君，寬詔出絲綸。洪恩浹四海，聖訓宜書紳。逆取乃順守，皇威輔深仁。貪饕致天罰，長吏求良循。河表背盟約，羽檄飛邊塵。聖駕親徂征，將安億兆人。湛然陪扈從，書劍猶隨身。翠華次平水，草木咸生春。冰巖上新句，文質能彬彬。冰雪相照映，珠玉如橫陳。詩筆居獨步，唐都一逸民。聖政罔二三，裁物惟平均。綜名必核實，求儒務求真。經術勿疎廢，筆硯當〔一〕可親。竚待寰宇清，圜丘祀天神。選舉再開闢，仲祥當超倫。一旦騰達時，獻策宜詵詵。

〔一〕當　漸西本作「尚」。

和李世榮韻

〔據年譜，作於公元一二三一年。〕

聖主題華旦，熊羆百萬强。兵行從紀律，敵潰自奔忙。百谷朝滄海，羣陰畏太陽。黎民歡仰德，萬國喜觀光。堯舜規模遠，蕭曹籌策長。巍然周禮樂，盛矣漢文章。神武威兼德，徽猷柔濟剛。自甘頭戴白，誤受詔批黃。我道將興啟，吾儕有激昂。厚顏懸相印，否德忝朝綱。佐主難及聖，爲臣每願良。翠華來北闕，黄鉞討南疆。明德傳雙葉，寬仁洽萬方。九服無不軌，四海願來王。兵革雖開創，詩書何可忘。洪恩浮曉露，嚴令肅秋霜。符應千齡運，功垂萬世昌。綿綿延國祚，煒煒受天祥。多士咸登用，羣生無敗戕。此行將告

老，松菊未全荒。〔一〕

〔一〕全荒　其下漸西本小字夾注云：「□云：辭不修飾，其胸次要自洞達。」

和李世榮見寄

〔據年譜，作於公元一二三三——一二三六年間。〕

雲横北海西，駬騎來天際。梅軒真可人，新詩遠相惠。其聲若良金，其臭如芳蕙。文豔理無華，詞雄言不侈。筆力似黄山，驚浪雲奔勢。犀象牙角新，蠆蜂鋩尾細。遥想醉銜杯，梅塢清陰翳。閒散玉麒麟，可得羈而係。吾子卧東山，誰治今之世。好陳十漸書，毋用六奇計。萬里入龍庭，何須歎迢遞。時方涉大川，舟楫須君濟。

和李世榮韻

〔案：據下一首再用其韻有「梅軒相别又三春」，楚材於一二三一年隨帝南下至河東、山西，遇李世榮當於是年，此詩作於三年後，應爲公元一二三四年。〕

多謝梅軒不惜春，聲詩來寄格清新。詞源莫測波千頃，筆力能扛鼎萬鈞。憂國心情常悄悄，閑居容止自申申。誰知板蕩中原後，瀟洒河東有若人。

再用其韻

〔案：此詩與上一首作於同時。〕

梅軒相别又三春，别後文章與日新。不忿散材霑造化，好將幽隱入陶鈞。我遊北海年垂老，君卧南陽志未申。遥想冰魂政無恙，一枝迴施隴頭人。

又索六經

〔案：此詩與上一首亦作於同時。〕

我愛平陽李世榮，一番書史再鐫銘。欲令吾子窮三傳，故向君家乞六經。簡策燦然新制度，文章宛爾舊儀刑。莫教幼稚空相憶，日日〔一〕求書到鯉庭。

〔一〕日日　漸西本作「日月」。

和移剌繼先韻三首〔一〕

〔據年譜，作於公元一二三三——一二三六年間。〕

澤民我愧無術略，且着詩鴻慰離索。詩書滿載升金山，〔二〕絃歌不輟踰松漠。世上元無真是非，安知今是而非昨。連城美玉涅不緇，百鍊真金光愈爍。已悟真如匪去來，自然胸次絶憂樂。斷夢還同世事空，浮雲恰似人情薄。尚記吾山舊隱居，松風蕭瑟松花落。枕流漱石輕軒車，吟煙嘯月甘藜藿。春山寂寂春溪深，蕭條庭户堪羅雀。而今不得安疏懶，自笑絛籠困雕鶚。勉力龍庭上萬言，男兒志不忘溝壑。

其二

當年不肯讀三略，獨抱遺經伴閑索。流行坎止不尤人，自甘萬里涉窮漠。富貴榮華能幾時，生死都來如夢昨。千年興廢漚浮沉，百歲光陰電飛爍。常笑梁鴻歌五噫，竊學榮啟彈三樂。未能仁義戢干戈，勉將敦厚懲澆薄。近有人從故隱來，黄花無恙開籬落。問渠林肉與丘糟，奚如飯麥而羹藿。人聞〔三〕麋鹿滿姑蘇，阿瞞不復遊銅雀。塗中曳尾希莊龜，江夏沉舟悲禰鶚。〔四〕吾山佳處歸休乎，鹿逸平林〔五〕魚縱壑。

其三

祖道門庭元簡略，兒孫草裏添芒索。擬心鷂子過新羅，起念白雲横大漠。迴殊四句有無中，元非三際來今昨。大海纖塵一點飛，洪爐片雪寒光爍。寧論業障本來空，半偈徒誇寂滅樂。細切清風非異事，更將明月剉來薄。玲瓏四面亦無門，充塞十方絶壁落。羅列珍羞渠不食，癡人猶是貪藜藿。祇圖龍頷摘明珠，誰知虎口存活雀。坐晚〔六〕猶迷一色邊，崎嶇鳥道一作去路。横秋鶚。可笑人間荆棘林，死者填溝空塞壑。

〔一〕詩題　其下漸西本小字夾注云：「案元史國語解改耶律文正之姓爲移剌。」

〔二〕金山　其下漸西本小字夾注云：「案東金山今興安嶺，在墨爾根布特哈呼倫貝爾一帶。西金山今阿爾泰山，在齋桑泊之西。公從太祖成吉思汗西征，專指西金山。」

〔三〕聞　漸西本作「閒」。

〔四〕禰鶚　原作「鶚禰」，據漸西本改。

〔五〕鹿逸平林　漸西本作「鹿遊乎林」。

〔六〕坐晚　原作「坐脱」，據漸西本改。

和薛伯通韻

〔據年譜，作於公元一二三三——一二三六年間。〕

滴滴秋光溢遠山，穹廬寥落酒瓶乾。一作一天空闊雁聲乾。詩章平淡思居易，禪裏縱横憶道安。〔一〕不忿西風霜葉脱，難禁〔二〕秋雨菊花殘。閭山舊隱天涯遠，夢裏思歸夢亦難。〔三〕

〔一〕道安　其下漸西本小字夾注云：「案彌天釋道安，道安，鳩摩羅什之弟子。」

〔二〕難禁　漸西本作「難經」。

〔三〕夢亦難　其下漸西本小字夾注云：「案醫無閭山似公有別業。」

鹿尾〔一〕

〔據年譜，作於公元一二三三——一二三六年間。〕

鑾輿秋獮獵南岡，鹿尾分甘賜尚方。濃色殷殷紅玉髓，微香馥馥紫瓊漿。韭花酷辣同葱薤，芥屑差辛類桂薑。何似氈根蘸濃液，邀將詩客大家嘗。一作流匙滑飯大家嘗。

〔一〕詩題　其下漸西本小字夾注云：「案朱竹垞直南書房賜鹿尾述恩詩云：『東丹王子畫，移刺楚材詩』，正用此。」

過金山用人韻

〔據年譜，作於公元一二一九年。用丘處機詩南望陰山三峯韻贈書生李伯祥。〕

雪壓山峯八月寒，羊腸樵路曲盤盤。千巖競秀清人思，萬壑争流壯我觀。山腹雲開嵐色潤，松巔風起雨聲乾。光風滿貯詩囊去，一度思山一度看。

過雲中贈別李尚書

〔案：據詩題「過雲中」，詩中又云「明朝分手天涯去」，則詩應作於公元一二一八年春赴西域途中經次雲中時。〕

誰識雲中李謫仙，詩如文錦酒如川。十畝良園君有趣，一廛薄土我無緣。舊恨常來春夢裏，新吟不到客愁邊。明朝分手天涯去，他日相逢又幾年。

和裴子法韻

〔據年譜，作於公元一二三三——一二三六年間。〕

頃觀子法跋白蓮社圖，斥淵明攻乎異端。吾子不惑所學，主張名教，真韓、孟之儔亞也。昔巢、由避天下而遠遁，堯、舜受天下而不辭，以致澤施於萬世，名垂於無窮，是知潔己治天下，各有所安耳。夫清虚玄默，樂天真而自適者也；焦勞憂勤，濟蒼生爲己任者也。二道相反，甚於冰炭，使堯舜、巢由易地則皆然。後之出〔一〕亂臣賊子窺伺神器，狐媚孤兒寡婦扼其喉以取天下者，聞巢、由之風，亦少知愧矣。然則巢、由之功豈可少哉！棄享天下之大樂，而且希物外之虚名者，豈人情也耶！文中子有言：虚玄起而晉室亡，斯豈莊、老之罪歟？蓋用之不得其宜也！以虚玄之道治天下，其猶祁寒御單葛，大夏服重裘，自底斃亡，豈裘葛之罪哉！昔晉武一統之始，不爲後世之遠謀，何曾已識之？既而禍難繼作，骨肉相殘，屠戮忠良，進用讒佞，雖元凱復生，亦不能善其後矣。大廈將頽，非一木所能支，〔二〕獨淵明何能救其弊哉！適丁天地不交，萬物不道，君子道消，小人道長之時，淵明見幾而作，挂印綬而歸，結社同志，安林泉之樂，較之躁進苟容於小人之側者，何啻九牛毛耶？以淵明之才德，假使生於堯、舜、湯、武之世，又安知不與皋、夔、伊、周並驅争先哉！宣尼有云：用之則行，舍之則藏。又云：進退存亡，不失其正者，其惟聖人乎！斯亦名教之内昭昭可考者也。何責淵明之深也！余嘗謂否則卷而懷之，以簡易之道治一心；達則擴而充之，以仁義之道治四海，實古今之通誼也。因用子法遊姑射元韻以見意云。

達磨一派未西來，無限勞生眼未開。六朝繁盛已矣耳，兩晉風流安在哉！自笑中書老僕射，引韻借〔三〕用比字。事佛竊倣王安石。公案翻騰舊葛藤，林泉準備閑蹤跡。用之勳業垂千秋，發揚孔孟誰爲儔。舍之獨善樂真覺，賦詩舒笑臨清流。豈止淵明慕松菊，晉室高賢十八九。君子道消小人用，貞夫遠棄利名酒。蘇、黄冠世能文詞，裴、張二相名當時。祖道禪林恣遊戲，堯風舜德甘噓吹。達人不爲造物役，打破東西與南北。毛吞巨海也尋常，出没縱横透空色。真如頗與羲易同，不動確乎無吉凶。湛然信筆書竆語，臨風遠寄緑野翁。贈君一句直截處，祇要教君能養素。但能死生榮辱哀樂不能羈，存亡進退盡是無生路。〔四〕

〔二〕後之出　漸西本作「後世」。

〔二〕支　原作「枝」，據漸西本改。
〔三〕借　原作「偕」，據漸西本改。
〔四〕生路　其下漸西本小字夾注云：「□云，汝今徹也，真融釋脱落，足以了當此心否邪。」

和許昌張彦升見寄

〔案：詩中云「偏師一鼓汴梁下」，「少微昨夜照平水」，知此詩作於公元一二三三年，時汴京陷，作者尚在山西。〕

真人休運應千載，生知神武威中邦。杜絶奇技賤異物，連城玉斗曾親撞。兵出潼關渡天塹，翠華雜映鷫鸘幢。生民鼓舞歎奚後，壺漿簞食轅門降。偏師一鼓汴梁下，邏騎飲馬揚子江。良臣自有魏、鄭輩，死諫安用千與逢。少微昨夜照平水，清河國士真無雙。壯歲遊學力稽古，孜孜繼晷焚蘭釭。新詩寄我有深意，再三舒卷臨幽窗。安得先生贊王室，委倚奚憂庶政龐。堪笑紛紛匹夫勇，徒誇巨鼎千鈞扛。何日安車蒲輪詔，公入北闕，葡萄佳醞爛飲玻瓈缸。西人葡萄釀皆貯以玻璃瓶。

和南質張學士敏之見贈七首

〔據年譜，作於公元一二三三——一二三六年間。〕

桃源劉，鳳樓蕭，鐫冰斲玉哦通宵。珠璣錯落照蘭室，龍蛇偃蹇蟠霜綃。和我新詩使予起，卻得瓊瑰酬木李。邊城十載絕知音，琴斷七絃鶴亦死。而今得識君恣容，胸中鬱結渙然空。詩壇君可據上位，筆力我甘居下風。筆陣文場〔一〕寬且綽，馳騁看君能矍鑠。學海波瀾千頃陂，厭飫經書爛該博。幾時把手瀟湘邊，生涯自有壺中天。鳴榔一笑舟浮蓮，滄波萬里凝蒼煙。

其二

漏沈沈，竹蕭蕭，蒲團禪定坐終宵。古廟香爐無氣息，一條白練如瓊綃。性海澄澄波不起，宛似冰壺沈玉李。庸人泥教不知歸，七竅鑿開混沌死。〔二〕雖云至道絕音容，不離幻有成真空。百尺竿頭更移步，普天匝地生清風。大用全提自寬綽，禪將交鋒何矍鑠。醒時呼起夢中人，徧濟含生其利博。本無内外與中邊，踏破威音劫外天。汙泥深處種青蓮，昇平世界沈烽煙。

其三

雨蕭蕭，風蕭蕭，對牀談道徹清宵。欲畫太虛無面目，慎無落筆污冰綃。人間平地風波起，反笑於陵噉螬李。富貴榮華都幾時，迷者孰能死前死。須彌芥子云相容，神通妙用不空空。劫火洞然渠不壞，紙鳶能禦毗藍風。龍象騰驤何綽綽，迴視駑駘空矍鑠。悟時一語透塵沙，安用才學恃宏博。維摩方丈傍無邊，箇中無礙散花天。迴途穩穩步雙蓮，得玄鳥道横晴煙。

其四

院深深，籟蕭蕭，伽陀舒卷度蘭宵。若解荷心繫珠露，便能天外裁雲綃。大覺空生一漚起，悟斯獨有屏山李。屏山居士李之純嘗作楞嚴別解，爲禪客所重。〔三〕穿透楞嚴第一機，方信菴中人不死。箇裏家風針不容，夢回六趣大千空。道人受用本無盡，明月薄剌細切風。香象朋從威綽綽，獨跳狂獐空矍鑠。悲心起處了無私，濟度塵沙恩廣博。不涉中流離兩邊，下無大地上無天。無人無佛臺無蓮，萋萋碧草生芳煙。

其五

雲飄飄，水蕭蕭，一燈香火過閑宵。神清半夜不成夢，書帷風細揚微綃。運應昌期王者起，自愧文章輸杜李。竊同〔四〕居易了無生，誰羨葛洪學不死。〔五〕一榻〔六〕蒲團膝足容，翛然丈室塞虛空。翻騰密藏明佛日，淘汰機緣振祖風。丹鳳冲霄何綽綽，失〔七〕曉猷郎徒矍鑠。人間取舍本千差，世路窮通如六博。幽人嘯詠水雲邊，劫外光風自一天。閑來石上栽紅蓮，水無波浪火無煙。

其六

風蕭蕭，雨蕭蕭，蕭蕭風雨悲涼宵。籬菊殘英漬黄玉，林風脱葉飄紅綃。幽人輾轉凌晨起，邂逅門前逢短李。殷衰聞道有三仁，欲説九疇君不死。穹廬相結爲從容，懸河雄辨能談空。風神蕭散野鶴立，照人玉樹臨秋風。落筆新詩一揮綽，不似武人誇矍鑠。銀鈎筆力掩二王，照夜連城肯輕博。他年相約秋山邊，秋江一派連秋天。閑聽菱女歌採蓮，輕舟一醉眠秋煙。

其七

衣龍鍾，鬢飄蕭，穹廬停燭坐寒宵。翰林遺介〔八〕贈佳句，蠆芒鳥跡書生綃。既倒狂瀾再扶起，昔有謫仙原姓李。今日龍庭忽見君，誰道當年太白死。文章氣象難形容，騰龍翥鳳遊秋空。筆力萬鈞神鬼泣，雷轟電掣驅疾風。餘裕喜君能綽綽，鼓舞爲君予〔九〕矍鑠。解讀奇字笑揚雄，識厭張華能物博。與君握手天山邊，舉觴相囑望青天。他年雅社結白蓮，林泉杖屨銜雲煙。

〔一〕埸　漸西本作「鋒」。

〔二〕混沌死　其下漸西本小字夾注云：「玩公此語，似喜宗門而不取教門。」

〔三〕爲禪客所重　其下漸西本小字夾注云：「今按李屏山殁時才四十，元遺山以詩弔之云：『世法拘人蝨處褌，誰知龍跳九天門』云云。」

〔四〕同　漸西本作「思」。

〔五〕學不死　其下漸西本小字夾注云：「□云，似不喜抱朴、黄庭之學。又云，當與丘處機之徒不合。」

〔六〕榻　漸西本作「幅」。

〔七〕失　漸西本作「天」。

〔八〕介　漸西本作「使」。

〔九〕予　漸西本作「子」。

和張敏之鳴鳳曲韻

〔據年譜，作於公元一二三三——一二三六年間。〕

寫蛟螭，咳珠璣，英姿元揀一作占。碧梧棲。彬彬文彩自光輝，有材希晉用，失志欲劉依。薦君誰肯惜吹噓，〔一〕洪才大筆識君稀。鯤遊翻海震，鵬舉翥天飛。問渠蟾窟攀仙桂，何似冥山〔二〕破鐵圍。人間强認假生死，世上本無真是非。濃歡殢春夢，晚景歎殘暉。夢

斷日沈真可笑，輸卻禪人向上機。遮眼開經卷，蒙頭壞衲衣。息念融凡聖，無心應順違。震風威，橫擔楖栗萬山歸。〔三〕

〔一〕吹嘘　原作「嘘吹」，據漸西本改。

〔二〕冥山　漸西本作「寞山」。

〔三〕萬山歸　其下漸西本小字夾注云：「案王荆公詩『道人手持楖栗杖』；又范成大詩『病憐楖栗隨身慣』。」

和孟駕之韻

〔據年譜，作於公元一二三三——一二三六年間〕

平陽聞有鄒人孫，封書上我僅萬言。討論墳典造極致，商搉古今窮深源。文章高出蘇黄輩，英雄不效秦儀志。志圖仁義濟元元，異比無雙瑚璉器。淪落塵埃德不孤，梅軒結友天一隅。我惜鹽車困騏驥，騰驤未得踏亨塗。甕牖繩樞甘儉薄，飢腸雷轉充糟粕。他日佳聲聞九天，富貴之來不得卻。丁年黄卷樂平生，鄉閭一諾千金輕。滄浪清處閑濯纓，才名高價如連城。筆下有神詩有眼，五車書史窮編簡。一舉高登甲乙科，曾對閶闔持手版。天兵一鼓下睢陽，旍旗整整陣堂堂。玉石俱焚君子隱，北渡來依日月光。徒步黄塵千里遠，猶抱遺經究微婉。天産昂藏一丈夫，三十未遇非爲晚。聞望卓冠儒林叢，燦然星宿羅心胸。馳騾大方孰並駕，絶塵奔逸其猶龍。君似〔一〕昆吾玉可切，鋸鋙不是尋常鐵。利穎神鋒人未知，寶匣空閑三尺雪。何時搜出蟄龍鞭，一聲霹靂轟青天。歲旱須君作霖雨，拔茅進用其茹連。天子明堂〔二〕求國棟，鵬飛全藉天風送。鳳池波暖百花新，詠游不作江湖夢。

〔一〕君似　漸西本作「若是」。

〔二〕明堂　漸西本作「明道」。

和陳秀玉綿梨詩韻

〔據年譜云：「案此詩作於秀玉入覲時。秀玉於甲午、乙未二年均至和林。」此詩應作於公元一二三四——一二三五年間。〕

石門九月西風高，梨出於石門之北遵化縣。綿梨萬樹金垂梢。清溪秀玉道號也。千里攜贈我，藤筐初發香盈包。謫仙風度清溪亞，春風曾飲梨花下。不用紅妝唱採蓮，醉望青天歌二雅。我有斗酒清且醇，同君薦此鶊黄新。初見分〔一〕香剖金卵，更看削玉飛霜鱗。縹葉紫條何足語，〔二〕夜光安可同魚目。文園塵渴政難禁，咀嚼冰雪剸香玉。

〔一〕分　漸西本作「清」。
〔二〕語　漸西本作「録」。

和冀先生韻

〔據年譜，作於公元一二三三——一二三六年間。〕

東垣士大夫以興王聖德詩見寄，用酬雅意。

運出三爻兑，以太一推之而得。龍飛九五乾。要荒歸化育，豪哲入陶甄。有幸恩涵海，無私德應天。偏師收百越，一鼓下三川。天子能身正，元戎不自賢。重光道同軌，累聖德相聯。策決九重内，功歸萬乘權。羣雄哀稽顙，多士喜摩肩。輔弼規左右，丞疑贊後前。開夷逾漢武，平叛跨周宣。冠蓋通窮域，車書過古埏。覽機雲母障，受諫翠華軿。款塞諸蠻洞，來朝百濟船。降王趨陛闕，强虜列氓編。浄掃妖氛變，潛消烽火煙。詞臣遊館閣，幽隱起林泉。堯舜文明盛，商姬禮樂全。九成合〔一〕古奏，二雅詠新篇。世卜千百〔二〕世，年斯億萬年。宗親成蒂固，國祚等瓜綿。聖政輿人頌，天威萬古傳。勉旃封禪事，不用〔三〕策安邊。

〔一〕合　漸西本作「含」。

〔二〕千百　原作「千年」，漸西本作「千百」，據改。

〔三〕不用　漸西本作「不可」。

湛然居士文集卷二

和百拙禪師韻

〔案：年代無考。〕

十方世界是全身，氣宇如王絶比倫。與奪機中明主客，正偏位裏辨君臣。眠雲卧月辭三島，鼓腹謳歌預四民。了了了時誰可曉，閑人元不是閑人。

題平陽李君實吟醉軒

〔據年譜，作於公元一二三一年。〕

古晉君實世所知，〔一〕幽軒佳號兩相宜。長鯨海量嫌甜酒，彩筆天才笑〔二〕小詩。〔三〕七步賦成文燦爛，千鍾不惜錦淋漓。一作千鍾飲徹。何當杖屨遊平水，得預君家吟醉時。

〔一〕知　漸西本作「希」。

〔二〕笑　原作「厭」，漸西本作「笑」。案：白居易詩久不見韓侍郎戲題四韻以寄之：「户大嫌甜酒，才高笑小詩。」故應作「笑」。

〔三〕小詩　漸西本其下小字夾注云：「案白詩嫌甜酒、笑小詩乃疊韻。」

從聖安澄老借書

〔案：年代無考。〕

湛然竊語寄西堂，此個因緣果異常。陽老十門剛結案，欽公五派强分贓。劍逢劍客須拈出，詩遇詩人何必藏。居士病多諳藥性，聖安得效不傳方。〔一〕

〔一〕不傳方　其下漸西本小字夾注云：「□云，謂傳心法，如大醫王應病予藥。」

題西菴所藏佛牙二首

〔案：此詩與本卷題西菴歸一堂、卷四再用韻謝非熊召飯三詩應作於同時。中有「聖世因時行夏正」句，應爲公元一二二八年。〕

殷勤敬禮辟支牙，緣在西菴居士家。午夜飛光驚曉月，六時騰焰燦朝霞。一番頂帶因初結，七轉生天果不差。庸士執方猶未信，防風安得骨專車。

其二

旃檀匳裏貯靈牙，來自中天尊者家。瑩色冷奪〔二〕秋夜月，真光明射晚晴霞。本同舍利元無别，疑是金剛事有差。〔三〕猶憶廣長舌左右，咀嚼風雨震雷車。

〔二〕奪　漸西本作「侵」。

〔三〕事有差　其下漸西本小字夾注云：「案傅奕事，以金剛鑽碎僞佛牙，乃羚羊角僞造也。」

和移剌繼先韻二首〔一〕

舊山盟約已愆期，一夢十年盡覺非。瀚海路難人去少，天山雪重雁飛稀。漸驚白髮寧辭老，未濟蒼生曷敢歸。去國遲遲情幾許，倚樓空望白雲飛。

〔案：詩中稱「一夢十年盡覺非」，作者於公元一二一八年奉詔赴行在，一二二七年返燕京正十年，此詩應作於公元一二二七年。〕

其二

不事王侯懶屬文，時危何處覓元勳。他年收拾琴書去，笑傲林泉我與君。

〔一〕詩題　其下漸西本小字夾注云：「案移剌即耶律，欽定金史、元史遝改國語。」

過陰山和人韻〔一〕

〔據年譜，作於公元一二一九年。和丘處機詩自金山至陰山紀行韻。〕

陰山千里横東西，秋聲浩浩鳴秋溪。猿猱鴻鵠不能過，天兵百萬馳霜蹄。〔二〕萬頃松風落松子，鬱鬱蒼蒼映流水。天丁〔三〕何事誇神威，天台、羅浮移到此。雲霞掩翳山重重，峯巒突兀何雄雄。古來天險阻西域，人煙不與中原通。細路縈紆斜復直，山角摩天不盈尺。溪風蕭蕭溪水寒，花落空山人影寂。四十八橋横雁行，勝遊奇觀真非常。臨高俯視千萬仞，令人凜凜生恐惶。百里鏡湖山頂上，旦暮雲煙浮氣象。山南山北多幽絶，幾派飛泉練千丈。大河西注波無窮，千溪萬壑皆會同。君成綺語壯奇誕，造物縮手神無功。山高四更纔吐月，八月山峯半埋雪。遥思山外屯邊兵，西風冷徹征衣鐵。

其二

〔據年譜，作於公元一二一九年。和丘處機詩夜宿陰山葡萄園韻。〕

羸馬陰山道，悠然遠思寥。青巒雲靄靄，黄葉雨蕭蕭。未可行周禮，誰能和舜韶。嗟吾浮海粟，何礙八風飄。〔四〕

其三

〔據年譜，作於公元一二一九年。和丘處機詩陰山途中韻。〕

八月陰山雪滿沙，清光凝目眩生花。插天絶壁噴晴月，擎海層巒吸翠霞。松檜叢中

疏畎畝，藤蘿深處有人家。橫空千里雄西域，江左名山不足誇。〔五〕

其四

〔據年譜，作於公元一二一九年。和丘處機詩南望大雪山韻。〕

陰山奇勝詎能名，斷送新詩得得成。萬疊峯巒擎海立，千層松檜接雲平。三年沙塞吟魂遯，一夜氈穹客夢清。遥想長安舊知友，能無知我此時情。

〔一〕詩題　其下漸西本小字夾注云：「案陰山即西金山，過此則爲斜米思干城。應詳文正所作西遊録。」

〔二〕霜蹄　其下漸西本小字夾注云：「案太祖成吉思汗由此用兵回部及印度。」

〔三〕天丁　漸西本作「六丁」。

〔四〕八風飄　其下漸西本小字夾注云：「按西遊記輪臺韓（案應作縣）詩：夜宿陰山下，陰山夜寂寥。長空雲黯黯，大樹葉蕭蕭。萬里程途遠，三冬氣候韶。全身俱放下，一任斷蓬飄。」

〔五〕不足誇　其下漸西本小字夾注云：「按西遊記過沙陀詩：高如雲氣白如沙，遠望那知是眼花。漸見山頭堆玉屑，遠觀日腳射銀霞。橫空一字長千里，照地連城及萬家。從古至今常不壞，吟詩寫向直南誇。」

再用前韻

〔據年譜，作於公元一二一九年。〕

河源之邊鳥鼠西，陰山千里號千溪。倚〔一〕雲天險不易過，驌驦跼蹙追風蹄。簽記長安五陵子，馬似游龍車如水。天王赫怒山無神，一夜雄師飛過此。盤雲細路松成行，出天入井實異常。王尊疾驅九折坂，此來一顧應哀惶。崢嶸突出峯峭直，山頂連天纔咫尺。楓林霜葉聲蕭騷，一雁橫空秋色寂。西望月窟九譯重，嗟呼自古無英雄。出關未盈十萬里，荒陬不得車書通。天兵飲馬西河上，欲使西戎獻馴象。旌旗蔽空塵漲天，壯士如虹氣千丈。秦皇、漢武稱兵窮，拍手一笑兒戲同。塹山陵海匪難事，翦斯羣醜何無功。騷人羞對陰山月，壯歲星星髮如雪。穹廬展轉清不眠，霜匣閑殺鋸鋙鐵。

〔一〕倚　原作「何」，據漸西本改。

復用前韻唱玄

〔據年譜，作於公元一二一九——一二二二年間。〕

天涯流落從征西，寒盟辜負梅花溪。昔年學道頗得趣，魚兔入手忘筌蹄。殘編斷簡披莊子，日日須當誦秋水。誰知海若無津涯，河伯源流止於此。人間醬缶紙數重，太玄強草嗤揚雄。高卧蒿萊傲唐室，清風千古獨王通。〔一〕曲者自曲直者直，何必區區較繩尺。一筆劃斷閑是非，萬事都忘樂岑寂。功名半紙幾字行，競羡成績書太常。只知牢筴饗芻豢，不思臨刃心悲惶。何如打坐蒲團上，參透昇平本無象。一缾一鉢更無餘，容膝禪菴僅方丈。從教人笑徹骨窮，生涯原與千聖同。鳥道雖玄功尚在，不如行取無功功。歸來踏破澄潭月，大冶洪爐飛片雪。且聽石女鳴巴歌，萬里一團無孔鐵。

〔一〕王通　其下漸西本小字夾注云：「案此誤文中子王仲淹，卒年三十五，在開皇、大業間。」

用前韻送王君玉西征二首

〔據年譜，作於公元一二一九——一二二二年間。〕

湛然送客河中西，西域城名也。乘輿何妨過虎溪。清茶佳果餞行路，遠勝濁酒烹駞蹄。結交須結真君子，君子之交淡如水。一從西域識君侯，傾蓋交歡忘彼此。當年君卧東山重，守雌默默元知雄。五車書史豈勞力，六韜三略無不通。詩詠珠璣無價直，青囊更有琴三尺。奉命西來典重兵，不得茅齋樂真寂。魚麗大陣兵成行，行師布置非尋常。先生應詔入西域，一軍駭異皆驚惶。武皇習戰昆明上，欲討昆明致犀象。吾皇兵過海西邊，氣壓炎劉千萬丈。先生一展才略窮，百蠻冠帶文軌同。威德洋洋震天下，大功不宰方爲功。隱居自有東山月，風拂松花落香雪。退身參到未生前，方信秤錘原是鐵。

其二

先生應詔將征西，湛然送客涉深溪。徘徊一舍未忍去，兵車暫駐天駒蹄。猶憶今春送君子，桃李無言映流水。寒暑推遷奈老何，秋風革律重來此。關山險僻重復重，西門雪恥須豪雄。定遠奇功正今日，車書混一華夷通。先生純德如矢直，詎爲直尋而枉尺。功成莫戀聲利場，便好回頭樂玄寂。故山舊憶松千行，奇峯怪石元異常。前日盟言猶在耳，猿鶴思怨空悲惶。我擲直鈎魚不上，須信遊鱗畏龍象。冥鴻一舉騰秋空，誰羡文章光萬丈。道兮人作非天窮，區區何必較異同。語默行藏在乎我，退身奚論無成功。安東幸有閒山月，萬頃松風萬山雪。收拾琴書歸去來，修心須要金成鐵。

用前韻感事二首

〔據年譜，作於公元一二一九——一二二二年間。〕

稱斤甘薺賣京西，誰信無人採五溪。〔一〕鵬異衆禽全六翮，麟殊凡獸具五蹄。昔年學道宗夫子，盈科後追〔二〕如流水。蟄龍猶未試風雷，萍泛蓬飄而至此。緼袍甘分百結重，不學亂世奸人雄。忘憂樂道志不二，守窮待變變則通。歲寒松柏蒼蒼直，摩雲直待高千尺。桃李無言蹊自成，此君冷淡人何寂。生平恥與噲伍行，杜門養拙安天常。澤民致主本予志，素願未酬予恐惶。否塞未能交下上，何日亨通變爻象。不圖廊廟爲三公，安得林泉參百丈。〔三〕居士身窮道不窮，庸人非異是所同。筆頭解作萬言策，人皆笑我勞無功。流落遐荒淹歲月，贏得飄蕭雙鬢雪。謀生太拙君勿嗤，不如嗣宗學鍛鐵。〔四〕

其二

金烏日日東飛西，滔滔緑水流長溪。流波一去不復返，逐日恨無八駿蹄。窮理達生獨孔子，歎夫逝者如斯水。歲不我與其奈何，兩鬢星星尚如此！曩時鑿破藩垣重，澤民濟世學英雄。風雲未會我何往，天地大否途難通。霜匣神劍蒼龍直，切玉如泥長數尺。利器深藏人未知，豐城埋没神光寂。讀書一目下數行，金石其心學正常。〔五〕學術忠義兩無用，道之將喪予憂惶。有意攀龍不得上，徒勞牙角拔犀象。唯思仁義濟蒼生，豈爲珍羞列方丈。簞瓢陋巷甘孤窮，鴻鵠安與燕雀同。天與之才不與地，反令豎子成其功。安得光明依日月，功名未立頭如雪。問君此錯若爲多，使盡二十四州鐵。

〔一〕五溪　其下漸西本小字夾注云：「按高力士詩：『西京作斤賣，五溪無人採。』」

〔二〕追　漸西本作「進」。

〔三〕百丈　其下漸西本小字夾注云：「案百丈乃馬祖弟子，曹溪之四傳也。」

〔四〕鍛鐵　其下漸西本小字夾注云：「按嵇叔夜事誤爲阮公。蓋公守嶺北行中書省，塞外無書，信手拈來，不復檢本，故用事多誤，亦不足爲病也。」

〔五〕正常　原作「王常」，據漸西本改。

過濟源和香山居士韻

〔據年譜，作於公元一二三二年。〕

覃懷勝遊地，濟瀆垂名久。忽見樂天吟，笑我輸先手。麗詞金玉振，老筆風雷走。乘興試續貂，啟我談天口。平湖湧泉注，清涼瑩無垢。憑檻瞰漣漪，風鬌塵抖擻。龍孫十〔一〕萬竿，蓊翳濃陰厚。沁水濟源東，天壇王屋右。秀色已可餐，何須杜康酒。步步總堪詩，佳篇如素有。賡酬淡相對，獨有龍岡叟。亭上幾徘徊，斜陽西入酉。晚年歸意切，對此空沉首。何日遂初心，營居碧林後。一作翠林。

〔一〕十　漸西本作「千」。

和裴子法見寄

〔據年譜，作於公元一二三二年。〕

人生都幾何，半被功名役。一旦燕山破，西行過千驛。顛沛不違仁，先難而後獲。鵷鸞捐腐鼠，烏鳶其勿嚇。扈從出天山，從容遊大石。〔一〕琴書淡相對，尚未忘丘索。前歲入關中，戈甲充商虢。明詔典蘭省，自愧承深責。秦隴成劫灰，京索空陳迹。長河尚濁流，南山自濃碧。把酒酹青天，興亡弔今昔。長安非衣君，壯年學問積。〔二〕天上玉麒麟，英才可珍惜。詩魂素月高，飲量滄海窄。清談咳珠玉，便腹笥經籍。服君百韻詩，謝子萬言策。易道已變屯，世爻當應革。淮陰正虛襟，左車宜籌畫。須要蓮峰手，乾坤再開闢。昂藏緑野翁，真我龍門客。

〔一〕大石　其下漸西本小字夾注云：「案大石，謂西遼耶律大石建牙之所。」

〔二〕壯年學問積　其下漸西本小字夾注云：「案裴晉公事。」

用李德恒韻寄景賢

〔據年譜，作於公元一二三二年。〕

牢落十年扈御營，瑤琴忘盡水仙聲。酷思詩酒閑中樂，見説干戈夢裏驚。林下因緣千古重，人間富貴一錢輕。此身未退心先退，獨有龍岡識我情。

過天德和王輔之四首

〔據年譜，作於公元一二三二年。〕

天縱吾君大聖人，天兵所指弭煙塵。三齊電掃何須酈，六國雷驅不用秦。誅佞未聞曾請劍，劾姦誰肯試埋輪。〔一〕伴食黄閣空無輔，自笑龍鍾一老臣。

其二

六師嚴駕渡長河，師不留行誰敢何！〔二〕千里旌旗翻錦浪，一聲金鼓振寒波。殷亡誰道三仁在，康滅空傳五子歌。唾手要荒歸一統，漢唐鴻業未能過。

其三

積年叨禄領台司，位重才微甚不宜。地上流錢慚晏算，樽前決勝愧良帷。過實聲問〔三〕傳人口，似直愚忠結主知。三徑荒涼松菊在，他時舍此復何之。

其四

愸老先生本素臣，洪才大筆力千鈞。沽名不築傳巖版，賈世誰垂渭水綸。舟泛五湖希范蠡，腰懸六印笑蘇秦。韋編三絶耽羲易，蕭散風神真隱人。

〔一〕埋輪　原作「理輪」，據漸西本改。
〔二〕誰敢何　其下漸西本小字夾注云：「案何與訶通。」
〔三〕過實聲問　漸西本作「過情聲聞」。

槐安席上和張梅韻

〔據年譜，作於公元一二三二年。〕

甘薺五溪人不採，兩京高價賣秤斤。君方淪落羞看我，我亦飄零懶問君。人遠空殘眉上黛，愁深不整鬢邊雲。誰憐古戍寒窗下，新樣梭成織錦文。〔一〕

〔一〕錦文　此二字原缺，據漸西本補。

思親有感二首

〔據年譜，作於公元一二一九——一二二二年間。〕

遊子棲遲久不歸，積年温凊闕慈闈。囊中昆仲親書帖，篋内萱堂手〔一〕製衣。黄犬不來愁耿耿，白雲空望思依依。欲憑鱗羽傳安信，緑水西流雁北飛。

其二

伶仃萬里度西陲，壯歲星星兩鬢絲。白雁來時思北闕，黄花開日憶東籬。可憐遊子投營晚，正是孀親倚户時。異域風光恰如故，一消魂處一篇詩。

〔一〕手　原作「乎」，據漸西本改。

思友人

〔據年譜，作於公元一二一九——一二二三年間。〕

落日蕭蕭萬馬聲，東南回首暮雲横。金朋蘭友音書絶，玉軫朱絃塵土生。十里春風别野店，五年秋色到邊城。雲山不礙歸飛夢，夜夜隨風到玉京。

贈李郡王筆

〔據年譜，作於公元一二一九——一二二三年間。〕

管城從我自燕都，流落遐荒萬里餘。半札秋毫裁翡翠，一枝霜竹翦瓊琚。鋒端但可題塵景，筆下安能劃太虚。聊復贈君爲土物，中書休笑不中書。李郡王嘗爲西遼執政。

寄雲中卧佛寺照老

〔案：年代無考。〕

像教中微祖意沈，盧能嫡子起予深。看經不怕牛皮透，公見閲藏故云。着眼常聽露柱吟。行道權居卧佛寺，活機特異死禪心。憑君摘取空華實，好種人間無影林。

寄平陽浄名院潤老

〔案：年代無考。〕

昔年平水便相尋，握手臨風話素心。刻燭賦成無字句，按徽彈徹没絃琴。風來遠渡晚潮急，雨過寒塘秋水深。此樂莫教兒輩覺，又成公案滿叢林。

贈雲川張道人

〔案：年代無考。〕

雲川道士有詩聲，刻篆雕蟲醉未醒。素扇自甘贖碧笠，因西人奪笠，渠以扇贖之，故云。玄鶴不肯换黄庭。春秋榮悴悲椿木，晦朔生凋笑瑞蓂。何似擴開真日月，區區爝火任熒熒。

贊李俊英所藏觀音像

〔案：年代無考。〕

白衣大士足威神，蓮智興悲詎可陳。金色界中垂萬臂，碧蓮花上露全身。鎮州鑄就金難似，天竺鐫來玉未〔一〕真。不識觀音真面目，鶯吟燕語〔二〕過殘春。

〔一〕未　原作「木」，據漸西本改。

〔二〕鶯吟燕語　原作「燕吟鶯語」，據漸西本改。

題西菴歸一堂

〔案：此詩與前題西菴所藏佛牙二首應作於同時，即公元一二二八年。〕

摶霄元帥築西菴於廳事之隅以舍沙門，建歸一堂置三聖廟貌。屏山居士有云：「卷波瀾於聖學之域，徹藩籬於大方之家。」其摶霄之謂乎！偶得亂道韻詩，録呈諸士大夫，幸希光和。仍請西菴上人書之楹楝間，爲他時林下清話張本云。

三聖真元本自同，隨時應物立宗風。道儒表裏明墳典，佛祖權宜〔一〕透色空。曲士寡聞能異議，達人大觀解相融。長沙賴有蓮峯掌，一撥江河盡入東。

〔一〕宜　原作「實」，據漸西本改。

和景賢還書韻二首

〔案：此詩與下一首外道李浩求歸再用韻示景賢應作於同時，即公元一二三三年。〕

居士今年又出關，琴書真味伴予閑。簡成草略初無意，語闕治擇誤犯顏。漆水自慚貽口實，龍岡卻得破詩慳。衰翁幸乞贖前過，一炷清香論八還。

其二

淵明幽隱掩柴關，琴已忘絃人亦閑。静倚書窗獨寄傲，笑觀庭樹自怡顏。五音格外聲何限，百草頭邊法不慳。蠹譜斷絃無用處，因風得得寄書還。景賢索絃譜，故有是句。

外道李浩求歸再用韻示景賢

〔案：據元遺山集卷三九癸巳歲寄中書耶律公書：「竊見南中士大夫歸河朔者，在所有之」，其中列有臨淄人李浩。故此詩應作於癸巳歲，即公元一二三三年。〕

自從一箭透重關，觸處忘緣觸處閑。莫問羔裘横毳衲，從教華髮映蒼顏。水聲説法起予甚，山色呈機不我慳。寄客天涯樂如許，問渠何必更南還。

外道李浩和景賢霏字韻予再和呈景賢

〔案：此詩與上詩應作於同時，即公元一二三三年。〕

塵緣剗斷已忘機，布鼓徒敲和者稀。中隱强陪人事過，禪心不與世情違。昔年勳業真堪笑，舊日家山懶欲歸。我愛北天〔一〕真境界，乾坤一色雪花霏。

〔一〕天　漸西本作「山」。

和楊居敬韻二首

〔案：據詩其二中「聖主龍飛第一年」，指窩濶台即位，於公元一二二九年，故此詩應作於是年。〕

自媿才術草芥微，偶然千載遇明時。惟希一統皇〔二〕家義，何暇重思晁氏〔三〕危。仁義且圖扶孔孟，縱横安肯効秦儀。行看堯舜澤天下，萬國咸寧庶績熙。

其二

詔下龍庭萬國歡，野花啼鳥總欣然。熙朝龜卜符千億，聖主龍飛第一年。至道變通皆有數，浮生富貴本由天。誰人得似楊公子，傲世高吟數百篇。

〔二〕皇　原作「王」，據漸西本改。

〔三〕思晁氏　原作「恩晁氏」，據漸西本改。

過天寧寺用彥老韻二首

〔據年譜，作於公元一二三二年。〕

十年不得舞衣班，行盡天涯萬里山。黄閣伴食空皓首，蒼生未濟漫胡顔。新朝兵革征方急，舊隱煙霞尚未還。衮衮簿書塵滿眼，衰翁奚暇謁松關。

其二

今日從征亦偶然，天寧遐想〔一〕思懸懸。貪榮不得還山去，須信衰翁未古賢。

〔一〕遐想　漸西本作「遥憶」。

過天山周敬之席上和人韻二首

〔據年譜，作於公元一二三二年。〕

淪落天涯數十秋，區區班筆早年投。採薇山下慵拈草，洗耳溪邊懶飲牛。振武揚威難射虎，忘機絶慮不驚鷗。當年射策承明殿，未必輕輕輸吕籌。

其二

憩馬居延酒半醺，寂寥寒館變春温。未能鵬翼騰溟海，不得鴻音〔一〕過雁門。千里雲煙青塚暗，一天風雪黑山昏。天涯幸遇知音士，子細論文共一樽。

〔一〕鴻音　漸西本作「鴻書」。

和人韻

〔據年譜，作於公元一二三二年。〕

四海皇皇無所歸，夢魂常繞故園飛。海山不羡學居易，華表留言笑令威。毛落難尋蘇子節，囊空猶有老萊衣。静思二十年間事，擾擾紛紛盡覺非。

丁亥過沙井和移剌子春韻二首

〔案：丁亥即公元一二二七年，詩作於是年。〕

科登甲乙戰文圍，吾子才名予獨知。巢許身心〔一〕君易樂，蕭曹勳業我難爲。有恒得見實〔二〕無憾，知己相逢未忍離。攜手河梁重話舊，胡然羞和子卿詩。

其二

行藏俯仰且隨時，緼袍懷珠人未知。燕雀既羣難立志，鳳凰不至擬胡爲。可嗟世態頻更變，何奈人生多别離。莫忘天山風雪裏，湛然駝背和君詩。予昨至沙井，乘牛車過前路，跨駝方達行在，偶得隔句一聯云：「牛車馳傳，頗異相如駟馬車；駝背吟詩，不似竹林七賢畫。」成有是句。

〔一〕身心　漸西本作「身名」。

〔二〕實　漸西本作「真」。

再過晉陽獨五臺開化二老不遠迎

〔據年譜，作於公元一二三一年。此詩與卷四贈五臺長老同。〕

高岡登陟馬玄黄，落日西風過晉陽。道士歡迎捧林菓，儒冠遠迓挈壺漿。五臺强健頭如雪，開化輕安鬢未霜。誰會二師深密意，趙州元不下禪牀。

過清源謝汾水禪師見訪

〔據年譜，作於公元一二三二年。此詩與卷四過清源贈法雲禪師同。〕

汾水禪師個裏人，杖藜尋我過清源。半盂紅菓情何厚，一盞清燈話細論。山水景中君得意，兵戈堆裏我消魂。他年相約雲深處，松竹蕭蕭静掩門。

王屋道中

〔據年譜，作於公元一二三二年。〕

勝克河中號令齊，神兵入自太行西。昏昏煙鎖天壇暗，漠漠雲埋王屋低。風軟卻教冰泛水，一作冰解水。寒輕還使雪成泥。行吟想像覃懷景，多少梅花坼玉溪。

湛然居士文集卷三

和解天秀韻

〔案：據詩中「長驅入汴政施仁」，應爲攻克汴京後不久時作，時在公元一二三三年。〕

猛士彎弓挽六鈞，長驅入汴政施仁。前朝運謝山河古，聖世時亨雨露新。未遇自甘焚綠綺，知音不必惜陽春。朝廷將下搜賢詔，莫戀煙霞老此身。

用萬松老人韻作十詩寄鄭景賢

〔據年譜，作於公元一二三三——一二三六年間。〕

氈廬同抵足，談道月西沈。議論馨香發，文章蘊藉深。正便邊氏腹，不上謫仙襟。自得逍遥意，何須泊鄧林。

其二

豐城三尺劍，神氣尚埋沈。確論穿楊的，生機劈箬深。天真貯便腹，浩氣塞征襟。佇看澤天下，清風冠士林。

其三

破船無滲漏，流水不能沈。霧鎖青山秀，花藏古徑深。白雲陪野興，晴月洗煩襟。絶後重甦息，飛花枯木林。

其四

隱隱三星出，依依片月沈。鶴飛遼海闊，猿嘯楚山深。柳色雲沾袖，蘆花雪滿襟。普天秋意露，一葉墜梧林。

其五

玄珠羅帳密，寒鼎篆煙沈。翡翠疏簾隔，琉璃古殿深。本來無垢體，何必拂塵襟。斫卻蟾中桂，方成假若林。〔一〕

其六

鰲餌不須針，聊將玉線沈。須彌猶未大，渤海豈爲深。悟後牛穿鼻，迷時馬有襟。〔二〕弋人何所慕，幽鳥在嵩林。

其七

箇事不容針，迷途自陸沈。西天三步遠，東海一盃深。涼月盛玄鉢，輕雲翦素襟。曹溪無一滴，波浪沸禪林。

其八

流波無放蕩，死水暮平沈。機盡方鈎隱，綸空正釣深。赤心休惜口，青眼好開襟。誤捉溪中月，人人似翰林。

其九

夢覺方知錯，生平自屈沈。滌塵千澗外，遺照亂松深。柳帶縫穿屣，荷衣綴破襟。寂寥還佛味，何似宴瓊林。

其十

漁家何足好，乘興一鈎沈。路僻蒼苔滑，舟横古渡深。小晴掀篛笠，微雨整蓑襟。夢斷知何處，寒潮没晚林。〔三〕

〔二〕假若林　其下漸西本小字夾注云：「案假若疑般若之誤。」

〔三〕馬有襟　其下漸西本小字夾注云：「案韓詩，馬牛而襟裾。」

〔三〕没晚林　其下漸西本小字夾注云：「案東坡句，不覺青林没晚潮。」

萬松老人真贊

〔據年譜，作於公元一二三三——一二三六年間。〕

昔無盡居士題恒岳廟云：「聰明厭血食，悔不值元珪。」兹因恒州四衆敦請萬松老師，師不行，且以頂相付之，門弟湛然居士再拜而贊之曰：

每恨恒山，不逢珪老。四衆同緣，萬松親到。

贈萬松老人琴譜詩一首〔一〕

〔據年譜，作於公元一二三三——一二三六年間。〕

萬松索〔二〕琴并譜，余以承華殿春雷及種玉翁悲風譜贈之。

良夜沈沈人未眠，桐君横膝叩朱絃。千山皓月和煙静，一曲悲風對譜傳。故紙且教遮具眼，聲塵何礙污幽禪。元來底許真消息，不在絃邊與指邊。

〔一〕詩題　原缺「贈」字，據目録補。

〔二〕索　原作「素」，漸西本同，據叢書集成本改。

寄曲陽戒壇會首大師

〔據年譜，作於公元一二三三——一二三六年間。〕

四衆飛書請萬松，不消彈指已成功。燈籠證據真談辨，露柱承當不耳聾。梵行細推無處所，戒壇須信塞虚空。無爲濟物誰能悉，惟有東垣月拂風。

和王巨川韻〔一〕

〔案：詩中謂「天兵一鼓長安克，千里威聲震陝東」，據元史太宗紀，二年庚寅克長安，故作於公元一二三〇年。〕

聖駕徂征率百工，貔貅億萬入關中。周秦氣焰如雲變，唐漢繁華掃地空。灞水尚存官柳緑，驪山惟有驛塵紅。天兵一鼓長安克，千里威聲震陝東。

〔一〕詩題　其下漸西本小字夾注云：「文田案：西遊記稱宣使王巨川楫，黑韃事略作王檝，蓋太祖時官宣撫、御史大夫也。」

釋奠

〔案：序文云「己丑二月八日」，即公元一二二九年，詩應作於是年。〕

王巨川能於灰燼之餘草創宣聖廟，以己丑二月八日丁酉率諸士大夫釋而奠之，禮也。諸儒相賀曰：「可謂吾道有光矣！」是日，四衆奉迎釋迦遺像行城，歡聲沸沸，僕皆預其禮，作是詩以見意云。

多士雲奔奠上下，〔一〕釋迦遺像亦行城。旌幢錯落休迷色，鐘磬鏗鏘豈在聲。宣父素心施有政，能仁深意契無生。儒流釋子無相諷，禮樂因緣盡假名。

〔一〕上下　其下漸西本小字夾注云：「案上下疑上釁之誤」。

和移剌子春見寄五首

〔據年譜，作於公元一二三一年。〕

四海皇皇足俊賢，浪陪扶日上青天。且圖約法三章定，寧羨浮榮六印懸。潤色吾術惟恐後，扶持天下敢爲先。過情聲聞予深恥，可笑虛名到處傳。

其二

生遇干戈我不辰，十年甘分作俘臣。施仁發政非無據，論道經邦自有人。聖世規模能法古，污俗習染得維新。英雄已入吾皇轂，從此無人更問津。

其三

且喜朝廷先正名，林泉隱逸總公卿。羣雄一遇風雲會，萬國咸觀日月明。丹鳳固應潛亂世，白麟自今出昇平。竚看一作快遇、顒觀。北闕垂温詔，夜半前席進賈生。

其四

舉世寥寥識我誰，未學弓矢愧由基。衰年有幸彈三樂，盛世無才出六奇。棄物且存光海量，散材獲用荷天私。微臣自忖將何報，信筆裁成頌德詩。

其五

邂逅沙城識子初，天山風雪醉吟餘。文章光焰君堪羡，節操儀刑我不如。麴糵鄉中前進士，渠有詩云：「老去唯耽麴糵春。」故有是句。風波堆裏老中書。他年歸去無相棄，同到閭山舊隱居。

寄移剌國寶

〔案：據詩中「回首五年如一夢」，作者離燕京赴西域五年作此詩，應在公元一二二二年。〕

昔年萍迹旅京華，曾到風流國寶家。居士爲予常吃素，先生愛客必烹茶。明窗揮塵〔一〕談禪髓，浄几焚香頂佛牙。回首五年如一夢，夢中不覺過流沙。公所藏佛牙甚靈異。

〔一〕揮塵　原作「揮塵」，據漸西本改。

寄景賢一十首

〔據年譜，作於公元一二三三——一二三六年間。〕

龍岡能覓淡中歡，心與孤雲自在閑。琴阮生涯事松菊，詩書活計老丘山。叩絃聲自無中出，得句思從天外還。踏破化工無盡藏，閑人受用亦非慳。

其二

龍岡、漆水兩交歡，縱意琴書做老閑。未得一言安海内，已輸三箭定天山。肯容詩思妨心慧，豈使聲塵礙耳還。信手拈來無不是，清風明月有何慳。

其三

人間聚散妄悲歡，何似林泉遯世閑。十載殘軀遊瀚海，積年歸夢遶閭山。先人舊隱居也。空巖猿鶴招予往，滿架琴書伴我還。多謝龍岡憐老隱，新詩酬酢路無慳。

其四

絃索詞章且助歡，羡渠臨老得安閑。琴歌愛子彈秋水，佳句服君仰泰山。聲古調淒真可聽，辭雄韻險實難還。先難後易今方省，名士襟懷本不慳。

其五

宦情觸處不成歡，未得浮生半日閑。薦鶚有書慚北海，澤民無術愧東山。琴書習氣終難忘，巖麓荒園怎得還。卜隱龍岡成老伴，肯教詩思筆頭慳。

其六

廣文憐我失清歡，每著琴書伴我閑。痛憶金聲并玉振，酷思流水與高山。詩壇吝嗇猶深閉，琴債遷延〔一〕未肯還。一狀如今都領過，龍岡須破兩重慳。

其七

琴書吾子盡幽歡，隨分消磨日月閑。佳句典刑〔二〕傳四海，水仙聲韻徹三山。每慚木李投君去，卻得瓊瑶報我還。從此龍岡開廩藏，徽邊筆下更無慳。

其八

世間何事最爲歡，争似能偷忙裏閑。得遇夜晴須對月，每逢春盛强登山。無錢沽酒和衣典，一作和琴典。圖利吟詩倍本還。綺語千章琴百曲，莫教風月笑人慳。

其九

我與先生久已歡，而今皆願老來閑。同舟載棹醉觀月，並轡騎驢飽看山。綺句綴成連譜換，純音彈了着詩還。琴詩此際慵拈出，可怨龍岡爲紙慳。

其十

閑人閑裏竟閑歡，〔三〕未得迴光未是閑。叩道一螺斟巨海，參玄千里望恒山。但能透鏃穿三句，何必拖泥辨八還。箇事人人皆富有，含生〔四〕休怨釋迦慳。

〔一〕遷延　漸西本作「遲延」。

〔二〕典刑　漸西本作「典型」。

〔三〕歡　原作「觀」，據漸西本改。

〔四〕含生　漸西本作「含珠」。

和景賢韻三首

〔據年譜，作於公元一二三三——一二三六年間。〕

龍岡便腹盡詩書，落筆雲煙我不如。一紙安書思塞雁，十年歸興憶鱸魚。託身翳隱君謀妙，委跡儒冠我計疏。何日相將歸故里，翠微深處卜幽居。

其二

龍岡走筆和清篇，出示珠璣寄湛然。字古意新看不足，挑燈寒雨夜無眠。

其三

摩撫瘡痍正似醫，微君孰肯拯時危。萬金良策悟明主，厚德深仁四海施。

和李世榮韻

〔據年譜，作於公元一二三三——一二三六年間。〕

異同誰足據，俯仰且隨緣。居士難聯句，梅軒卻解禪。無雲皆皓月，何處不青天。話到忘言處，迢迢夜不眠。〔一〕

〔一〕夜不眠　其下漸西本小字夾注云：「□云盡是傳燈偈頌。」

和景賢十首

〔據年譜，作於公元一二一九——一二二二年間。〕

龍岡居士得賢君，聞道賢君增所聞。節操鵷鶵捐鼠餌，風神野鶴立鷄羣。只知輔嗣能談易，誰識相如善屬文。擬欲贊君言不盡，區區微意見詩云。

其二

天下奇才鄭使君，清名不使世人聞。五車書笥獨窮理，三峽詞源迥出羣。未得開懷重話舊，常思抵足共論文。自從一識龍岡老，餘子紛紛不足云。

其三

一聖龍飛敢擇君，嗟予潦倒尚無聞。蒼生未識鴻鵠志，皓首甘遊麋鹿羣。黄雀已歸奚望報，彩禽飛去不能文。龍岡特慰孤窮悶，時有新詩報我云。

其四

試和新詩寄鄭君，無言談道不聞聞。治心更索捐中道，養性渾如鞭後羣。玄語諄諄非是説，真書歷歷不關文。儒生束教嫌虛誕，得意忘言孔子云。〔一〕

其五

文章自愧不如君，敢以玄言瀆所聞。有道居塵何異俗，無心入獸不驚羣。〔二〕重玄消息無多子，半紙功名值幾文。回首死生猶是幻，自餘何足更云云。

其六換韻

十年不遇一相知，恰識龍岡恨見遲。常愛箕山能洗耳，何堪鄰舍効顰眉。榮枯貴賤難逃數，用捨行藏自有時。〔三〕心事紛紛無處説，援毫閑和景賢詩。

其七感事

萬里西來過月氏，〔四〕初離故國思遲遲。人情慚媿三鬚面，〔五〕人世梳妝半額眉。田上野夫空歎鳳，澤邊漁父不傷時。龍岡本具英雄眼，幾倩東風寄我詩。

其八讀唐史有感

林甫滔天聖不知，三郎深恨識卿遲。塵中妃子春羅襪，錢上開元指甲眉。七夕殿中祈巧夜，三秋原上摘瓜時。長天忽見飛來雁，垂淚空吟李嶠詩。

其九

李楊相繼領台司，兵起漁陽禍已遲。向昔正憐〔六〕花解語，而今空憶柳如眉。心〔七〕傷桃李初開夜，腸斷梧桐半落時。試問宮中誰第一，三郎猶記謫仙詩。

其十

往來寒暑暗推移，下手修行猶太遲。迷後徒勞常揑目，悟來何必更揚眉。宗門淘汰宜窮理，道眼因緣貴識時。祗爲龍岡心猛利，湛然剛寫不言詩。

〔一〕孔子云　其下漸西本小字夾注云：「□云，三句謂絶學捐書，乃能見道；四句譬之牧羊，眎其後者而鞭之。」

〔二〕不驚羣　其下漸西本小字夾注云：「案此蒙莊語。」

〔三〕自有時　其下漸西本小字夾注云：「案機緣之契否，自有其時。」

〔四〕月氏　其下漸西本小字夾注云：「案大月氏今愛烏罕，入北印度必由之。」

〔五〕面　原作「而」，據漸西本改。

〔六〕向昔正憐　漸西本作「向時正惜」。

〔七〕心　原作「日」，據漸西本改。

又一首

〔據年譜，作於公元一二一九——一二二二年間。〕

龍岡醫隱本知機，薰蕕同盤辨者稀。廊廟虛名無意戀，林泉夙願與心違。羨君綽綽有餘裕，笑我皇皇無所歸。尚憶當年垂釣處，一江煙雨靜霏霏。

和王君玉韻

〔據年譜，作於公元一二二九——一二三二年間。〕

王孫蒙饋飯，靈輒未扶輪。自笑孤窮客，誰憐衰病身。黃沙萬餘里，白髮一孀親。腸斷山城月，徘徊照遠人。

過東勝用先君文獻公韻二首

〔據年譜，作於公元一二二七年。〕

荒城蕭灑枕長河，古字碑文半滅磨。青塚路遥人去少，黑山寒重雁來多。正愁曉雪冰生硯，〔一〕不忿西風葉墜柯。偶憶先君舊遊處，潸然不奈此情何。

其二

依然千里舊山河，事改時移隨變磨。巢許家風烏可少，蕭曹勳業未爲多。可傷陵變須耕海，不待碁終已爛柯。翻手榮枯成底事，不如歸去入無何。

〔一〕硯　原作「研」，據漸西本改。

過夏國新安縣時丁亥九月望也

〔案：詩題注稱丁亥，即公元一二二七年。〕

昔年今日渡松關，西域陰山有松關。車馬崎嶇行路難。瀚海潮噴千浪白，一作千里雪。天山風吼萬林丹。氣當霜降十分爽，月比中秋一倍寒。回首三秋如一夢，夢中不覺到新安。

過青塚用先君文獻公韻

〔據年譜，作於公元一二二七年。〕

漢室空成一土丘，至今仍未雪前羞。一作可惜冰姿瘞古丘，佳人猶自夢中羞。不禁出塞陟沙磧，最恨〔一〕臨軒辭冕旒。幽怨半和青塚月，閑雲常鎖黑河秋。滔滔天塹東流水，不盡明妃萬古愁。

〔一〕最恨　原作「最浪」，據漸西本改。

過青塚次賈〔一〕摶霄韻二首〔二〕

〔據年譜，作於公元一二二七年。〕

當年遺恨歎昭君，玉貌冰膚染塞塵。邊塞未安嬪侮虜，朝廷何事拜功臣。朝雲雁唳天山外，殘日猿悲黑水濱。十里東風青塚道，落花猶似漢宫春。

其二

延壽丹青本誑君，和親猶未歛胡塵。穹廬自恨嬪戎主，泉壤相逢愧漢臣。玉骨已消青塚底，香魂猶遶黑河濱。愁雲暗鎖天山路，野草閑花也怨春。

〔一〕賈　原作「買」，據漸西本改。

〔二〕二首　二字原缺，據漸西本補。

再用韻以美摶霄之德

〔據年譜，作於公元一二二七年。〕

去歲雲川始見君，澄澄胸次净無塵。山南第一珪璋士，冀北無雙柱石臣。公領師職，故云。萬里雲松斜谷外，千竿水竹渭河濱。他年歸隱重相訪，無影林間别有春。

再用韻自歎行藏

〔據年譜，作於公元一二二七年。〕

箕裘家世忝先君，慚愧飄蕭兩鬢塵。自古山河歸聖主，從今廊廟棄愚臣。常思卧隱雲鄉外，肯傚行吟澤國濱。驛使不來人已老，江南誰寄一枝春。

再用韻感古

〔據年譜，作於公元一二二七年。〕

宣尼名教本尊君，賊子干常〔一〕犯蹕塵。鹿失嬴秦無令主，鼎分炎漢有能臣。宋朝南渡尤天水，遼室東傾罪海濱。回首興亡都莫問，不如沈醉瓮頭春。

〔一〕干常　原作「于常」，據漸西本改。

再用韻唱玄

〔據年譜，作於公元一二二七年。〕

重玄不惜説知君，又恐重添眼裏塵。臨濟喝中分主客，洞山言下辨君臣。持鈴普化〔二〕搖空裏，垂釣華亭没水濱。勘破遮般閑伎倆，鐵林花發劫前春。

〔二〕普化　漸西本作「普天」。

過雲川和劉正叔韻

〔據年譜，作於公元一二二七年。〕

西域風塵汗漫遊，十年辜負舊漁舟。曾觀八陣雲奔速，親見三川席卷收。煙鎖居延蘇子恨，雲埋青塚漢家羞。深思籬下西風醉，誰羡班超萬里侯。

過雲中和張伯堅韻

〔據年譜，作於公元一二二七年。〕

一掃氐羌破吐渾，羣雄悉入北朝吞。自憐西域十年客，誰識東丹八葉孫。射虎將軍皆建節，飛龍天子未更元。我慚才略非良器，封禪書成不敢言。

過雲中和張仲先韻

〔據年譜，作於公元一二二七年。〕

致澤君民本不難，言輕無用愧偷安。十年潦倒功何在，三徑荒涼盟已寒。巖下藏名思傳説，〔一〕林間談道謁豐干。〔二〕掛冠神武當歸去，自有夔龍輔可汗。

〔一〕傳説　原作「傳説」，據漸西本改。

〔二〕豐干　其下漸西本小字夾注云：「案天台三大士，其一豐干也。」

過雲中和王正夫韻

〔據年譜，作於公元一二二七年。〕

白雪陽春寡和音，誰人解聽没絃琴。詩書事業真堪笑，刀筆功名未可欽。不信西天三步遠，焉知東海一杯〔一〕深。元來佛法無多子，何必嵩山謁少林。

〔一〕一杯　原作「一柸」，據漸西本改。

過白登和李振之韻

〔據年譜，作於公元一二二七年。〕

十年淪落困邊城，今日龍鍾返帝京。運拙不須求富貴，時危何處取功名。騰驤誰識孫陽驥，俊逸深思支遁鷹。客裏逢君贈佳句，知音相見眼偏明。

過天城和靳澤民韻

〔據年譜，作於公元一二二七年。〕

西征扈從過龍庭，悮得東州浪播名。琴阮因緣真有味，詩書事業拙謀生。咄嗟興廢悲三歎，倏忽榮枯夢一驚。何日解官歸舊隱，滿園松菊小菴清。

過武川贈僕散令人

〔據年譜，作於公元一二二七年。〕

班姬流落到而今，聞道翻身入道林。歌扇舞裙忘舊業，藥爐經卷半新吟。閑眠白晝三杯醉，静對青松一曲琴。更看他年棲隱處，蓬山〔一〕樓閣五雲深。

〔一〕蓬山　原作「逢山」，據漸西本改。

過燕京和陳秀玉韻五首

〔據年譜，作於公元一二二七年。〕

回首親朋半土丘，嗟予十稔浪西遊。半生兵革慵開眼，一紙功名暗點頭。下士笑予謀計拙，至人知我謂心憂。再行不憚風沙惡，鶴跡雲踪任去留。

其二

君恩猶未報山丘，自笑遐方汗漫遊。客過玉關驚白髮，要遊金谷覓蒼頭。冷官待罪予爲歉，陋巷居貧君不憂。猶望道行澤四海，敢辭沙漠久淹留。

其三

狐死曾聞尚首丘，悲予去國十年遊。崑崙碧聳日落處，渤海西傾天盡頭。君子云亡真我恨，斯文將喪是吾憂。尚期晚節回天意，隱忍龍庭且强留。

其四

餘生不得樂林丘，猶憶丁年選勝遊。幾帙殘編聊暎眼，一張衲被且蒙頭。貔貅已報西門役，柱石猶懷東顧憂。自料荒踈成棄物，菟裘歸計乞封留。

其五

空驚滄海變陵丘，白晝分明夢裏遊。除妄楔邊重出楔，求真頭上更安頭。亨通富貴剛生喜，苦惱悲愁强作憂。斫斷葛藤閑伎倆，繫驢橛子不須留。

還燕京題披雲樓和諸士大夫韻

〔據年譜，作於公元一二二七年。〕

閑上披雲第一重，離離禾黍漢家宫。窗開青鎖招晴色，簾捲銀鈎揖曉風。〔一〕好夢安排詩句裏，閑愁分付酒杯中。静思二十年間事，聚散悲歡一夢同。

〔一〕曉風　漸西本作「晚風」。

和威寧珍上人韻

〔據年譜，作於公元一二三二年。〕

十載西遊志已灰，南征又自大梁迴。扶持佛日慚無力，贊翊皇風愧不才。舊約未能林下去，新詩常寄日邊來。何時杖履煙霞裏，一笑伸眉得共陪。

和李德修韻

〔據年譜，作於公元一二二八年。〕

明明聖主萬邦君，神武彤弓挽六鈞。時有逸人遊闕下，更無騷客弔江濱。衣冠師古承殷輅，歷日隨時建夏寅。厚德深仁施萬世，巍然一代典謨新。

湛然居士文集卷四

和吕飛卿韻

〔據年譜，作於公元一二二八年。〕

舊説飛卿詞翰全，風神渾似晉名賢。吟詩校子三十〔一〕里，押韻輸君一着先。筆跡查牙森似戟，詞源浩瀚〔二〕注如川。好詩好字獨予得，准備攜將帝里傳。

〔一〕三十　漸西本作「三千」。

〔二〕浩瀚　原作「浩汗」，據漸西本改。

再用韻贈國華

〔據年譜，作於公元一二二八年。〕

學道宗儒難兩全，湛然深許國華賢。儒門已悟如心恕，道藏能窮象帝先。似海詞源涵萬水，如鯨飲量吸長川。而今一識君侯面，始信清名不浪傳。

謝飛卿飯〔一〕

〔據年譜，作於公元一二二八年。〕

一鞭羸〔二〕馬渡天山，偶到雲川暫解鞍。獨守空房方丈穩，更無薄酒一杯殘。詩書半蠹絶來客，釜甑生塵笑冷官。賴有覺非飛卿道號。憐野拙，長鬚爲我饋盤餐。

〔一〕詩題　其下原有「六首」二字，漸西本作「一首」二字，原本目録無，故删。

〔二〕羸　原作「嬴」，據漸西本改。

再用韻記西遊事

〔據年譜，作於公元一二二八年。〕

河中西域尋思干城，西遼目爲河中府。〔一〕花木蔽春山，爛賞東風縱寶鞍。留得晚瓜過臘半，藏來秋菓到春殘。親嘗芭欖寧論價，自釀蒲萄不納官。常歎不才還有幸，滯留遐域〔二〕得佳餐。

〔一〕河中府　其下漸西本小字夾注云：「案斜米思干城在阿爾泰山之北。」

〔二〕遐域　原作「遐城」，據漸西本改。

再用韻贈摶霄以摶霄戒肉罷鷹犬，故以是詩美之。

〔據年譜，作於公元一二三八年。〕

凜凜風神白玉山，罷遊鷹犬逞金鞍。瑶琴高挂么絃絶，羲易頻翻斷簡殘。息念如僧還有髮，忘形見客似無官。伽陀誦罷爐薰冷，一鉢疏羹當曉餐。

再用韻謝非熊召飯

〔據年譜，作於公元一二三八年。〕

行盡遐陬萬里山，十年飄泊困征鞍。春風燕語歸心切，夜月猿啼客夢殘。聖世因時行夏正，愚臣嗜數愧春官。誰知賢帥開青眼，掃灑西菴召我餐。

再用韻唱玄

〔據年譜，作於公元一二三八年。〕

藤條擊破鐵圍山，倒跨白牛不鞲鞍。講疏僧歸經卷亂，坐禪人起佛燈殘。爲學未必如〔一〕爲道，選佛從教勝選官。百事湛然都不念，衹知渴飲與飢餐。

〔一〕如 漸西本作「知」。

再用韻

雲山疊疊復雲山，瘦馬蘆鞭矮面鞍。瀚海去程千驛遠，揚州歸夢五更殘。塵緣淡處應忘世，逸興濃時好解官。二頃良田何必覓，春山筍蕨亦供餐。〔據年譜，作於公元一二二八年。〕

和摶霄韻代水陸疏文因其韻爲詩十首〔一〕

資生無畏濟人深，便見能仁六度心。塵世捐財矜苦厄，寒林灑飯拔幽沈。既臨巨海鈎神物，試叩洪鍾伺好音。今日湛然攀舊例，珠纓休惜挂祇林。〔據年譜，作於公元一二二八年。〕

其二〔二〕

新朝威德感人深，渴望雲霓四海心。東夏再降烽火滅，西門一戰塞煙沈。顒觀頒朔施仁政，竚待更元布德音。好放湛然雲水去，廟堂英俊正如林。〔三〕

其三

論道西菴愛慕深，推誠片片露丹心。瑶琴莫撫相如引，寶鼎休焚韓壽沈。花氣渾如三角串，松風全似五絃音。清談終日忘歸思，不覺昏鴉噪晚林。

其四

五派分流道愈深，塵中誰識本來心。穿心土椀元無漏，没底膠船卻不沈。山色水光呈妙相，鳥啼猿嘯露圓音。雲霞活計無求飽，何事狂童作肉林。狂童作獨夫。

其五

前生未了妄緣深，薄宦相縈負夙心。只見淵明能印棄，誰知居士解舟沈。窮通榮辱皆真夢，毀譽稱譏盡假音。中隱冷官閑況味，歸心無日不山林。

其六

居士才微學未深，静思寧不媿中心。難忘北海千鍾酒，虚負西菴一炷沈。綺語傚顰賡險韻，瑶琴學步鼓純音。此番公案休拈出，祇恐相傳入笑林。

其七

新詩欻玉起予深，獨有搏霄我許心。真跡居塵聊俯仰，高名與世任浮沈。同成雅會

清茶話，共賞枯桐白雪音。他日歸休約何處，燕山參謁萬松林。〔四〕

其八

賢帥〔五〕文章蘊藉深，雲川傾蓋便同心。掀髯談道檠燈灺，抵足論文塞月沈。有眼句中君得意，無絃琴上我知音。乘舟誤捉波中月，莫學當年李翰林。

其九

浪跡西遊歲月深，臨風誰識湛然心。斯文將喪儒風歇，真智難明佛日沈。佳茗暫嘗轟雪浪，正聲聊作鼓雷音。年來逸興十分切，准備求真入道林。

其十

漁磯舊隱荻花深，塵世寧忘昔日心。兩岸清風單舸穩，滿江明月一鈎沈。飢來煮稻無兼味，醉後鳴榔笑五音。閑卧煙蓑春夢斷，不知潮起没青林。

〔一〕詩十首　原作「十詩」二字，據漸西本改。
〔二〕其二　原缺，據漸西本補，其後「其三」、「其四」等均同。
〔三〕正如林　原作「政如林」，據漸西本改。
〔四〕萬松林　其下漸西本小字夾注云：「□云依歸本師。」

〔五〕賢帥　原作「賢師」，據漸西本改。

寄賈搏霄乞馬乳

〔據年譜，作於公元一二二八年。〕

天馬西來釀玉漿，革囊傾處酒微香。長沙莫吝西江水，文舉休空北海觴。淺白痛思瓊液冷，微甘酷愛蔗漿涼。茂陵要灑塵心渴，願得朝朝賜我嘗。

謝馬乳復用韻二首

〔據年譜，作於公元一二二八年。〕

生涯簞食與囊漿，空憶朝回衣惹香。筆去餘才猶可賦，酒來多病不能觴。松窗雨細琴書潤，槐館風微枕簟涼。正與文君謀此渴，長沙美湩送予嘗。

其二

肉食從容飲酪漿，差酸滑膩更甘香。革囊旋造逡巡酒，樺器頻傾瀲灩觴。頓解老饑能飽滿，偏消煩渴變清涼。長沙嚴令君知否，只許詩人合得嘗。

贈摶霄筆

〔據年譜，作於公元一二二八年。〕

一札霜毫綴玉枝，〔一〕管城家世出東涯。遼東筆。鋒端有口能談景，紙上無聲解寫詩。免向江淹求彩管，莫學班氏棄毛錐。贈君聊助文房用，賦就離騷寄我知。

〔一〕玉枝　原作「土枝」，據漸西本改。

再用韻寄摶霄二首

〔據年譜，作於公元一二二八年。〕

玉立堂堂紫桂枝，雲川中隱寓天涯。風神蕭散能談道，格調清新解作詩。鄙論我甘蒙醬瓿，予作辨邪論，摶霄嘗讀之。雄材君已露囊錐。澄澄胸次人誰識，祇有清風明月知。

其二

斫倒松筠〔一〕節外枝，誰言法界有邊涯。筌蹄意盡閑周易，脂粉情忘束詁詩。去歲生涯猶説劍，今年活計更捐錐。威音那畔真消息，試問瞿曇也不知。

〔一〕松筠　原作「霜筠」，據漸西本改。

再用韻别非熊

〔據年譜，作於公元一二二八年。〕

靈木垂芳桂兩枝，非熊佳譽動西涯。倦聽琴阮嫌狂客，飽看經書厭小詩。成德羡君垂竹帛，虚名嗟我類刀錐。會難别易堪惆悵，何日重來誰得知。

愛子金柱索詩

〔案：年代無考。〕

文獻陰功絶比倫，昆蟲草木盡承恩。我爲北闕十年客，汝是東丹九世孫。致主澤民宜務本，讀書學道好窮源。他時輔翼英雄主，珥筆承明策萬言。〔一〕

〔一〕萬言　其下漸西本小字夾注云：「案文正子耶律鑄，有雙溪醉隱集。」

贈賈非熊摶霄一首

〔據年譜，作於公元一二二八年。〕

二陸尊賢擅美聲，月評難弟亦難兄。西菴揮麈〔一〕談三界，北觀攜琴論五行。休道酒仙無太白，須知詩伯有飛卿。奇人輻輳君門下，占斷西州好士名。

〔一〕揮麈　原作「麾塵」，據漸西本改。

和李振之二首

〔據年譜，作於公元一二二八年。〕

半紙功名未可呈，無心何處不安生。十年滄海塵空起，百歲黄粱夢乍驚。舊徑既荒松菊在，丹誠不變鬢髯更。年來漸有昇平望，每悵栖雞半夜鳴。

其二

酷憶遥山寸碧呈，歸耕何日樂餘生。蠅營得失都無念，狗苟榮枯總若驚。客夢覺來家萬里，詩聲〔一〕吟罷月三更。溟鵬本有冲天志，直待三年再一鳴。

〔一〕詩聲　原作「聲詩」，據漸西本改。

非熊兄弟餞予之燕再用振之韻

〔據年譜，作於公元一二二八年。〕

藝逢知己敢相呈，幾夜論文喜氣生。筆陣我甘三舍退，詩壇君使四筵驚。公初傾蓋冬將半，予擬乘軺歲欲更。特與幽人助行色，一聲寒角隔煙嗚。

和連國華三首

〔據年譜，作於公元一二二八年。〕

歲月如流走兔烏，求真可惜費工夫。深源到底忘根柢，至道元來貴拙愚。真理不空宜具眼，太虛無面莫添鬚。直須穩坐長安好，切忌途中認畫圖。

其二

安得長繩繫日烏，天涯老卻舊耕夫。林泉放曠輸君樂，沙漠淹留笑我愚。虎戰每驚涉虎尾，龍飛不得採龍鬚。文章畢竟成何事，富貴元知不可圖。

其三

月上南枝啼夜烏，悲歌彈鋏歎征夫。愁邊逐日看周易，夢裏隨風謁太愚。縱有征塵遮兩眼，卻無慚色上三鬚。真人已應千年運，佇待河清再出圖。

連國華餞予出天山因用韻

〔據年譜，作於公元一二二八年。〕

十年不得舞衣班，一憶江南膽欲寒。黄犬候來秋自老，白雲望斷信何難。軍中得句常橫槊，客裏傷心每據鞍。游子未歸情幾許，天山風雪正漫漫。

還燕和美德明一首〔一〕

〔據年譜，作於公元一二二八年。〕

紛紛世態眩榮華，静裏乾坤本不譁。琴阮生涯聊自適，詩書事業更何加。但期聖德澤天下，敢惜餘生寄海涯。可笑燕然舊游客，倚樓悲我客程賒。

〔一〕一首　原作「二首」，據漸西本改。

又和橙子梅韻

〔案：應與前詩作於同時，即公元一二二八年。〕

可笑人心自短長，誰知箇事不囊藏。化成橙子舌耽味，幻作梅英鼻覺香。金卵似真隨變滅，冰魂元假卻芬芳。唯心識破同根旨，何必臨風再舉揚。

和竹林一禪師韻

〔據年譜，作於公元一二二八年。〕

富貴無心羨五侯，隨時俯仰浪西遊。斷無事業留千古，静看英雄横九州。白雁縱傳遐域信，黄華卻負故園秋。蒼生未濟歸何益，一見吾山一度羞。

西菴上人住夏禁足以詩戲之

〔案：年代無考。〕

觸處無非選佛堂，東風何處避春光。郡人無足充〔一〕千界，大地絶塵塞四方。舉步踢翻滄海月，轉身踏破白雲鄉。快須擊碎閑家具，説向西菴笑一場。首句一作都盧只是一禪牀。

〔一〕充　原作「克」，據漸西本改。

送韓浩然用馬朝卿韻

〔據年譜，作於公元一二二八年。〕

開懷樽俎笑談傾，未暇論文君已行。富貴塗亨渠易致，詩篇韻險我難賡。已成傾蓋金蘭友，安用沾襟兒女情。准擬秋深迓歸騎，一樽濁酒遠相迎。

戊子喜雨用馬朝卿韻二首

〔據年譜，作於公元一二二八年。〕

酷暑炎炎正不禁，一聲雷震釀輕陰。救回南畝十分旱，變作西郊三日霖。遍野桑疇青幄密，連天麥壠緑雲深。王孫喜雨登樓宴，貰酒黄壚解帶金。

其二

生死輪迴苦莫禁，不如學道惜分陰。舡乘没底聊相渡，雲出無心强作霖。不死鄉中靈草異，長生劫外紫雲深。茅山道士真堪笑，虚費工夫煉五金。〔一〕

〔一〕鍊五金　其下漸西本小字夾注云：「□云：似譏勞山道士丘真人處機。」

戊子餞非熊仍以吕望磻溪圖爲贈

〔據年譜，作於公元一二二八年。〕

昨夜白麻降日邊，文章領袖遠朝天。遥思御座分香賜，更想龍庭命席前。白面書生酬夙志，黑頭邊帥領新權。非熊應笑非熊老，八十猶然釣渭川。

和宋子玉韻

〔案：年代無考。〕

勇將謀臣滿玉京，吾儕袖手待昇平。荆榛至道常嗟我，柱石中原豈捨卿。日下有人叨肉食，雲中高士振詩鳴。思君興味如梅渴，海印道號也。那能知此情。

和李邦瑞韻二首

〔據年譜，作於公元一二三一年。〕

隴右奇才冠士林，萬言良策起予深。澤民致主傾丹懇，邀利沽名匪素心。我伴簿書無好思，君陪風月有閒吟。他年共納林泉下，茅屋松窗品正音。

其二

謝君千里遠相尋，傾蓋交歡氣義深。筆硯生涯一作書劍因緣，又作鐵石肝腸。無異志，金蘭氣味本同心。揮毫解賦登高句，緩軫能彈對竹琴。此去鱗鴻知有便，臨風無吝寄芳音。

和邦瑞韻送奉使之江表

〔據年譜，作於公元一二三一年。〕

駟騎翩翩出玉京，金符一插照人明。莫忘北闕龍飛志，要識南陬鴂舌情。布袖來朝無騎乘，錦衣歸去不徒行。昇仙橋畔增春色，郡守傳呼接長卿。

和王正之韻三首

〔據年譜，作於公元一二三三——一二三六年間。〕

洪才碩德兩相宜，雅操真堪據鳳池。富貴未終隨夢變，功名何在值時危。奇詞解吐萬言策，敏思能吟七步詩。但倩東風輕着力，摩天鵬翼若雲垂。

其二

自慙不解告嘉謨，十載韜藏僻一隅。巨海洪深容棄物，新朝寬厚用愚夫。亨時嘉會千年少，聖主雄材萬代無。文物規模皆法古，佇看明詔起真儒。

其三

皇天輔德本無親，樂道奚憂甑滿塵。道泰小人當屏斥，時屯君子自經綸。浮雲富貴元千變，昨夢繁華得幾春。遇不遇兮皆是命，吾儕休羡錦衣新。楞嚴經云：「生死涅盤都如昨夢。」

祝忘憂居士壽

〔據年譜，作於公元一二三三——一二三六年間。〕

酷似燕山竇十郎，靈椿初老桂枝芳。兩朝厚遇垂千稔，一日清明滿四方。玉佩丁東照蘭省，斑衣摇曳悦萱堂。他年參到平常處，便是長生不老鄉。

蠟梅二首

〔據年譜，作於公元一二三三——一二三六年間。〕

越嶺仙姿迥異常，洞庭春染六銖裳。枝横碧玉天然瘦，蕾〔一〕破黄金分外香。反笑素英渾淡抹，卻嫌紅豔太濃妝。臨風浥此薔薇露，醉墨淋漓寄渺茫。

〔一〕蕾　原作「雷」，據漸西本改。

其二

冰姿夢裏慕姚黄，滴蠟凝酥别樣妝。生妬白紅太濃淡，懶施朱粉自芬芳。寒英深染薔薇露，冷豔微燻〔一〕篤耨香。受用清絶恣吟遶，惜花一念未全忘。

〔一〕微燻　原作「徽熏」，據漸西本改。

謝禪師□公寄閭山紫玉

〔據年譜，作於公元一二三三——一二三六年間。〕

方外閑人天一隅，因風寄我紫雲腴。起予妙理欺歡伯，滌我枯腸壓酪奴。琥珀精神渾彷彿，葡萄滋味〔一〕較錙銖。禪師遠棄桃源路，日日尋山摘此無。

〔一〕葡萄滋味　原作「葡萄嗞味」，據漸西本改。

和鄭壽之韻

〔據年譜，作於公元一二三三——一二三六年間。〕

聖主龍飛日月新，微才忝預股肱臣。民財已阜錢如水，駟騎長閑塞不塵。威鎮西陲輸定遠，宴開東閣慕平津。何如收拾琴書去，林下衣冠作舜民。

寄沙井劉子春

〔據年譜，作於公元一二三三——一二三六年間。〕

寄語沙城老故人，别來贏得鬢邊塵。馬蹄踏破關中月，新句吟空河表春。名利相縈余有歉，琴書自樂子非貧。何時策杖君家去，再試淵明漉酒巾。

和琴士苗蘭韻

〔據年譜，作於公元一二三四年。〕

徒步南來愛陸機，公餘邂逅似相期。高山韻吼千巖木，流水聲號半夜陂。聖德宛如歌治化，南風猶似撫瘡痍。曲終聲散無人會，撩我高吟一首詩。

和人韻二首

〔據年譜，作於公元一二三三——一二三六年間。〕

西域諸蕃古未知，來生遠過禹封畿。名山准擬金泥檢，古塞無勞羽檄飛。世樂詎能敵靜樂，蓑衣到底勝朝衣。年來痛憶閭山景，月照茅亭水一圍。

其二

干戈未斂我傷神，自恨虛名誤此身。否德詎能師百辟，微才安可步三辰。箕裘謾歎青氈舊，勳業空驚白髮新。安得夔龍立廊廟，扶持堯舜濟斯民。

和武川嚴亞之見寄五首

〔據年譜，作於公元一二三三——一二三六年間。〕

當年西域未知名，四海無人識晉卿。扈從鑾輿三萬里，謨謀鳳闕〔一〕九重城。衣冠異域真余志，禮樂中原乃我榮。何日功成歸舊隱，五湖煙浪樂餘生。

其二

亞之平水久馳名，亞之本絳陽人，今寓居武川，訓童爲生。壯歲題橋慕長卿。厭世德風如偃草，驚人詩價比連城。功名未立不爲慊，仁義能行亦足榮。此理幽微人不識，莫言儒道拙謀生。

其三

今年又得亞之詩，每歎風雲會遇遲。拙運且淹童子役，雄才宜作帝王師。羨君筆下揮千字，知子胸中藴六奇。静對西風和新句，淒然南望動深思。

其四

誤忝綸恩斗印懸，乏才羞到玉墀前。劾奸封事夢猶諍，許國忠誠老益堅。仁政發從天北畔，捷音來自海西邊。從今率土霑王化，禮樂車書共一天。

其五

寥落龍沙寄此生，情鍾我輩豈無情。參商管鮑賢朋友，南北機雲好弟兄。蓮葉飄香思晚浦，梅花飛雪夢春城。故園日夜歸心切，未濟斯民不敢行。

〔一〕謨謀鳳闕　原作「謀謨鳳閣」，據漸西本改。

己丑過雞鳴山

〔案：作於己丑，應爲公元一二二九年。〕

三年四度過雞鳴，我僕徘徊馬倦登。寂寞柴門空有舍，蕭條山寺静無僧。殘花濺淚千程别，啼鳥傷心百感生。今古興亡都莫問，穹廬高卧醉騰騰。

寄天山周敬之

〔案：年代無考。〕

當年傾蓋識君初，爛飲天山駐使車。〔一〕秋去安仁空有賦，雁來公瑾又無書。林巒紅葉知人老，〔二〕籬落黄花亦我疏。爲向天涯道岑寂，强吟新句附雙魚。

〔一〕使車　原作「使軍」，據漸西本改。

〔二〕知人老　原作「如人老」，據漸西本改。

邦瑞乞訪親因用其韻

〔案：年代無考。〕

干戈擾擾戰交侵，一紙安書值萬金。凡子〔一〕生還愁未解，萱堂仙去恨尤深。涕零倚木西風怨，腸斷聞鈴夜雨淋。養老送終真有憾，號天如割望雲心。

〔一〕凡子　原作「兄子」，據漸西本改。

和李邦瑞韻

〔案：年代無考。〕

趙老名言本兩忘，〔一〕庭前空有柏蒼蒼。〔二〕西江吸盡慵開口，北載添來亦括囊。明月清風何所礙，落花流水不相妨。須知居士元無病，底用千年舊藥方。

〔一〕忘　其下漸西本小字夾注云：「案趙老，趙州和尚。」

〔二〕蒼蒼　其下漸西本小字夾注云：「案庭前柏子是西來意。」

過清源贈法雲禪師

〔據年譜，作於公元一二三二年。此詩與卷二過清源謝汾水禪師見訪同。〕

汾水禪師個裏人，杖藜尋我過清源。半盂紅菓情何厚，一盞青燈話細論。山水景中君適意，〔一〕兵戈堆裏我消魂。他年相約雲深處，松竹蕭蕭静掩門。

〔一〕適意　卷二過清源謝汾水禪師見訪作「得意。」

贈五臺長老

〔據年譜，作於公元一二三一年。此詩與卷二再過晉陽獨五臺開化二老不遠迎同。〕

高岡登陟馬玄黄，落日西風過晉陽。道士忻迎〔一〕捧林菓，儒冠遠迓挈壺漿。五臺强壯〔二〕頭如雪，開化輕安鬢未霜。誰會二師深密意，趙州元不下禪牀。

〔一〕忻迎　卷二再過晉陽獨五臺開化二老不遠迎作「歡迎」。

〔二〕强壯　前詩作「强健」。

湛然居士文集卷五

贈蒲察元帥七首

〔據年譜，作於公元一二二〇年。〕

閑騎白馬思無窮，來訪西城緑髮翁。元老規模妙天下，錦城風景壓河中。花開杷欖芙渠淡，酒泛葡萄琥珀濃。痛飲且圖容易醉，欲憑春夢到盧龍。

其二

積年飄泊困邊塵，閑過西隅謁故人。忙唤賢姬尋器皿，便呼遼客奏箏篆。葡萄架底葡萄酒，杷欖花前杷欖仁。酒釅花繁正如許，莫教辜負錦城春。

其三

主人知我怯金觴，特爲先生一改堂。細切黄橙調蜜煎，重羅白餅糁糖霜。幾盤緑橘分金縷，一椀清茶點玉香。明日辭君向東去，這些風味幾時忘。

其四

使君排飦宴南溪，不枉從君鳥鼠西。春薤旋澆〔一〕濃鹿尾，臘糟微浸軟駝蹄。絲絲魚膾明如玉，屑屑雞生爛似泥。〔二〕白面書生知此味，從今更不嗜黄齏。

其五

筵前且盡主人心，明燭厭厭飲夜深。素袖佳人學漢舞，碧髯官妓撥胡琴。〔三〕輕分茶浪飛香雪，旋擘橙盃破軟金。五夜歡心猶未已，從教斜月下疎林。

其六

主人開宴醉華胥，一派絲篁沸九衢。黯紫葡萄垂馬乳，輕黄杷欖燦牛酥。金波泛蟻斟歡伯，雪浪浮花點酪奴。忙裏偷閑誰若此，西行萬里亦良圖。

其七

閑乘羸馬過蒲華，又到西陽太守家。瑪瑙瓶中簪亂錦，琉璃鍾裏泛流霞。品嘗春色批金橘，受用秋香割木瓜。此日幽歡非易得，何妨終老住流沙。

〔一〕春薤旋澆　原作「春雁旋澆」，據漸西本改。

〔二〕爛似泥　其下漸西本小字夾注云：「案泰西庖丁亦善作雞泥。」

〔三〕撥胡琴　其下漸西本小字夾注云：「案蒙古人呼爲扣肯兒。」

庚辰西域清明

〔案：詩題庚辰，即作於公元一二二〇年。〕

清明時節過邊城，遠客臨風幾許情。野鳥間關難解語，山花爛漫不知名。葡萄酒熟愁腸亂，瑪瑙盃寒醉眼明。遥想故園今好在，梨花深院鷓鴣聲。

用鹽政姚德寬韻

〔據年譜，作於公元一二三三——一二三六年間。〕

乃祖開元柱石臣，雲孫髣髴玉麒麟。從來德炙興人口，此日恩沾聖世春。欲草薦書學北海，未開東閤愧平津。而今且試調羹手，竚看沙隄繼舊塵。

用昭禪師韻二首

〔據年譜，作於公元一二三三——一二三六年間。〕

銀鈎全似趙周臣，詩比黄華格調新。道眼點開言外句，禪心説破劫前春。山中跛挈無爲客，林下逍遥自在人。不犯清波垂釣處，卧龍隨手出龍津。

其二

聖德洋洋雨露零，蟲魚草木總歡榮。妖氛斂禍堯風扇，外道消聲佛日明。

和薛正之見寄

〔據年譜，作於公元一二三三——一二三六年間。〕

賢臣聖主正時遭，建策龍庭莫憚勞。大壑波深翻巨鯉，高空風順遇鴻毛。一番制度新才術，百代文章舊雅騷。勉力自强宜不息，功名何啻泰山高。

乞扇

〔據年譜，作於公元一二一九——一二二二年間。〕

屈眴圓裁白玉盤，〔一〕幽人自翦素琅玕。全勝織女絞綃帕，高出湘妃玳瑁斑。座上清風香細細，懷中明月淨團團。願祈數柄分居士，顛倒陰陽九夏寒。

〔一〕白玉盤　其下漸西本小字夾注云：「案屈眴，西域布。」

壬午西域河中遊春十首

〔案：詩題壬午，即作於公元一二二二年。用丘處機詩司天臺判李公輩邀遊郭西歸作韻。〕

幽人呼我出東城，信馬尋芳莫問程。春色未如華藏富，湖光不似道心明。土牀設饌談玄旨，石鼎烹茶唱道情。世路崎嶇太尖險，隨高逐下坦然平。〔一〕

其二

三年春色過邊城，萍跡東歸未有程。細細和風紅杏落，涓涓流水碧湖明。花林啜茗添幽興，緑畝〔二〕觀耕稱野情。何日要荒同入貢，普天鐘鼓樂清平。

其三

春雁樓邊三兩聲，東天回首望歸程。山青水碧傷心切，李白桃紅照眼明。幾樹緑楊搖客恨，一川芳草惹羈情。天兵幾日歸東闕，萬國歡聲賀太平。

其四

河中二月好踏青〔三〕，且莫臨風嘆客程。溪畔數枝紅杏〔四〕淺，牆頭半點〔五〕小桃明。誰知西域逢佳景，始信東君不世情。圓沼方池三百所，澄澄春水一時平。

其五

二月河中草木青，芳菲次第有期程。花藏徑畔春泉碧，雲散林梢晚照明。含笑山桃還似識，相親水鳥自忘情。遐方且喜豐年兆，萬頃青青麥浪平。

其六

異域春郊草又青，故園東望遠千程。臨池嫩柳千絲碧，倚檻妖桃幾點明。丹杏笑風真有意，白雲送雨大無情。歸來不識河中道，春水潺潺滿路平。

其七

四海從來皆弟兄，西行誰復歎行程。既蒙傾蓋心相許，得遇知音眼便明。金玉滿堂違素志，雲霞千頃適高情。廟堂自有夔龍在，安用微生措治平。〔六〕

其八

寓跡塵埃且樂生，垂天六翮斂鵬程。無緣未得風雲會，有幸能瞻日月明。出處隨時全道用，窮通逐勢歎人情。憑誰爲發豐城劍，一掃妖氛四海平。

其九

不如歸去樂餘齡，百歲光陰有幾程。文史三冬輸曼倩，田園二頃憶淵明。賓朋冷落絶交分，親戚團欒説話情。植杖耘耔聊自適，笑觀南畝緑雲平。

其十

衰翁〔七〕老矣倦功名，繁簡行軍笑李程。〔八〕牛糞火熟石炕暖，蛾連紙破瓦窗明。水中漉月消三毒，火裏生蓮屏六情。野老不知天子力，謳歌鼓腹慶昇平。

〔一〕坦然平　其下漸西本小字夾注云：「□云，竟是寒山子、擊壤老人矣。」
〔二〕緑畝　原作「緑野」，據漸西本改。
〔三〕踏青　其下漸西本小字夾注云：「案正建牙河中府時。今析入俄國，爲斜米斯干省。」
〔四〕紅杏　原作「繁杏」，據漸西本改。
〔五〕半點　原作「千點」，據漸西本改。
〔六〕措治平　其下漸西本小字夾注云：「案五句老子語。」
〔七〕衰翁　原作「褭翁」，據漸西本改。
〔八〕李程　其下漸西本小字夾注云：「案李廣、程不識。」

遊河中西園和王君玉韻四首

〔據年譜，作於公元一二二二年。用丘處機詩復遊西郭二首韻。〕

萬里東皇不失期，園林春老我來遲。漫天柳絮將飛日，遍地梨花半謝時。異域風光特秀麗，幽人佳句自清奇。臨風暢飲題玄語，方信無爲無不爲。

其二

清明出郭赴幽期，千里江山麗日遲。花葉不飛風定後，香塵微斂雨餘時。彫鐫冰玉詩尤健，揮掃龍蛇字愈奇。好字好詩獨我得，不來賡和擬胡爲。

其三

異域逢君本不期，湛然深恨識君遲。清詩厭世光千古，逸筆驚人自一時。字老本來遵雅淡，吟成元不尚新奇。出倫詩筆服君妙，笑我區區亦强爲。

其四

風雲佳遇未能期，自是魚龍上釣遲。巖穴潛藏難遯世，〔一〕塵囂俯仰且隨時。百年富貴真堪歎，半紙功名未足奇。伴我琴書聊自適，生涯此外更何爲。

〔一〕遯世　其下漸西本小字夾注云：「案邵子詩：『天下有名難避世。』」

河中遊西園四首

〔據年譜，作於公元一二二二年。〕

河中春晚我邀賓，詩滿雲牋酒滿巡。對景怕看紅日暮，臨池羞照白頭新。柳添翠色侵凌草，花落餘香著莫人。且著新詩與芳酒，西園佳處送殘春。

其二

河中風物出乎倫，閑命金蘭玉斝巡。半笑梨花瓊臉嫩，輕顰楊柳翠眉新。銜泥紫燕先迎客，偷蕊黄蜂遠趁人。日日西園尋勝概，莫教辜負客城春。

其三

幾年萍梗困邊城，閑步西園試一巡。圓沼印空明鏡瑩，芳莎藉地翠茵新。幽禽有意如留客，野卉多情解笑人。屈指知音今有幾，與誰同享瓮頭春。

其四

金鼓鑾輿出隴秦，驅馳八駿又西巡。千年際會風雲異，一代規模宇宙新。西域兵來擒僞主，東山詔下起幽人。股肱元首明良世，高拱垂衣壽萬春。

河中春遊有感五首〔一〕

〔據年譜，作於公元一二二二年。用丘處機詩至回紇邪米思干大城韻。〕

西胡尋斯干有西戎梭里檀故宫在焉。搆室未全終，又見頹垣遶故墉。緑苑連延花萬樹，碧堤

回曲水千重。不圖舌鼓談非馬，甘分躬耕學卧龍。糲食粗衣聊自足，登高舒嘯樂吾慵。〔二〕

其二

異域河中春欲終，園林深密鎖頽墉。東山雨過空青疊，西苑花殘亂翠重。杷欖碧枝初着子，葡萄緑架已纏龍。等閒春晚芳菲歇，葉底翩翩困蜨慵。

其三

坎止流行以待終，幽人射隼上高墉。窮通世路元多事，艱險機關有幾重。百尺蒼枝藏病鶴，三冬蟄窟閉潛龍。琴書便結忘言友，治圃耘蔬自養慵。

其四

西域渠魁運已終，天兵所指破金墉。崇朝馹騎馳千里，一夜捷書奏九重。鞭策不須施犬馬，廟堂良算足夔龍。北窗高卧薰風裏，儘任他人笑我慵。

其五

重玄叩擊數年終，大道難窺萬仞墉。舊信不來青鳥遠，故山猶憶白雲重。自知勳業輸雛鳳，且學心神似老龍。〔三〕忙裏偷閑誰似我，兵戈横蕩得疎慵。

〔一〕詩題　其下漸西本小字夾注云：「案和邱長春道士。」

〔二〕吾慵　其下漸西本小字夾注云：「文田案：西遊記云：師住算灘氏新宮，暇日出詩一篇云：二月經行十月終，西臨回紇大城墉。塔高不見十三級，山厚已過千萬重。秋日在郊猶放象，夏雲無雨不從龍。嘉蔬麥飯葡萄酒，飽食安眠養素慵。此五首皆和丘處機元韻也。□案：算灘乃痕都中印度君號。」

〔三〕老龍　其下漸西本小字夾注云：「案老子猶龍，如此用太割截。」

過閭居河四首〔一〕

〔據年譜，作於公元一二一八年。用丘處機詩至魚兒濼韻。〕

河冰春盡水無聲，靠岸鉤魚羨擊冰。乍遠南州如夢蝶，暫遊北海若飛鵬。隋堤柳絮風何處，越嶺梅花信莫憑。試暫停鞭望西北，迎風羸馬不堪乘。〔二〕

其二

北方寒凛古來稱，親見陰山凍鼠冰。戰鬬簷楹翻鐵馬，窮通碁勢變金鵬。五車經史都無用，一鶚書章誰可憑。安得衝天暢予志，雲輿六馭信風乘。

其三

一聖龍飛德足稱，其亡凜凜涉春冰。千山風烈來從虎，萬里雲垂看舉鵬。堯舜徽猷無闕失，良平妙算足依憑。華夷混一非多日，浮海長桴未可乘。

其四

自媿聲名無可稱，賢愚混世炭和冰。竊鹽倉鼠初成蝠，噴浪溟鯤未化鵬。賣劍學耕食粗遣，買山歸老價難憑。秋江月滿西風軟，何日扁舟獨自乘。

〔一〕詩題　其下漸西本小字夾注云：「案亦和丘長春。」

〔二〕不堪乘　其下漸西本小字夾注云：「案西遊記出沙陀至魚兒濼詩：北陸祁寒自古稱，沙陀三月尚凝冰。更尋若士爲黃鵠，要識修鵾化大鵬。蘇武北遷愁欲死，李陵南望去無憑。我今返學盧敖志，六合窮觀最上乘。」

感事四首〔一〕

〔據年譜，作於公元一二一九——一二二二年間。用丘處機詩灤驛路韻。〕

富貴榮華若聚漚，浮生渾似水東流。仁人短命嗟顏氏，君子懷疾歎伯牛。未得鳴珂遊帝闕，何能騎鶴上揚州。幾時擺脱閑韁鎖，笑傲煙霞永〔二〕自由。〔三〕

其二

當年元擬得封侯，一誤儒冠入士流。赫赫鳳鸞捐腐鼠，區區蠻觸戰蝸牛。未能離欲超三界，必用麾旄混九州。致主澤民元素志，陳書自薦我無由。

其三

得不欣欣失不憂，依然不改舊風流。深藏鳳璧無投鼠，好蓄龍泉候買牛。山寺幽居思少室，梅花歸夢繞揚州。萱堂温凊〔四〕十年闕，負米供親媿仲由。

其四

人不知予我不尤，濯纓何必揀清流。良材未試聊耽酒，利器深藏俟割牛。舊政欲傳新令尹，新朝不識舊荆州。眉山云邁歸商路，痛恪新詩寄子由。

〔一〕詩題　其下漸西本小字夾注云：「案亦和長春道人。」

〔二〕永　原作「水」，據漸西本改。

〔三〕自由　其下漸西本小字夾注云：「案西遊記：抵陸局河南岸，行十有六日，又行十日夏至，漸見大山。從此漸有山阜，人煙頗衆，以詩敍其實云：『極目山川無盡頭，風煙不斷水長流。如何造物開天地，到此令人放馬牛。飲血茹毛同上古，峨冠結髮異中州。聖賢不得垂文教，歷代縱横只自由。』此四首並用此韻。」

〔四〕温清　原作「温清」，據漸西本改。

壬午元日二首

〔案：詩題壬午，即作於公元一二二二年。〕

西域風光换，東方音問疎。屠蘇聊復飲，鬱壘不須書。〔一〕舊歲昨宵盡，新年此日初。客中今十載，孀母信何如。

其二

萬里西征出玉關，詩無佳思酒瓶乾。蕭條異域年初换，坎軻窮途臘已殘。身過碧雲遊極樂，手遮東日望長安。年光迅速如流水，不管詩人兩鬢斑。

〔一〕不須書　原脱「書」字，據漸西本補。

過沁園〔一〕有感

〔據年譜，作於公元一二三二年。〕

昔年曾賞沁園春，〔二〕今日重來迹已陳。水外無心修竹古，雪中含恨瘦梅新。垣頽月榭經兵火，草没詩碑覆劫塵。羞對覃懷昔時月，多情依舊照行人。

〔一〕沁園　原作「泌園」，據漸西本改。

〔二〕沁園春　原作「泌園春」，據漸西本改。

用劉正叔韻

〔案：年代無考。〕

參叩松軒積有年，光塵融洩一愚賢。視民每羨如芻狗，治國常思烹小鮮。只道牛邊休執杖，誰知琴上亦忘絃。湛然稍異香山老，不學空門不學仙。

西域家人輩釀酒戲書屋壁

〔據年譜，作於公元一二一九——一二二二年間。〕

西來萬里尚騎驢，旋借葡萄釀緑醑。司馬捲衣親滌器，文君挽袖自當爐。元知沽酒業緣重，何奈調羹手段無。古昔英雄初未遇，生涯或亦隱屠沽。

西域從王君玉乞茶因其韻七首

〔據年譜，作於公元一二一九——一二二二年間。〕

積年不啜建溪茶，心竅黄塵塞五車。碧玉甌中思雪浪，黄金碾畔憶雷芽。盧仝七椀詩難得，諗老三甌夢亦賒。敢乞君侯分數餅，暫教清興遶煙霞。

其二

厚意江洪絶品茶，先生分出蒲〔一〕輪車。雪花灔灔浮金蘂，玉屑紛紛碎白芽。破夢一杯〔二〕非易得，搜腸三椀不能賒。瓊甌啜罷酬平昔，飽看西山插翠霞。

其三

高人惠我嶺南茶，爛賞飛花雪没車。是日作茶會值雪。玉屑三甌烹嫩蕊，青旗一葉碾新芽。頓令衰叟詩魂爽，便覺紅塵客夢賒。兩腋清風生坐榻，幽歡遠勝泛流霞。

其四

酒仙飄逸不知〔三〕茶，可笑流涎見麴車。玉杵和雲舂素月，金刀帶雨翦黄芽。試將綺語求茶飲，特勝春衫把酒賒。啜罷神清淡無寐，塵囂身世便雲霞。

其五

長笑劉伶不識茶，胡爲買鍤謾隨車。蕭蕭暮雨雲千頃，隱隱春雷玉一芽。建郡深甌吴地遠，金山佳水楚江賒。紅爐石鼎烹團月，一椀和香吸碧霞。

其六

枯腸搜盡數杯茶，千卷胸中到幾車。湯響松風三昧手，雪香雷震一槍芽。滿囊垂賜情何厚，萬里攜來路更賒。清興無涯騰八表，騎鯨踏破赤城霞。

其七

啜罷江南一椀茶，枯腸歷歷走雷車。黄金小碾飛瓊屑，碧玉深甌點雪芽。筆陣陳兵詩思勇，睡魔卷甲夢魂賒。精神爽逸無餘事，卧看殘陽補斷霞。

〔一〕蒲　漸西本作「滿」。

〔二〕杯　原作「柸」，據漸西本改。

〔三〕不知　漸西本作「不如」。

和冲霄韻五首

〔據年譜，作於公元一二三三——一二三六年間。〕

垂亡聖道賴君鳴，〔一〕坎軻休嗟道不行。須信詩魔降筆陣，好將酒戰破愁城。滔滔秋水如人志，薄薄閑雲似世情。一舉冲霄知有日，垂天萬里看鵬程。

其二

古今興廢不堪聽，寵辱都如夢一驚。韜畧欣然推後進，琴書足以了餘生。既知物物頭頭是，誰問朝朝暮暮情。散盡迷雲何所有，一輪秋月普天明。

其三

天涯索寞正窮秋，衰草寒煙無盡頭。葉底哀蛩空促織，雲間征雁祇供愁。祇供愁，一作謾書愁。酪漿滿引澆羊胛，糲食隨緣薦鹿脩。試暫迴光樂真覺，人間萬法一時收。

其四

星星華髮鏡中驚，好賦歸歟接淅行。重位寧貪高一品，故園無憚遠千程。晴天花絡春山色，落日松和秋水聲。無恙閭峯三百寺，遨遊吟嘯老餘生。

其五

古木殘陽映矮崗，雁行天際寫秋光。霜蓑帶雨添愁色，晚菊和風送冷香。濁酒三年渾未試，黄糧九月得初嘗。龍沙且喜身强健，南望幽人天一方。

〔一〕嗚　漸西本作「明」。

又一首

〔據年譜，作於公元一二三三——一二三六年間。〕

不見高陽舊酒徒，臨風惆悵幾踟躕。無窮真味思焦尾，有限浮生歎白駒。德望服人輸二陸，〔一〕文章重世媿三蘇。散材潦倒渾無用，空作昂藏一丈夫。

〔一〕二陸　漸西本誤爲「一陸」，其下小字夾注云：「案平吳利在二陸，此云一陸，指陸抗邪？」

和冲霄十月桃花韻二首

〔據年譜，作於公元一二三三——一二三六年間。〕

桃源仙子憶劉郎，不憚嚴冬雨雪涼。紅雨已先初夏落，妖魂重對小春芳。冷侵緑〔一〕蕚剛舒臉，寒徹朱衣强噴香。誰向荒園慰蕭索，數枝無語映斜陽。

其二

春生秋殺乃天常，來往推遷炎與涼。晚節正當陰氣塞，窮冬忽見小桃芳。豈知卜棗能成實，僭與江梅敢並香。自媿備員調鼎鼐，不知何事謬陰陽。

〔一〕緑　原作「絡」，據漸西本改。

用薛正之韻

〔據年譜，作於公元一二三三——一二三六年間。〕

無德慚爲天下先，湖山歸計好加鞭。霜深尚有籬邊菊，風勁全無葉底蟬。三弄瑶琴歌素月，一樽濁酒醉蒼煙。鳳池分付夔龍去，萬頃瀟湘屬湛然。

湛然居士文集卷六

和景賢見寄

〔據年譜，作於公元一二三三——一二三六年間。〕

龍岡參透後三三，髣髴前人何所慚。妙筆照人驚老字，新詩入手想清談。塵中名利予難出，夢裏榮華君不耽。准擬歸時便歸去，閭山珍重舊禪菴。珍重，一作好在。

用劉潤之乞冠韻

〔據年譜，作於公元一二三三——一二三六年間。〕

隱逸養幽慵，飄蕭兩鬢蓬。角巾折暮雨，醉帽落秋風。避暑挂石上，啣杯漉酒中。忘機任真率，露頂向王公。

西域河中十詠

〔據年譜，作於公元一二一九——一二二二年間。〕

寂寞河中府，連甍及萬家。蒲萄親釀酒，杷欖看開花。飽啖雞舌肉，分餐馬首瓜。土產瓜大如馬首。人生唯口腹，何礙過流沙。

其二

寂寞河中府，臨流結草廬。開樽傾美酒，擲網得新魚。有客同聯句，無人獨看書。天涯獲此樂，終老又何如。

其三

寂寞河中府，遐荒僻一隅。蒲萄垂馬乳，杷欖燦牛酥。釀春〔一〕無輸課，耕田不納租。西行萬餘里，誰謂乃良圖。

其四

寂寞河中府，生民屢有災。避兵開邃穴，防水築高臺。六月常無雨，三冬〔二〕卻有雷。偶思禪伯語，不覺笑顏開。

其五

寂寞河中府，頹垣繞故城。園林無盡處，花木不知名。南岸獨垂釣，西疇自省耕。爲人但知足，何處不安生。

其六

寂寞河中府，西流緑水傾。衝風磨舊麥，西人作磨，風動機軸以磨麥。懸碓杵新粳。西人皆懸杵以舂。春月花渾謝，冬天草再生。優游聊卒歲，更不望歸程。

其七

寂寞河中府，清歡且自尋。麻牋聊寫字，葦筆亦供吟。傘柄學鑽笛，宫門自斲琴。臨風時適意，不負昔年心。得故宫門堅木三尺許，斲爲琴，有清聲。

其八

寂寞河中府，西來亦偶然。每春忘舊閏，隨月出新年。强策渾心竹，難穿無眼錢。異同無定據，俯仰且隨緣。西人不計閏，以十二月爲歲。有渾心竹。其金銅牙錢無孔郭。

其九

寂寞河中府，聲名昔日聞。城隍連畎畝，市井半丘墳。食飯秤斤賣，金銀用麥分。生民怨來後，簞食謁吾君。

其十

寂寞河中府，遺民自足糧。黄橙調蜜煎，白餅糁糖霜。漱旱河爲雨，無衣壠種羊。一從西到此，更不憶吾鄉。

〔二〕釀春　漸西本作「釀酒」。

〔三〕三冬　原作「三久」，據漸西本改。

西域和王君玉詩二十首

〔據年譜，作於公元一二一九——一二二二年間。〕

年來深欲買湖山，貧病難酬絹五千。歸去不從陶令請，知音未遇孟嘗賢。排愁器具思歡伯，送老生涯乏貨泉。惟有詩魂常伴我，閒吟陶寫箇〔一〕中玄。

其二

一髮燕然曉日邊，寒雲疊疊亂山千。萬重沙漠猶逢友，十室荒村亦有賢。留客芳樽思北海，驚人奇語憶南泉。思量萬事多渾錯，勉力輪鎚好扣玄。

其三

君侯乘興寫佳篇，我得瓊琚價倍千。妙筆一揮能草聖，新詩獨惠過稱賢。半瓶濁酒斟瓊斝，七椀清茶泛玉泉。萬里西行真我幸，逢君時復一談玄。

其四

健羨金鞍美少年，盈門劍客列三千。須知執德元非德，況是無賢敢自賢。不解彎弓射石虎，誰能擊劍躍龍泉。黑〔二〕頭勳業今何在，壯歲功成愧謝玄。

其五

雲龍相感本乎天，會合君臣歲一千。西伯已亡誰老老，卜商何在肯賢賢。鵷鶵未必輕餐鼠，蚯蚓猶知下飲泉。巧拙是非無定據，到頭誰解辨黄玄。

其六

奔走紅塵積有年，深思雪澗竹竿千。誰能世上全三樂，〔三〕好向林間伴七賢。筆下風生詩似錦，瓮頭春漲酒如泉。詩成酒罷寂無事，浄几明窗誦太玄。

其七

竹徑風來自破禪，修篁青劍葉垂千。爛吟風月元無礙，高卧煙霞未是賢。迷處無由逃絆鎖，悟來何處不林泉。縱横觸目皆真理，坐卧經行鳥路玄。〔四〕

其八

無滅無生不論年，誰誇桃熟歲三千。休將真宰陪司命，星名。莫使明星動進賢。星名。有道不妨居鬧市，無心奚礙酌貪泉。何能遠遁塵囂去，且向人間養素玄。

其九

從他豪俊領時權，指顧貔貅數百千。碌碌餘生甘養拙，明明聖代豈遺賢。且圖混世啜醨酒，勿謂濯纓棄濁泉。莫道無爲云便了，有爲何處不逢玄。

其十

浮生瞬息度流年，唐漢興亡不半千。清潔采薇輸二子，英雄濟世有三賢。未能〔五〕海上尋芝草，且向塵中泛醴泉。醉興陶陶略相似，無何鄉裏亦通玄。

其十一

成敗興亡事可憐，勞生擾擾幾千千。調心莫若先離欲，〔六〕治世無如不尚賢。〔七〕小褚〔八〕豈能懷大器，短繩那得汲深泉。〔九〕直須箭透威音外，不用無爲不用玄。〔一〇〕

其十二

得得清歡樂自然，不辭去國客程千。翻騰舊案因君玉，唱和新詩有景賢。每遇開樽邀素月，常因盥手掬寒泉。衰翁自揣何多幸，未死中間樂此玄。

其十三

幾回午枕不成眠，幽鳥關關近數千。安世不知安世計，隱居常慕隱居賢。幾行石榻圍松徑，一簇茅齋繞澗泉。挂起西軒風似水，閒將羲易索幽玄。

其十四

農隱生涯樂自天，藥畦香壟僅盈千。蠅營累世真堪笑，狗苟勞生未若賢。帶月扶犁耕暮野，銜雲荷鍤撥春泉。耘耔餘暇蓬窗底，獨抱遺經考至玄。

其十五

閑閑箇事本明圓，一念纔興路八千。生死既知皆是幻，功名猶戀豈能賢？興來暢飲斟晴月，醉後高歌枕碧泉。觸處逢渠何所礙，不玄玄處亦玄玄。

其十六

物物頭頭總是禪，觀音應現化身千。杜門晏坐無傷道，遁世幽居也是賢。祇爲看山開翠竹，偶因煎茗汲清泉。靈雲檢點真堪笑，不見桃花不悟玄。

其十七

簑衣狂脱暮江邊，〔二〕，一醉寧論價十千。老矣馮唐何所往，歸與陶令最爲賢。靈苗細細初盈圃，春水涓涓漸滿泉。酒醒夢回無箇事，澄心忘慮體三玄。

其十八

九重閶闔列羣官，曳珮鳴珂及萬千。雲水偷將屬野叟，功名廻施與時賢。好憑定慧超三界，不戀輪廻没九泉。迅速光陰莫虚度，廻光返照静參玄。

其十九

不學經書不説禪，〔三〕誰論芥子納三千。忘形詩句追先覺，適意琴書慕昔賢。白雪陽春吟雅調，高山流水奏鳴泉。平生受用元無盡，參透真空未是玄。

其二十

鯫生詩僻慕詩仙，謂君玉也。亂綴狂吟數百千。淺陋妄言嗤俊哲，清新綺語愧先賢。摧殘吟鬢星星髮，傾倒詞源渾渾泉。韻險言窮無可説，衹憑此句露深玄。

〔二〕箇　原作「筒」，據漸西本改。
〔三〕黑　原作「里」，據漸西本改。

〔三〕三樂　其下漸西本小字夾注云：「案榮啓期三樂。」

〔四〕路玄　其下漸西本小字夾注云：「案永壽云：見道忘山，人間亦寂。」

〔五〕未能　原作「朱能」，據漸西本改。

〔六〕欲　原作「砍」，據漸西本改。

〔七〕尚賢　其下漸西本小字夾注云：「案老子：不尚賢使民不争。」

〔八〕小楮　原作「小楮」，據漸西本改。

〔九〕汲深泉　「汲」原作「及」，據漸西本改。其下漸西本小字夾注云：「案莊子引管夷吾云：褚小不可以懷大，綆短不可以汲深。」

〔一〇〕不用玄　其下漸西本小字夾注云：「案六祖壇經：威音王以後，無師自學，盡入旁門外道。」

〔一一〕江邊　其下漸西本小字夾注云：「案楊朴詩『狂脱酒家春』，醉後詠簑衣也。」

〔一二〕不説禪　其下漸西本小字夾注云：「自謂不説禪，吾不信也。」

和楊彦廣韻

〔據年譜，作於一二三三——一二三六年間。〕

三臺須要趁琵琶，知己相逢兩會家。〔一〕雕斲勿傷石内玉，縱横須放火中花。探玄渾似三杯酒，清興何消七椀茶。誰識湛然端的處，差徭隨分納些些。

〔一〕家　原作「茶家」二字，衍「茶」字，漸西本亦無「茶」字，故删。

題平陽李君實此君軒

〔據年譜，作於公元一二三一年。〕

環榻森森蔭好涼，此君風味詎能忘。虛心悄悄生來勁，直節亭亭老更剛。雖與蓬蒿均雨露，本同松菊傲風霜。主人雅志元堪尚，物以羣分類以方。

西域有感

〔據年譜，作於公元一二一九——一二二二年間。〕

落日城頭鴉亂啼，秋風原上馬頻嘶。雁行南去瀟湘北，萍跡東來鳥鼠西。百尺棟梁誰着價，三春桃李自成蹊。功名到底成何事，爛飲玻璃醉似泥。

早行

〔案：年代無考。〕

馬駝殘夢過寒塘，低轉銀河夜已央。雁跡印開沙岸月，馬蹄踏破板橋霜。湯寒卯酒兩三盞，引睡新詩四五章。古道遲遲四十里，千山清曉日蒼涼。

自敘

〔案：據詩中「過西天」、「不知三子暗登肩」句，知應作於西域；次子鑄生於公元一二二一年，故此詩應作於公元一二二二——一二二五年間。〕

信流乘坎過西天，鉢裏吞針亦偶然。〔一〕只道一花剛點額，不知三子〔二〕暗登肩。既來此世難逃數，且應前生未了緣。俗眼見時難放過，并贓陳首萬松軒。〔三〕

〔一〕偶然　其下漸西本小字夾注云：「案吞針，姚秦法師鳩摩羅什事。」

〔二〕三子　漸西本作「二子」。

〔三〕萬松軒　其下漸西本小字夾注云：「□云：『言上書自首過於萬松老人也。』又云：『胸中時時有本師在。』」

西域元日

〔據年譜，作於公元一二一九——一二二二年間。〕

凌晨隨分備樽罍，辟疫〔一〕屠蘇飲一桮。迂叟不令書鬱壘，癡兒剛要畫鍾馗。新愁又逐東風至，舊信難隨春日來。又向邊城添一歲，天涯飄泊幾時回。

〔一〕疫　原作「瘟」，據漸西本改。

西域寄中州禪老〔一〕

〔據年譜，作於公元一二二一年。〕

恨離師太早，淘汰未精，起乳慕之念，作是詩以寄之。

吾師道化震清都，奔逸絶塵我不如。近日虚傳三島信，幾年不得萬松書。宗門淘汰猶嫌少，習氣薰蒸尚未除。惆悵天涯淪落客，臨風不是憶鱸魚。

〔一〕詩題　原「禪老」下有「士大夫一千五首」，漸西本作「士大夫一十五首」，原目録無，據删。

蒲華城夢萬松老人

〔案：詩序云「辛巳，應作於公元一二二一年。〕

辛巳閏月，蒲華城夢萬松老人，法語諄諄，覺而猶見其髣髴，作詩以寄。

華亭髣髴舊時舟，又見吾師釣直鉤。只道夢中重作夢，不知愁底更添愁。曾參活句垂青眼，未得生侯已白頭。撇下塵囂歸去好，誰能騎鶴上揚州。

寄巨川宣撫〔一〕

〔據年譜，作於公元一二二一年。〕

巨川宣撫文武兼資，詞翰俱妙，陰陽歷數無所不通。嘗舉法界觀序云：「此宗門之捷徑也。」今觀瑞應鶴詩，巨川首唱焉，歎其多能，作是詩以美之。

歷數興亡掌上看，提兵一戰領清官。馬前草詔珠璣潤，紙上揮毫風雨寒。昔日談禪明法界，而今崇道倡香壇。諸行百輔君都占，潦倒鯫生何處安。

〔一〕詩題　其下漸西本小字夾注云：「案巨川，王檝也，元史有傳。」

寄南塘老人張子真

〔據年譜，作於公元一二二一年。〕

張侯風味詎能忘，黄米曾令我一嘗。昔予馳驛之漁陽，道過南塘，子真召余，一設黄飯。抵死解官違北闕，達生遯世釣南塘。知來何假靈龜兆，昔論運氣頗知未來事。作賦能陳瑞鶴祥。豈是西邊無土物，不如詩句寄東陽。

觀瑞鶴詩卷獨子進治書無詩

〔據年譜，作於公元一二三一年。〕

丁年蘭省識君初，緩步鳴珂遊帝都。象簡常陪天仗立，玉驄曾使禁臣趨。只貪礲酒長安市，不肯題詩瑞應圖。我念李侯端的意，大都好事不如無。

寄德明

〔據年譜，作於公元一二三一年。〕

德明萬燕作詩欲自絶，且云「但得爲一飽死鬼足矣」，士大夫憐之。其詩末句有云：「功名拍手笑殺人，四十八年如一夢。」予每愛此兩句。近觀彌勒下生賦，德明所作也，因作詩以寄之。

英侯志節本凌雲，尚自飄零故國塵。有道且同麋鹿友，談玄能説虎狼仁。幸然不作飽死鬼，可惜空吟笑殺人。彌勒下生何太早，莫隨邪見説無因。楞嚴經第十卷云：「未來世有人啖糠愚痴種，無因而非見，破壞世間人。」故有是句。

才卿外郎五年止惠一書

〔據年譜，作於公元一二三一年。〕

五年只得一書題，路遠山長夢亦迷。睡老黑甜酣順北，公詩中有云：「耽睡老有燕南順北」之句。冷官清淡泊遼西。西遼故都之西也。〔一〕羨人得志能如虎，笑我乏才粗效雞。佇看天兵旋北闕，從今不用玉關泥。

〔一〕西遼故都之西也　此小字夾注下漸西本接云：「案林牙耶律大石率餘衆保河中府，自稱西遼。」

寄清溪居士秀玉

〔據年譜，作於公元一二三一年。〕

鷦鷯猶欠一枝棲，不得燕山半土犁。〔一〕時復有琴歌碧玉，年來無夢繞清溪。數行文字聊遮眼，半紙功名苦噬臍。回首故人今健否，餘生甘老碧雲西。

〔一〕燕山半土犁　原作「燕上半上犁」，據漸西本改。

戲秀玉

〔據年譜，作於公元一二三一年。〕

辱書，聞秀玉油房蕭索，馬溺衛死，田畝水災，不勝感歎。清溪達士，豈芥蔕胸中耶？因作詩以戲之。

清溪掀倒打油房，五衛凋零三徑荒。未信塞翁嗟失馬，須知禦寇覓亡羊。東湖菡萏從君賞，西域蒲萄輸我嘗。各在天涯會何日，臨風休忘老髯郎。清溪常戲呼予爲髯郎。

寄張子聞

〔據年譜，作於公元一二二一年。〕

憶昔攜琴論太玄，渠通太玄經。湛然初識子聞賢。回頭葱嶺仍千里，分手松軒已五年。常會萬松老人之室。東望盧龍傾玉表，西來青鳥闕金牋。幾時重會燕山道，一曲臨風奏水仙。予彈水仙，公常學之。

寄用之侍郎

〔據年譜，作於公元一二二一年。〕

用之侍郎遺書，誡以無忘孔子之教。予謂窮理盡性莫尚佛法，濟世安民〔一〕無如孔教。用我則行宣尼之常道，舍我則樂釋氏之真如，何爲不可也！因作詩以見意云。

蓬萊憐我寄芳牋，勸我無忘仁義先。幾句良言甜似蜜，數行温語煖於綿。從來誰識龜毛拂，到底難調膠柱絃。用我必行周孔教，舍予不負萬松軒。

〔一〕濟世安民　其上原脱「法」字，據漸西本補；又其上原有「尚佛乘」三字，據漸西本删。

和正卿待制韻

〔據年譜，作於公元一二三一年。〕

布袖龍鍾兩眼塵，丹誠如舊白頭新。暮雲西畔猶懷漢，曉日東邊纔是秦。酒賤不妨連夜醉，花繁長發四時春。花繁酒賤無佳思，誰念天涯萬里人。

寄仲文尚書

〔據年譜，作於公元一二三一年。〕

知仲文尚書投老而歸，歎其清高，作詩以寄。

仲文曾作黑頭公，輔弼明時播美風。治粟貨泉流冀北，提刑姦跡屏膠東。笑觀桃李新恩遍，拜掃松楸老計終。西域故人增喜色，萬全〔一〕良策不謀同。

〔一〕萬全　原作「萬金」，據漸西本改。

雪軒老人邦傑久不惠書作詩怨之

〔據年譜，作於公元一二二一年。〕

當時傾蓋便忘年，别後春風五度遷。萬里西行愁似海，千山東望遠如天。不聞舊信傳梅嶺，試道新詩怨雪軒。更上危樓一回首，朝雲深處是燕然。

謝王清甫惠書

〔據年譜，作於公元一二二一年。〕

西征萬里扈鑾輿，高閣文章束石渠。只道昔年周夢蝶，卻疑今日我爲魚。一簪華髮垂垂老，兩眼黄塵事事疏。多謝貴人憐遠客，東風時有寄來書。

思親二首

〔案：作於西域時，年代無考。〕

老母琴書老自娱，吾山側近結蘧廬。鬢邊尚結辟兵髮，昔予從征，太夫人以髮少許賜予云：「俗傳父母之髮，戴之可辟五兵。」今尚存焉。篋内猶存教子書。幼稚已能學土梗，老兄猶未憶鱸魚。誰知萬里思歸夢，夜夜隨風到故居。

其二

昔年不肯卧茅廬，贏得飄蕭兩鬢疎。醉裏莫知身似蝶，夢中不覺我爲魚。故園屈指八千里，老母行年六十餘。何日挂冠辭富貴，少林佳處卜新居。

思親用舊韻二首

〔案：作於西域時，年代無考。〕

前年驛騎過西陲，聞道萱堂鬢已絲。琴斷五絃忘舊譜，菊荒三徑負疎籬。筵前戲笑知何日，膝下嬉遊看幾時。欲附一書無處寄，愁邊空詠滿囊詩。

其二

天涯惟仗夢魂歸，破夢春風透客幃。燈下幾時哦麗句，太夫人昔有詩云：「挑燈教子哦新句，冷淡生涯樂有餘。」筵前何日舞斑衣。垂垂塞北行人老，得得江南遠信稀。回首故園千萬里，倚樓空望白雲飛。

思親有感

〔案：作於西域時，年代無考。〕

骨肉星分天一涯，萱堂何處憶孤兒。排愁正賴無聲樂，遣興學吟有眼詩。麗句日逐三上爾，香〔一〕醪時復一中之。前年漢使來西域，笑我星星兩鬢絲。

〔一〕香　原作「沓」，據漸西本改。

再過西域山城驛

〔案：詩序云「辛巳暮冬」，應作於公元一二二一年。〕

庚辰之冬，馳驛西域，過山城驛中。辛巳暮冬，再過，因題其壁。

去年馳傳暮城東，夜宿蕭條古驛中。別後尚存柴户棘，重來猶有瓦窗蓬。主人歡喜鋪毛毯，驛吏蒼忙洗瓦鍾。但得微軀且强健，天涯何處不相逢。

辛巳閏月西域山城值雨

〔案：詩題「辛巳」，應作於公元一二二一年。〕

冷雲攜雨到山城，未敢衝泥傍險行。夜聽窗聲初變雪，曉窺簷溜已垂冰。淚凝孤枕三停溼，花結殘燈一片明。又向茅亭留一宿，行雲行雨本無情。

十七日早行始憶昨日立春

〔據年譜，作於公元一二二一年。〕

客中爲客已浹旬，歲杪西邊訪故人。杷欖花前風弄麥，葡萄架底雨沾塵。山城腸斷得窮臘，村館銷魂偶忘春。今日喚回十載夢，一盤涼餅翠蒿新。

是日驛中作窮春盤〔一〕

〔案：與上詩作於同時。〕

昨朝春日偶然忘，試作春盤我一嘗。木案初開銀線亂，砂瓶煮熟藕絲長。匀和豌豆揉葱白，西人煮餅必投以豌豆。細剪蔞蒿點韭黄。也與何曾同是飽，區區何必待膏粱。〔二〕

〔一〕詩題　其下漸西本小字夾注云：「是日早行，始憶昨日立春。」

〔二〕膏粱　其下漸西本小字夾注云：「案東坡句『秋來霜穗滿東園，蘆菔生兒芥有孫。我與何曾同一飽，不知何苦食雞豘』。」

西域蒲華城贈蒲察元帥

〔據年譜，作於公元一二二一年。〕

騷人歲杪到君家，土物蕭疎一餅茶。相國傳呼扶下馬，將軍忙指買來車。琉璃鍾裏葡萄酒，琥珀瓶中杷欖花。萬里遐方獲此樂，不妨終老在天涯。將軍乃元帥子也。

乞車

〔據年譜，作於公元一二二一年。〕

君家輪扁本多能，碧軾朱轅照眼明。居士此回無馬坐，郎官不可輒徒行。陳遵投轄情何重，將行又流連數日。靈輒扶輪報敢輕。別更不須尋土物，載將春色去東城。

戲作二首

〔據年譜，作於公元一二二一年。〕

蒼顏太守領西陽，招引詩人入醉鄉。屈眴輕衫裁鴨綠，葡萄新酒泛鵞黃。歌姝窈窕髯遮口，舞妓輕盈眼放光。野客乍來同見慣，春風不足斷人腸。白葡萄酒色如金波。

其二

太守多才民富强，風光特不讓蘇杭。葡萄酒熟紅珠滴，杷欖花開紫雪香。異域絲簧無律吕，胡姬聲調自宫商。人生行樂無如此，何必咨嗟憶故鄉。

過太原南陽鎮題紫薇觀壁三首

〔據年譜，作於公元一二三一年。〕

廷臣侍從蔑前驅，道侣忻奔迓使車。縣吏喜聞新號令，村民争認舊中書。纍纍山菓盈磁鉢，薄薄濁醪半瓦壺。隱逸競詢新事迹，幾時遷洛卜新都。

其二

吾皇巡狩用三驅，萬騎千官奉帝車。北闕春頒勸農詔，南陬夜奏報捷書。士民安堵耕盈野，老幼迎郊漿滿壺。佇看要荒歸一統，天兵不日破東都。

其三

三教根源本自同，愚人迷執强西東。南陽笑倒知音士，反改蓮宫作道宫。紫薇觀，舊佛寺也。村人改佛像爲道像，故有是句。

和松月野衲海上人見寄二詩

遊子癡愚莫識家，牛車遠棄愛羊車。汪洋渤海龍宫藏，涓滴波瀾坎井〔一〕蛙。迷後萬言猶是少，悟來千里不爲賒。叢林衲子空行脚，遶徧天涯與海涯。

〔案：年代無考。〕

其二

小隱居山何太錯，居鄽大隱絶憂樂。山林朝市笑呵呵，爲報禪人莫動着。

〔一〕坎井　原作「次井」，據漸西本改。

夢中偶得

〔案：詩序「庚辰正月」，即作於公元一二二〇年。〕

庚辰正月，夢旃檀刹澄公託萬松老人乞算籌於予。予以九十一莖贈之，仍作頌一絶。覺而猶憶，遂録之爲他日一笑云。

昔年鉤隱索幽奇，只向縱横枝上覓。而今拍手笑呵呵，九九元來九十一。仍囑付從者云：若澄公道：「何不云八十一？」汝但應云「果然果然」。拂袖便出，覺而自著語云：「幾日昏沈，夢中挫五。」

賈非熊餞余用其韻

〔案：年代無考。〕

鑾轡和鳴車指南，廷臣自愧侍龍驂。平生慷慨貞夫一，萬里別來益友三。老子此行無酒債，故人歸計有禪菴。白雲野衲皆宗匠，道服因緣好細參。

用李德恒韻

〔案：年代無考。〕

吾子棲遲尚布衣，挑燈彈鋏壯歌悲。阮生固已開青眼，馬氏元來有白眉。運拙巢由真可慕，時亨房杜不難爲。男兒用舍奚憂喜，〔一〕三徑耕耘足自資。

〔一〕憂喜　原作「愛喜」，據漸西本改。

松月老人寄詩因用元韻

〔案：年代無考。〕

談禪講教不知家，芳草漫漫去路差。杓卜虛聲禾老鼓，盤星錯認洞山麻。全無去就論空色，誰有心情説照遮。松月野僧須薦取，釣魚人是老玄沙。

和薛正之韻

〔案：年代無考。〕

天涯倚遍塞城樓，凝望冥鴻空自羞。禮義不張真我恨，干戈未戢是吾憂。每憐丹鳳能擇食，常笑黄能誤上鉤。何日解榮償舊約，扁舟蓑笠五湖遊。

湛然居士文集卷七

用李邦瑞韻

〔案：年代無考。〕

沈沈北海雪波深，老眼增明寸碧琴。〔一〕未得一江活物水，何酬四海望雲心。我生有遇千年會，自愧難爲三日霖。吾子侫然虚讚德，臨風羞繼謫仙吟。

〔一〕寸碧琴　原作「寸碧岑」，據漸西本改。

寄平陽浄名潤老

〔案：年代無考。〕

驛騎新從平水回，知公無恙笑顔開。出門不剪閑庭草，退步從生古殿苔。玉鎖何須絟彩鳳，金鉤毋得釣黄鮐。〔一〕夜深織就無紋錦，但有人來寄箇來。

〔一〕黄鮐　原作「黄能」，據漸西本改。

和鄭景賢韻

我愛龍岡老，鳴琴自老成。未彈白雪曲，先愛水仙聲。但欲合純古，誰能媚世情。林泉聊自適，何必獻承明。

〔案：年代無考。〕

和李茂才寄景賢韻

醒時還醉醉還醒，尚憶輪臺飲興清。瀚海波濤君忍聽，天山風雪我難行。好學慷慨英雄操，毋傲辛酸兒女情。但得胸中空灑灑，天涯何處不安生。

〔案：年代無考。〕

除戎堂二首〔一〕

王師西征，賢帥賈公留後，於雲内築除戎堂於城之西阿，以練戎事，禦侮折衝，高出前古。予道過青塚，公召予宴於是堂。鴻筆大手，題詩灑墨，錯落於楹棟間，皆讚揚公之盛德。予因作二詩以陳其梗槩云。

除戎堂主震威名，一掃塵氛消未萌。不出户庭成廟算，折衝樽俎有奇兵。何須公瑾長江險，安用蒙恬萬里城。坐鎮大河兵偃息，居延不復塞塵驚。

其二

除戎廳事築城阿，烽火平安師旅和。遠勝長城欺李勣，徒標銅柱笑伏波。服心不用七擒策，禦侮何勞三箭歌。高枕幽窗無一事，西人不敢牧長河。

〔二〕詩題　其下漸西本小字夾注云：「案易萃卦，君子以除戎器，戒不虞。」

寄武川摩訶院圓明老人五首

〔據年譜，作於公元一二三二年。〕

臨行不暇别圓明，禪客機關百變生。明月清風都不會，落花流水兩無情。只知常謁摩訶院，誰道曾離歸化城。賓主相忘非聚散，笑談松竹自清聲。

其二

新詩入手眼增明，老作機鋒太峻生。略敍寒温閑禮數，過承褒賞假人情。羡君奮迅超真地，笑我徘徊戀化城。且喜武川歸海若，狂流萬派盡消聲。

其三

我愛圓明道眼明，簡書時復寄鯫生。談真辨妄輸達士，背正歸邪笑世情。且隱驪珠光萬丈，奚貪尺璧價連城。穹廬高枕無餘事，靜聽潮轟北海〔一〕聲。

其四

歸與不得效淵明，細碎功名誤此生。客裏正如閑氣味，病來猶有好心情。冰絃罷品昭君曲，醉墨閑題蘇武城。受用觀音法無盡，悲笳風送兩三聲。

其五

一扇儒風佛日明，舍生從此樂餘生。高人編簡尋長〔二〕味，衲子林泉稱野情。見道穀綿充廩藏，喜聞流散集京城。自慚無德毗明主，千里虛名浪播聲。

〔一〕北海　原作「此海」，據漸西本改。
〔二〕尋長　漸西本作「尋常」。

和李漢臣韻四首

〔案：其二詩有「龍飛登九五」，即窩闊台即位之年，故應作於公元一二二九年。〕

夢中身世鬢垂斑，方士從誇藥駐顔。性海一波涵萬象，威音雙箭透重關。圓融活水〔一〕非生滅，浩渺虚舟任往還。便好灰心養愚拙，須知大智本閑閑。〔二〕

其二

龍飛登九五，歷數與天膺。休運縣瓜瓞，功臣列土封。但期酬子志，奚慮枕吾肱。千載聖人出，休嗟見有恒。

其三

雲中棲隱養雄豪，我愛先生一著高。鼓腹詩鳴光聖世，雄文端可繼〔三〕離騷。

其四

龍庭十載不知疲，自恨無才出六奇。欲著涓埃裨海嶽，虚名閑譽畏人知。

〔一〕活水　原作「月水」，據漸西本改。

〔二〕閑閑　其下漸西本小字夾注云：「案莊子：大知閑閑。」

〔三〕繼　原作「維」，據漸西本改。

和北京張天佐見寄

〔案：年代無考。〕

寓跡龍庭積有年，功名已後祖生鞭。銷金衆口嫉居士，好事獨君慕湛然。許遠雲山分袂別，幾時風雨對牀眠。瓊華贈我將何報，〔一〕聊寄江南古樣絃。

〔一〕何報　「何」字原缺，據漸西本補。

戊子繼武川劉摶霄韻

〔據年譜，作於公元一二二八年。〕

不得吾山卧翠霞，西行行遍海之涯。火風地水雖非我，南北東西總是家。驛騎親馳涉弱水，星軺躬駕過流沙。惟期聖德漸遐邇，不憚龍庭萬里賒。

憩解州邵薛村洪福院

〔據年譜，作於公元一二三一年。〕

天兵南出武陽東，暫解征鞍憩梵宫。玉像巍巍紅葉捧，金容奕奕碧紗籠。三秦繁盛如席卷，兩晉風流掃地空。惟有真如元不壞，青山依舊白雲中。

邵薛村道士陳公求詩

〔據年譜，作於公元一二三一年。〕

玄言聖祖五千言，不説飛昇不説仙。燒藥煉丹全是妄，吞霞服氣苟〔一〕延年。須知三教皆同道，可信重玄也似禪。趨破異端何足慕，紛紛皆是野狐涎。

〔一〕苟　漸西本作「足」。

過金山和人韻三絶

〔據年譜，作於公元一二一九年。和丘處機詩南出金山臨河止泊韻。〕

金山突兀翠霞高，清賞渾如享太牢。半夜穹廬伏枕卧，亂雲深處野猿號。

其二

金山前畔水西流，一片晴山萬里秋。蘿月團團上東嶂，翠屏高挂水晶毬。

其三

金山萬壑鬭聲清，山氣空濛弄晚晴。我愛長天漢家月，照人依舊一輪明。

謝王巨川惠臘梅因用其韻

〔據年譜，作於公元一二三〇年。〕

雪裏冰姿破冷金，前村籬落暗香侵。令人多謝王公子，分惠幽芳寄好音。

和王巨川題武成王廟

〔據年譜，作於公元一二三〇年。〕

商辛自底滅亡期，保障全空聚蠆絲。誰識華山歸馬日，易於渭水釣魚時。

又用韻

〔據年譜，作於公元一二三〇年。〕

不遇知音鍾子期，逢人未敢理冰絲。年來忘盡悲風操，空憶傷麟歎鳳時。

又一首

〔據年譜，作於公元一二三〇年。〕

今年扈從入西秦，山色猶如昔日新。詩思遠隨秦嶺雁，征衣全染灞橋塵。含元殿壞荆榛古，花蕚樓空草木春。千古興亡同一夢，夢中多少未歸人。

和景賢七絶

〔據年譜，作於公元一二三〇年。〕

一曲悲風爲子彈，穹廬聊復助清歡。自慚未盡桐君趣，老境方知道愈難。

龍庭十載典南訛，再品朱絃韻未和。美湩千鍾聊當酒，純音三弄且充歌。

今日邊城又見君，試彈流水薌梅魂。聲和塞色金徽潤，香散穹廬玉鼎温。

雅操真堪坐廟堂，積年仁義佐賢王。鳴琴談笑澤天下，始信斯文天不亡。

桐孫元採嶧陽林，萬里攜來表素心。聊爾贈君爲土物，也教人道有知音。

年來衰老四旬餘，願與人間萬事疏。惟有琴魔降不得，鳴球戛玉徹清虛。一作算來心地未清虛。

知音重遇已忘憂，況復邊山七月秋。聯句絃歌清夜樂，人生適意亦何憂。

又四絶

〔據年譜，作於公元一二三〇年。〕

年來世事已參商，但有聲塵尚未忘。若向琴中定優劣，龍岡錯認老髯郎。

撫弄桐君樂自然，寥寥古意詎容傳。伯牙點檢真堪笑，不遇知音便絶絃。

幽人寥落思無窮，付與軒昂一曲〔一〕終。欲罷不能行且止，泣麟嗟鳳鼓悲風。

接得新詩想笑談，奇才獨步斗之南。縱横風月輸君手，惟有枯禪不許參。

〔二〕一曲　原作「三曲」，據漸西本改。

和景賢二絶

〔據年譜，作於公元一二三〇年。〕

常許景賢、黄華墨蹟，景賢寄詩督予，因和其韻以戲之。

醉時還許醒時無，諺有斯言正謂予。未得素鷺白似雪，等閑難與右軍書。

龍岡才德古來無，敏捷新詩正起予。詞翰雙全妙天下，銀鈎深似魯公書。

和高冲霄二首

〔據年譜，作於公元一二三〇年。〕

十里東風渭水春，臨風酹月弔英魂。直須立事書麟閣，何必題詩寄雁門。

其二

翠華南渡濟蒼生，垂老將觀德化成。昨夜行宫傳好語，秦川草木也欣榮。

過天山和上人韻二絶

〔案：年代無考。〕

從征萬里走風沙，南北東西總是家。落得胸中空索索，凝然心是白蓮花。

一入空門我暢哉，浮雲名利已忘懷。無心對鏡〔一〕誰能識，優鉢羅花火裏開。

〔一〕對鏡　原作「對境」，據漸西本改。

過覃懷二絕

〔據年譜，作於公元一二三二年。〕

十年寥落隱穹廬，驛使空來好信無。再過覃懷覓陳跡，冰魂無恙影扶疎。

信斷江南望驛塵，十年辜負嶺頭春。而今重到覃懷地，卻與梅花作主人。

王屋道中

〔據年譜，作於公元一二三二年。〕

雪嶺風林度古關，畫圖曾見晉名賢。而今好倩丹青手，添我龍鍾一湛然。

過天德用遷上人韻

〔據年譜，作於公元一二三二年。〕

行盡中原二百州，黃能往往不吞鈎。而今再出天山道，收拾綸竿北海遊。

贈遼西李郡王

〔據年譜，作於公元一二一九——一二二三年間。〕

我本東丹八葉花，先生賢祖相林牙。〔一〕而今四海歸王化，明月青天卻一家。

〔一〕林牙　其下漸西本小字夾注云：「案林牙，翰林也，西遼主大石嘗爲之，此即指西遼主。」

題張道人扇二首

〔案：年代無考。〕

誰裁雲扇綴春櫻，招引微涼枉費工。何似踏開真境界，普天匝地〔一〕起清風。

真空境界本如如，病眼生花認畫圖。至道絕形剛着面，太虛無面更添鬚。

〔一〕匝地　原作「匣地」，據漸西本改。

題古并覃公秀野園

〔據年譜，作於公元一二三一年。〕

流水潛穿屋下籬，青山屋上數峯奇。佳園已有温公句，何必裘公更寫詩。

題昭上人松菊堂

〔據年譜，作於公元一二三一年。〕

晴煙蒼節出牆青，斜日黄華隔檻明。松菊尚存歸未得，湛然真箇太憨生。

題平陽劉子寧玄珠堂

〔據年譜，作於公元一二三一年。〕

玄珠失卻已多時，縱使離婁枉用眉。誰識這些關捩子，再三撈漉始應知。

題誌公圖

〔案：年代無考。〕

昔傳難貌誌公真，我道斯言尚未親。刹刹塵塵無處避，丹青也是本來人。

題黄山墨竹便面

〔案：年代無考。〕

黄山落筆露全機，底箇團圞太崛奇。點破本來真面目，何妨節外更生枝。

請住東堂

〔案：年代無考。〕

雲中豪傑構東堂，便請禪師蚤發裝。自有東山鐵餕餡，不妨拈出大家嘗。

請倪公

〔案：年代無考。〕

倪公本是我同參，道價峥嶸冠斗南。千里雲山舊遊地，何妨杖錫住西菴。

請照老住華塔

〔據年譜，作於公元一二三一年。〕

華塔當年隱蟄龍，轟雷掣電滿雲中。而今卻請還山去，折脚鐺邊煮曉風。

華塔照上人請爲功德主

〔據年譜，作於公元一二三一年。〕

晉陽名刹近千區，華塔叢林冠一隅。今日請予來領略，他年乞我一禪廬。

請巖公禪師詣天德作水陸大會

〔案：年代無考。〕

禪師久住賀蘭山，心與白雲自在閑。便好因風到人世，化爲甘露滿人間。

和賈摶霄韻二絶

〔案：年代無考。〕

舉世昏昏似醉眠，悲哉不肯救頭然。祖師點破新關捩，且指人心教外傳。

西菴〔一〕談道頓忘眠，今日相逢亦偶然。欲問瞿曇端的處，燈籠露柱卻能傳。

〔一〕西菴　原作「而菴」，漸西本作「西來」，案卷二題西菴歸一堂詩序云：「摶霄元帥築西菴於廳事之隅」，故應改「西菴」。

和高麗使三首

〔案：詩中有「渡馬黄河南汴空」句，圍汴京於公元一二三二年；又元史高麗傳載太宗四年四月、十月均遣使入朝，故詩應作於是年。〕

神武有威〔一〕元不殺，寬仁常愧數興戎。仁綏武震誠無敵，重譯來王四海同。

其二

揚兵青海西涼滅，渡馬黃河南汴空。百濟稱藩新内附，馳軺來自海門東。

其三

壯年吟嘯巢由月，晚節吹噓堯舜風。兩鬢蒼蒼塵滿眼，東人猶未識髯公。

〔一〕有威　原作「有爲」，據漸西本改。

夢中偶得

〔案：年代無考。〕

我愛湖山好，茆齋遶澗泉。道人閑受用，不使半文錢。

和武善夫韻二首

〔案：年代無考。〕

佐主焦勞力已殫，微才安可濟時難。開樽北海希文舉，攜妓東山笑謝安。〔一〕雨露新恩君責重，桑榆老境我年殘。何時致政閭山去，三徑依然松菊寒。

其二

秋霖初霽覺新涼，午夜東山月吐光。翠竹無心甘晚節，黄花有意助年芳。忠誠自許一心赤，老境誰憐兩鬢霜。遥憶吾山歸未得，故人書簡怨東陽。

〔一〕謝安　原缺「安」字，據漸西本補。

題寒江接舫圖

一派瀟湘萬里山，閒騎凍驢照江天。風帆雪棹知多少，認取華亭没底船。

〔案：年代無考。〕

題黄梅出山圖

佛祖不識山中主，良材可惜遭斤斧。肩擔明月過前峯，一時忘卻曹溪語。

〔案：年代無考。〕

夢中贈聖安澄老

〔案：年代無考。〕

一束三人作一團，了無前後亦無偏。幾乎笑殺龐居士，〔一〕擬問如何便着拳。

〔一〕龐居士　其下漸西本小字夾注云：「案龐居士名蘊。」

跋定僧巖

玉巖三尺碧玲瓏，入定僧迷一色功。打入無明山鬼窟，不知何日透真空。

〔案：年代無考。〕

詠探春花用高冲霄韻

風拂新芳映短牆，典型依約類丁香。梅花欲謝渠先坼，消得東君爲汝忙。

〔案：年代無考。〕

寄休林老人

一禪客論洞山公案，渠謂洞山果有喫棒分，因作頌以記之。

〔案：年代無考。〕

世上元無真是非，叢林禪客自多疑。此詩寄向并州去，笑倒休林老古錐。

過濟源登裴公亭用閑閑老人韻四絶〔一〕

〔據年譜，作於公元一二三二年。〕

一抱青山插碧空，平湖春水碧溶溶。裴公亭下千竿竹，撩我詩情得得濃。

珍玉參差照底寒，閑閑佳句繼香山。有樂天詩碑在焉。湛然不揆真堪笑，也敢題詩列壁間。

繞垣喬木碧天參，松竹蕭蕭翳鏡潭。他日攜琴來隱此，林間乞我一禪菴。

碧湖風定水痕平，雪竹幽禽自好聲。我羨清源高隱士，干戈人世不知兵。

〔一〕詩題　其下漸西本小字夾注云：「案趙公秉文，元裕之之座主也。」

再用前韻

〔據年譜，作於公元一二三二年。〕

山接晴霄水浸空，山光灩灩水溶溶。風迴一鏡柔藍淺，雨過千峯潑黛濃。

掀髯坐語閑臨水，仰面徐行飽看山。竹裏忽聞春雪落，天教著我畫圖間。

侍中菴底春山色，裴老亭邊秋水聲。修竹茂林真隱地，但期天下早休兵。

劫外玄機好細參，他年卜築繞澄潭。琴書活計無多子，衹與龍岡共一菴。

復用前韻

〔據年譜，作於公元一二三二年。〕

水影連天天渺渺，山光和水水溶溶。一林修竹摇雲碧，百畝涼陰蔽日濃。

門外回環皆碧水，庭中坐卧得青山。凭欄盡日搜新句，思入煙霞縹緲間。

幾時投老謁同參，擬向君王乞鏡潭。飫了遨遊容膝處，裴公亭與侍中菴。一作爛賞裴公亭畔竹，歸來容膝侍中菴。

四海干戈尚未平，不如歸隱聽歌聲。情知文武都無用，罷讀詩書不學兵。

再和西菴上人韻

〔案：年代無考。〕

不在尋求不在參，誰分西北與東南。雲川試入西菴去，三聖元來共一菴。

請真老住華塔

〔據年譜，作於一二三一年。〕

華塔叢林久席虚，真公予請肯來無。湛然拙偈呈君去，便好攜瓶倒上驢。一作笑倒當年十萬夫。

請王公住太原開化

〔據年譜，作於公元一二三一年。〕

大愚不了戾兒孫，開化重興正賴君。便請踏開關捩子，何妨地炙與天薰。

和薛伯通韻四絶

黄花紅葉滿秋山，月浸銀河夜未闌。寂寞梧桐深院落，有人何處倚闌干。

碧山妝點塞天秋，老盡黄花蝶也愁。拚醉東籬顛倒舞，人間富貴一何樓。

衰年且喜志微伸，鏡裏驚看白髮新。何日得遊雲水去，秋江鷗鷺淡相親。

虚名羈我未能歸，羞見冥冥一雁飛。拜掃松楸定何日，不堪雙淚對君揮。

〔案：年代無考。〕

和松菊堂主人照老見寄三詩〔一〕

〔案：年代無考。〕

松菊堂中老故人，芝眉重謁我無因。林松老節應依舊，籬菊寒英又一新。

晉陽相遇亦前因，分手歸來跡已陳。松菊幽堂應冷淡，與君同話更何人。

俊老荼毗〔二〕四十年，前身是我誤相傳。香山聲價喧天下，爭似衰翁不會禪。來詩謂予是香山俊老之後身，故以此解嘲云。

〔一〕詩題「照老」原作「昭老」，「三詩」原作「二詩」，均據漸西本改。

〔二〕荼毗　原作「茶毗」，漸西本同，案：「荼毗」爲佛家用語，意謂火化，「茶」應爲「荼」之誤，故改。

洞山五位頌〔一〕

〔案：年代無考。〕

正中偏

十月澄江徹底冰，梅花江路破瑶英。寒齋冷坐人無寐，雪映書窗一夜明。

偏中正

區區遊子困風塵，就路還家觸處真。芳草滿川桃李亂，風光全似故園春。

正中來

石女翩翻鳥道飛，淵明琴上撫冰絲。緩歌劫外陽春曲，慢看盤中白雪詞。

兼中至

涇渭同流無間斷，華夷一統太平秋。而今水陸舟車混，何礙冰人跨火牛。

兼中到

水窮山盡懸涯外，海角天涯雲更遮。撒手轉身人不識，迴途隨分納些些。〔二〕

〔一〕詩題　其下漸西本小字夾注云：「案袁州洞山位亦曹溪別出法孫也。」

〔二〕些些　原缺一「些」字，據漸西本補。

太陽十六題

〔案：年代無考。〕

識自宗

拈花老子徒饒舌，面壁胡僧太賺人。更着洞山行過水，吾宗從此永沈淪。

死中活

百尺竿頭須進步，無明鬼窟好抽身。寒灰定爆真奇味，枯木花開別是春。

活中死

韶老須彌論過失，〔一〕廬陵來〔二〕價認商量。可憐一粒靈丹藥，嚥下喉嚨命已亡。

不落死活

白雲深處有滄波，半醉微醒哭更歌。孤艇往來無繫絆，陰晴天氣曝漁蓑。

背捨

人亡家破更何依，退步懸崖撒手時。去歲生涯無寸土，今年活計更忘錐。

不背捨

通方大隱好居鄽，手段能如火裏蓮。九陌香塵烏帽底，一棹春水白鷗前。〔三〕

活分

垂衣端拱愧佳兵，文化優遊致太平。昨夜濛濛春雨足，松筠花草一時榮。

殺人劍

雪刃森森倚碧雲，佛魔凡聖總亡魂。水乾滄海魚龍死，火烈崑岡玉石焚。

平常

寒來向火被添綿，夏月臨風使扇扇。渴飲飢湌隨分過，閑中打坐困時眠。

利道拔生

箇箇既知迦葉富，人人休怨釋迦慳。破鐺煮得空華實，甑裏盛將鐵漢湌。

言無過失

元知舌上無横骨，須信喉中有轉關。喚鼈爲龜人不肯，直教迦葉也眉攢。

透脱

瀟湘一片蘆花秋，雪浪銀濤無盡頭。何須漁歌發清響，鷺鷥飛出白汀洲。

透脱不透脱

重陽九日菊花新，妙契忘言不犯春。收得安南憂伐北，不知何日得通津。

稱揚

從來箇事不囊藏，刹刹塵塵爲舉揚。近日令嚴誰敢犯，不教奪市與攙行。

降句

鷲嶺默然全是影，毘耶杜口本非真。燈籠露柱呵呵笑，誤殺浮生多少人。〔四〕

疎山住住莫忽忽，龍牙且無祖師意。須信撲牛另有方，不犯鋒鋩震天地。

方又圓

破船折棹殘蓑笠，石女直鉤波上月。方士徒誇鐵作金，〔五〕道人祇要金成鐵。

〔一〕過失　原作「過尖」，據漸西本改。

〔二〕來　漸西本作「米」。

〔三〕白鷗前　其下漸西本小字夾注云：「案山谷詩：『九陌黄塵烏帽底，五湖春水白鷗前。』」

〔四〕多少人　其下漸西本小字夾注云：「案毘耶，浄名居士。」

〔五〕鐵作金　原作「錢作金」，據漸西本改。

西域嘗新瓜

〔據年譜，作於公元一二一九——一二二二年間。〕

西征軍旅未還家，六月攻城汗滴沙。自愧不才還有幸，午風涼處剖新瓜。

天德海上人寄詩用元韻

〔案：年代無考。〕

知子無心謁五侯，浮雲富貴豈能留？華亭夜静西風軟，萬頃滄波浸月鉤。

寄白雲上人用舊韻

〔案：年代無考。〕

上人别後未能參，一首新詩自北南。蕭寺深沉香火冷，白雲閑鎖舊禪菴。

武川摩訶院請〔一〕爲功德主

〔據年譜，作於公元一二三二年。〕

昔日南遊又五春，〔二〕馬蹄踏遍武川塵。而今卻到經行處，且與摩訶作主人。

〔一〕請　原作「詩」，據漸西本改。

〔二〕五春　原作「丘春」，據漸西本改。

和房長老二絶

〔案：年代無考。〕

只識瓶盤不識金，瓶盤釵釧〔一〕本真金。一從打破疑團後，物物頭頭總是心。

又

生死與湼槃，〔二〕都如昨夢耳。覺後笑呵呵，無彼亦無此。

〔一〕釵釧　原作「釵釗」，據漸西本改。

〔二〕湼槃　原作「浬槃」，據漸西本改。

過平陽高庭英索詩强爲一絶

〔據年譜，作於公元一二三一年。〕

一川秋色滿東籬，雁字行行自寫悲。試問省菴何所省，黄華紅葉總堪詩。

湛然居士文集卷八

醉義歌

〔據年譜，作於公元一二一九——一二二二年間。〕

遼朝寺公大師者，一時豪俊也。賢而能文，尤長於歌詩，其旨趣高遠，不類世間語，可與蘇、黃並驅爭先耳。有醉義歌，乃寺公之絶唱也。昔先人文獻公嘗譯之。先人早逝，予恨不得一見。及大朝之西征也，遇西遼前郡王李世昌於西域，予學遼字於李公，期歲頗習，不揆狂斐，乃譯是歌，庶幾形容其萬一云。

曉來雨霽日蒼涼，枕幃摇曳西風香。困眠未足正展轉，兒童來報今重陽。吟兒蒼蒼渾塞色，容〔一〕懷衮衮皆吾鄉。歛衾默坐思往事，天涯三載空悲傷。正是幽人歎幽獨，東鄰攜酒來茅屋。憐予病窻伶仃愁，自言新釀秋泉麴。凌晨未盥三兩巵，旋酌連斟折欄菊。我本清癯酒户低，羈懷開拓何其速。愁腸解結千萬重，高談幾笑吟秋風。遥望無何風色好，飄飄漸遠塵寰中。淵明笑問斥逐事，謫仙遥指華胥宫。華胥咫尺尚未及，人間萬事紛紛空。一器纔空開一器，宿酲未解人先醉。攜樽挈榼近花前，折花顧影聊相戲。生平豈無同道徒，海角天涯我遐棄。我愛南村農丈人，〔二〕山溪幽隱潛修真。老病猶〔三〕耽黑甜味，古風清遠途猶迍。喧囂避遯巖麓僻，幽閑放曠雲泉濱。旋舂新黍爨香飦，一罇濁酒呼予頻。欣然命駕怱怱去，漠漠霜天行古路。穿村迤邐入中門，老幼倉忙不寧處。丈人迎立瓦盃寒，老母自供山菓醋。扶攜齊唱雅聲清，酬酢温語如甘澍。謂予緑鬢猶可需，謝渠黄髮勤相諭。隨分窮秋摇酒卮，席邊籬畔花無數。巨觥深斝新詞催，閑詩古語玄關開。開懷囑酒謝予意，村家不棄來相陪。適遇今年東鄙阜，黍稷馨香棲畎畝。相邀斗酒不浹旬，愛君蕭散真良友。我酬一語白丈人，解釋〔四〕羈愁慼黄耇。請君舉盞無言他，與君卻唱醉義歌。風雲不與世榮别，石火又異人生何。榮利儻來豈苟得，窮通夙定徒奔波。梁冀跋扈德何在，仲尼削迹名終多。古來此事元如是，畢竟思量何怪此。争如終日且開罇，駕酒乘盃醉鄉裏。醉中佳趣欲告君，至樂無形難説似。泰山載斵爲深盃，長河釀酒斟酌之。迷人愁客世無數，呼來摺〔五〕耳充罰卮。一杯愁思初消鑠，兩盞迷魂成勿藥。爾後連澆三五卮，千愁萬恨風蓬落。胸中漸得春氣和，腮邊不覺衰顔卻。四時爲馭馳太虚，二曜爲輪輾空廓。須臾〔六〕縱轡入無何，自然汝我融真樂。陶陶一任玉山頹，藉地爲茵天作幕。丈人我語真非真，真兮此外何足云。丈人我語君聽否，聽則利名何足有？問君何事徒劬勞，此何爲卑彼豈高。蜃樓日出尋變滅，雲峯風起難堅牢。芥納須彌亦閑事，誰知大海吞鴻毛。夢裏蝴蝶勿云假，莊周覺亦非真者。以指喻指指成虚，馬喻馬兮馬非馬。天地猶一馬，萬物一指同。胡爲一指分彼此，胡爲一馬奔西東。人之富貴我富貴，我之貧困非予窮。三界惟心更無物，世中物我成融通。君不見千年之松化仙客，節婦登山身變石。木魂石質既我同，有情於我何瑕隙。自料吾身非我身，電光興廢重相隔。農丈人千頭萬緒幾時休，舉觴酩酊忘形跡。

〔一〕容　原作「客」，據漸西本改。
〔二〕丈人　原作「文人」，據漸西本改。
〔三〕猶　原作「尤」，據漸西本改。
〔四〕解釋　原作「解譯」，據漸西本改。
〔五〕搯　原作「稻」，據漸西本改。
〔六〕須臾　原作「須吏」，據漸西本改。

題恒岳飛來石

〔案：文末署己丑，應作於公元一二二九年。〕

無盡居士題恒岳之飛來石，有偈云：「石落黄河北，山銜白日西。聰明厭血食，悔不值元珪。」天下稱頌之。爲人磨毀，字文漫駁不復識矣。有仁上人自恒山來，請予復書是頌，欲刊諸舊文之側。予應之曰：「無盡之妙言，昭如日月，與天地而齊終，豈風霾之能掩哉！」然不能拒上人之請，勉爲之書。己丑〔一〕清明日，湛然居士漆水移剌楚材晋卿題。

〔一〕己丑　原作「己田」，據漸西本改。

爲慶壽寺作萬僧疏

〔案：年代無考。〕

竊以棲身〔一〕物外，已知四大之空；寓跡塵中，且賴十方之供。矧五常尤尊於博施，而六度首重於檀那。〔二〕不求郡國之英豪，誰養林泉之跛挈。芒鞋藜杖，弗辭千里之勤；糲食蔬羹，好助萬僧之化。謹疏。

〔一〕棲身　原作「棲心」，據漸西本改。

〔二〕檀那　原作「擅那」，據漸西本改。

太原開化寺革律爲禪仍命予爲功德主因作疏

〔案：年代無考。〕

竊惟昔年開化，今日爲禪，已蒙智老拈香，又請湛然作主。尋行數墨，一躅教院家門，運水搬柴，便有叢林氣息。謹疏。

爲石壁寺請信公菴主開堂疏

〔案：年代無考。〕

竊以達摩昔年莽鹵，截鶴續鳧；天寧今日顢頇，證龜作鼈。可憐弄巧成拙，不免出醜放乖。我信公菴主受洞下之宗風，佩卻波天甯老人道號也。之心印，參窮行説不到處，踏開偏正未分前。既已降尊就卑，何愧壓良爲賤。逢場作戲，請來閙裏刺頭；借水獻花，便好穩處下腳。謹疏。

王山圓明禪院請予爲功德主因作疏

〔案：年代無考。〕

王山乃雪巖之故刹，湛然實萬松之門人。既是當家，本非生客。春風秋月，長聯萬葉之芳；晨香夕燈，永祝一人之壽。

萬卦山天寧萬壽禪寺命予爲功德主因作疏

〔案：年代無考。〕

惟萬卦之古刹，實萬松之舊遊。有虚己彦公道號。飛書，請湛然作主。勉爲提領，良慰慇懃。山色水聲，永作道人活計；漁歌樵唱，備〔一〕傳衲子家風。謹疏。

〔一〕備　原作「備」，據漸西本改。

請某公菴主住竹林疏

〔案：年代無考。〕

狐死首邱，是難忘於熟處；心空及第，何猶迷於故園。我某公菴主，三頓打不回頭，一喝全無入耳。喫竹林飯，屙竹林矢，嗣竹林法，傳竹林禪。打瓶哄盆，莫忘竹林之重德；披毛帶角，好種竹林之道場。

請湛公禪師住紅螺山寺疏

〔案：年代無考。〕

祖禰不了，慚惶碧眼之老胡；兒孫受殃，架構紅螺之大剎。既是將錯就錯，不免拈空拄空。我湛公禪師韶陽遠孫，摩訶嫡子，參透三句語，擊碎十法門，便好住持，更休推讓。滔天嶺上，只圖同看有毛龜；絶頂山頭，且要共栽無影樹。謹疏。

請容公和尚住竹林疏

〔案：年代無考。〕

慶壽慈悲，拽攞犂而耕種；竹林瀟洒，歎槽廠之空閑。已讓位而逃，宜見機而作。我容公禪師一條生鐵脊，兩片點鋼唇，參透濟下没巴鼻禪，説得格外無滋味話。呵佛罵祖，且存半面人情；揭海掀山，便有一般關捩。試問孤峯頂上，何如十字街頭。若是本色瞎驢，好趁大隊；既號通方水牯，何必芒繩。謹疏。

請智公尼禪開堂疏

〔案：年代無考。〕

用管仲則安，用豎刁則危，賢愚政事；參萬松則謗，參延洪則讚，冷煖人情。行窮萬里山川，只是一天風月。惟智公禪師本有丈夫志，不學老婆禪，拈卻花冠，弗裝珍御。可駭特牛生牸，便好出頭；勿謂牝雞司晨，不敢下蛸。謹疏。

代劉帥請智公尼禪住報先寺劉公鄰居報先。

〔案：年代無考。〕

洗垢無緣，乏遠井之救渴；卜鄰有德，故近寺而敬僧。我智公禪師先禮報恩，〔一〕後參奉福，遠如舊總，近似新深。澁鎖打開，便請升堂啟户；明燈剔起，願希鑿壁偷光。謹疏。

〔一〕恩　原作「思」，據漸西本改。

請某菴主開堂疏

〔案：年代無考。〕

和尚拽砘子，不離寺内；老鼠拖葫蘆，只在倉中。某公菴主先謁報恩，再參奉福，升回斗轉，囤倒敖傾。十分利不圖半文，一石禪獨攬八斗。莫學淘沙去米，打破羅盆；且來量土唱籌，熱謾敵將。謹疏。

爲慶壽寺化萬僧疏

〔案：年代無考。〕

隱迹林泉，置死生於度外；隨身瓶鉢，寄口腹於人間。欲隆三寶之風，强遣萬僧之化。何須異味，唯求野菜，淡黄虀不用多般，只要山田脱粟飰。謹疏。

請亨公菴主開堂疏

〔案：年代無考。〕

亨公菴主久參萬松老人，因緣不契，再謁王山大愚和尚。不期月罷參。予過太原王山寺，僧請予作疏。

萬松三頓不回頭，王山一釣便吞鈎。大愚不似大愚老，脅下三拳即便休。

三學寺改名圓明仍請予爲功德主因作疏

〔案：年代無考。〕

本無男女等相，着甚名模，强分禪教者流，且圖施設。粤三學之巨刹，冠四海之名藍，今改僧而〔一〕舍尼，遂從禪而革律。邀印公爲粥飰頭，請湛然作功德主。根深蒂固，常聯萬葉之芳；地久天長，永祝一人之壽。〔二〕謹疏。

〔一〕而　原作「面」，據漸西本改。

〔三〕壽　漸西本作「慶」。

平陽浄名院革律爲禪請潤公禪師住持疏

〔案：年代無考。〕

竊以不居這那院，好箇主人，本無南北心，悉爲佛子，謹請懷仁潤老來住平陽浄名。翡翠簾前，請看木人之舞；琉璃殿上，願聞布鼓之音。謹疏。

太原五臺寺請予爲功德主因作疏

〔案：年代無考。〕

鎮三晉〔一〕之雄藩，有五臺之古刹。獻花酌水，改律爲禪，具疏慇懃，請予領略。謹命休林常祝壽，結個好因緣；爲報文殊莫放光，不打遮鼓笛。謹疏。

〔一〕三晉　原作「王晉」，據漸西本改。

請定公菴主出世疏

〔案：年代無考。〕

少林九年打坐，祇得半提；曹溪五派分開，全没一滴。雖是將無作有，也要算假像真。我定公菴主，洞下玄孫，〔二〕五臺嫡子，解造無米粥，能撫没絃琴。既已炙地薰天，須要掀山翻海。正逢開化，枉開有力叢林；便好出頭，莫戀無明鬼窟。謹疏。

〔二〕玄孫　其下漸西本小字夾注云：「案遺山集亦有蕭夫人參洞下禪之語，此是金源僧。」

大龍山永寧石壁禪寺請忘憂居士爲功德主代爲之疏

〔案：年代無考。〕

惟明月清風，取之無禁者，況龍巖石壁，命予爲主人。煩我一心護，謝他兩手分。付千巖好景，半文不費買山錢；持數紙閑言，一狀便充商稅契。謹疏。

代忘憂居士請琳公禪師住持壽寧禪寺疏

〔案：年代無考。〕

臨汾水〔一〕之故邑，有壽寧之巨藍。歷代歸依，百年焕顯。乞忘憂爲功德主，請琳公爲粥飰人。獨掌不浪鳴，單手豈成拍。千年罕遇，最難時節因緣；一疏速來，便是衲僧把鼻。謹疏。

〔二〕汾水　原作「汶水」，據漸西本改。

爲大覺開堂疏三道

竊以門裏安身，早已荆棘漫地；巖中宴坐，更知過犯彌天。請來借座陞堂，便好倩人問話。引得轆轤轉也，問甚千遭萬遭；快迭爐鏊熱時，盛搭一箇兩箇。

〔案：年代無考。〕

竊以雲門胡餅，切忌咬嚼；盧陵米價，怎敢商量。不甘公案淆訛，正要作家批判。伏惟奥公和尚，佩聖安之正印，透韶陽之上關。莫守命鬼窟中，三彈不動；快横身虎口裏，一勘便招。

竊以逢人不出，出則便爲人，傍觀者哂；逢人便出，出則不爲人，當局者迷。直須一箭透重關，不得三心或兩意。自甘入室，渾如豹膽熊心；不肯陞堂，卻是蟲頭鼠尾。

司天判官張居中六壬祛惑鈐序

〔案：序文末署癸巳，應作於公元一二三三年。〕

予故人張正之世掌羲和之職，通經史百家之學，尤長於三式，與予參商且二十年矣。

癸巳之春，既克汴梁，渠入覲於朝，形容變盡，惟語音存耳。乘閑因出書一編，曰六壬袪惑鈐。予再四繹之，引式明例，皆有所據。或有隱奥，人所未通者，釋以新説，蓋採諸經之所長，無所矛盾者，取其折衷，爲一家之書，近代未之有也。求傳寫者既衆，其同列請刊行以廣其傳。余忻然爲引以題其端。癸巳中秋日，湛然居士漆水移剌楚材晉卿序。

苗彦實琴譜序

〔案：序文末署壬辰，應作於公元一二三二年。〕

古唐棲巖老人，苗公秀實其名，彦實其字，博通古今，尤長於易。應進士舉，兩入御闈而不捷，乃拂袖去之。公善於琴事，爲當今第一。嘗遊於京師，士大夫間皆服其高妙。泰和中，詔天下工於琴者，侍郎喬君舉之於朝。公待詔於秘書監。予幼年〔一〕刻意於琴，初受指於待詔弭大用，每得新譜，必與棲巖商榷〔二〕妙意，然後彈之。朝廷王公大人邀請棲巖者無虚日。予不得與渠對指傳聲，每以爲恨。壬辰之冬，王師濟長河，破潼關，涉京索，圍汴梁。予奏之朝廷，索棲巖於南京，得之，達范陽而棄世。其子蘭挈遺譜而來，凡四十餘曲。予按之，果爲絶聲。大率署令衞宗儒之所傳也。予令録之，以授後世。有知音博雅君子，必不以予爲徒説云。壬辰仲秋後二日，湛然居士漆水移剌楚材晉卿序。

〔一〕幼年　原作「初年」，據漸西本改。
〔二〕商榷　原作「商確」，據漸西本改。

答楊行省書

〔案：年代無考。〕

某再拜，復書於行省閣下：辱書，諭及辭位事，請聞奏施行者。惟聖代之深仁，賞延於世；偉閨門之内助，貴繫於夫。故行省李公雖稽北覲之期，頗著南伐之績，時不適願，天弗假年。伏惟閣下族出名家，世傳將種，無兒女子之態，有大丈夫之所爲，吏民服心，朝廷注意，遂授東臺之任，冀舒南顧之憂。今也抑意陳書，引年求退，懼折鼎覆餗之患，避牝雞司晨之譏。雖曰謙尊而光，曷若隨時之義。分茅列土，無忘北闕之恩；秣馬厲兵，可報西門之役。今因人回，謹復書以聞。山川遼闊，書簡浮沈，比獲瞻依，更希調護。不宣。

進征西庚午元曆表

〔據年譜，作於公元一二二二年。〕

臣楚材言：堯分仲叔，春秋謹候於四方；舜在璣衡，旦暮肅齊於七政。所以欽承天象，敬授民時。典謨實六籍之大經，首書其事；堯舜爲五帝之盛主，先務厥猷。皎如日星，記之方册。由此言之，有國家者，律曆之書莫不先也。是以三代而下，若昔大猷，遵而奉之，星曆之官，代有其人。漢唐以來，其書大備，經元創法，無慮百家。其氣候之早晏，朔望之疾徐，二曜之盈衰，五星之伏見，疏密無定，先後不同。蓋建立都國〔一〕而各殊，或涉歷歲年之寖遠，不得不差也。既差則必當遷就，使合天耳。唐曆八徙、宋曆九更者，良以此夫！金用大明，百年纔經一改。此去中原萬里，不啻千程，昔密今疏，東微西著，以地遥而歲久，故勢異而時殊。

庚辰，聖駕西征，駐蹕尋斯干城。是歲五月之望，以大明太陰當虧二分，食甚子正，時在宵中。是夜候之未盡，初更月已食矣。而又二月五月朔，微月見於西南，校之於曆，悉爲先天。恭惟皇帝陛下德符乾坤，明並日月，神武天錫，聖智夙資，邁唐虞之至仁，追羲軒之淳化，冀咸仁〔二〕而底義，敬奉天而謹時，重勑行臺，旁求儒者。臣魚蟲細物，草芥微人，粗習周孔之遺書，竊慕羲和之陳迹，俎豆之事，靡遑諸已；箕裘之業，敢忘於心。恨無命世之大才，誤忝聖朝之明詔。欽承皇旨，待罪清臺，五載有奇，徒曠蓍龜之任；萬分之一，聊陳犬馬之勞。既校曆而覺差，竊效顰而改作。今演記窮元，得積年二千二十七萬五千二百七十歲命庚辰。臣愚以爲中元歲在庚午，天啟宸衷，決志南伐，辛未之春，天兵南渡，不五年而天下略定，此天授也，非人力所能及也。故上元庚午歲天正十一月壬戌朔，夜半冬至，時加子正，日月合璧，五星聯珠，同會虛宿五度，以應我皇帝陛下受命之符也。

臣又損節氣之分，減周天之杪，去文終之率，治月轉之餘，課兩曜之後先，調五行之出没，大明所失，於是一新，驗之於天，若合符契。又以西域、中原，地里殊遠，創立里差以增損之，雖東西數萬里不復差矣。故題其名曰西征庚午元曆，以記我聖朝受命之符，及西域、中原之異也。所有曆書隨表上進以聞。伏乞頒降玄臺，以備行宮之用。臣誠惶誠懼，頓首頓首，謹言。

〔一〕都國　漸西本作「國都」。

〔二〕咸仁　原作「咸神」，據漸西本改。

西遊録序

〔案：序文末署「己丑」，應作於公元一二二九年。〕

古君子南逾大嶺，西出陽關，壯夫志士，不無銷黯。予奉詔西行數萬里，確乎不動心者，無他術焉，蓋汪洋法海涵養之效也。故述辨邪論以斥糠蘗，少荅佛恩。戊子，馳傳來京，里人問異域事，慮煩應對，遂著西遊録以見予志。其間頗涉三聖人教正邪之辨。有譏予之好辨者，予應之曰：魯語有云：「必也正名乎！」又云：「思無邪。」是正邪之辨不可廢也！夫楊朱、墨翟、田駢、許行之術，孔氏之邪也；西域九十六種，此方毗盧、糠、瓢、白經、香會之徒，釋氏之邪也；全真、大道、混元、太乙、三張左道之術，老氏之邪也。至於黄白金丹導引服餌之屬，是皆方技之異端，亦非伯陽之正道。疇昔禁斷，明著典常。第以國家創業，崇尚寬仁，是致僞妄滋彰，未及辨正耳。古者嬴秦焚經坑儒，唐之韓氏排斥釋老，辨之邪也；孟子闢楊、墨，予之黜糠、丘，辨之正也。予將刊行之，雖三聖人復生，必不易此説矣。己丑元日，湛然居士漆水移剌楚材晉卿序。

辨邪論序

〔案：序文末署「乙酉」，應作於公元一二二五年。〕

夫聖人設教立化，雖權實不同，會歸其極，莫不得中。凡流下士，惟務求奇好異，以眩耳目。噫！中庸之爲德也，民鮮久矣者，良以此夫！吾夫子云：「中人以下，不可以語上也。」老氏亦謂：「下士聞道大笑之。」釋典云：「無爲小乘人而説大乘法。」三聖之説不謀而同者，何哉？蓋道者易知易行，非掀天拆地，翻海移山之詭誕也。所以難信難行耳。舉世好乎異，罔執厥中，舉世求乎難，弗行厥易。致使異端邪説，亂雅奪朱，而人莫能辨。悲夫！吾儒獨知楊墨爲儒者患，辨之不已；而不知糠蘗爲佛教之患甚矣。不辨猶可，而況從而和之，或爲碑以紀其事，或爲賦以護其惡！噫！天下之惡一也，何爲患於我而獨能辨之；爲患於彼而不辨，反且羽翼之，使得遂其奸惡，豈吾夫子忠恕之道哉！黨惡佑奸，壞風傷教，千載之下，罪有所歸。彼數君子曾不捫心而静思及此也邪！

予旅食西域且十年矣，中原動静，〔一〕寂然無聞。邇有永安二三友以北京講主所著糠蘗教民十無益論見寄，且囑予爲序。予再四繹之，辨而不怒，論而不縵，皆以聖教爲據，善則善矣，然予辭而不序焉。予以謂昔訪萬松老師以問糠蘗邪正之道，萬松以予酷好屬文，因作糠禪賦見示。予請廣其傳，萬松不可。予强爲序引以行之。至今庸民俗士，謗歸於萬松，予甚悔之。今更爲此序，則又將貽謗於講主者也。謹以萬松、講主之餘意，借儒術以爲比，述辨邪論以行世。有謗者予自當之，安可使流言飾謗汙玷山林之士哉！後世博雅〔二〕君子，有知我者，必不以予爲囁嚅云。乙酉日南至，湛然居士漆水移剌楚材晉卿敍於西域瀚海軍之高昌城。

〔一〕動静　原作「勤静」，據漸西本改。

〔二〕博雅　原作「博稚」，據漸西本改。

寄趙元帥書

〔案：書中謂「僕未達行在，而足下車從東旋」，應作於西域時，約公元一二二八——一二三二年間。〕

楚材頓首，白君瑞元帥足下：未審邇來起居何如？昔承京城士大夫數書發揚清德，言足下有安天下之志，仍託僕爲先容。僕備員翰墨，軍國之事非所預議。然行道澤民，亦僕之素志也，敢不鞭策駑鈍，以羽翼先生之萬一乎！僕未達行在，而足下車從東旋，僕甚怏怏。夫端人取友必端矣，京城楚卿、子進、秀玉輩，此數君子皆端人也，推揚足下，談不容口，故知足下亦端人已。然此僕於足下少有疑焉。若夫吾夫子之道治天下，老氏之道養性，釋氏之道修心，此古今之通議也。舍此以往，皆異端耳。君之尊儒重道，僕尚未見於行事，獨觀君所著頭陀賦序，知君輕釋教多矣。夫糠蘗乃釋教之外道也。此曹毁像謗法，斥僧滅教，棄布施之方，杜懺悔之路，不救疾苦，敗壞孝風，實傷教化之甚者也。

昔劉紙衣扇僞説以惑衆，迨今百年，未嘗聞奇人異士羽翼其説者。夫君子之擇術也，不可不慎。今君首倡序引，黨護左道，使後出陷邪歧墮惡趣，皆君啟之也。千古遺恥，僕爲君羞之！糠蘗異端也，輒與佛教爲比；萬松辨賦，甘泉勸書，反以孟浪巨蠹之言處之，以此行己化人，僕不知其可也。僕謂足下輕釋教者，良以此也。夫於所厚者薄，無所不薄，君既薄釋教，則儒、道斷可知已。君之於釋教則重糠𥻨，於儒、道則必歸楊、墨矣。行路之人，皆云足下吝嗇，故奉此曹，圖其省費故也。

昔諸士大夫書來，咸謂足下以濟生靈爲心，且吾夫子之道以博施濟衆爲治道之急。誠如路人所説，則吾夫子之道亦不可行矣，又將安濟生靈乎？又君序頭陀賦云：「冀請宗師祈冥福，以利斯民。」足下民之儀表也，崇重糠𥻨，毁斥宗師，將使一郡從風漸化，斷知斯民罪惡日增矣，又將安以利斯民乎？僕謹撰辨邪論以寄，幸披覽之。更請涉獵藏教，稽考儒書，反復參求，其邪正之歧，不足分矣。僕素知君爲邪教所惑，亦未敢勸諭。君不以僕不才，轉託諸士大夫萬里相結爲友，〔一〕故敢以區區忠告。易曰：「方以類聚，物以羣分。」經云：「士有争友，故身不離於令名。」若知而不争，安用友爲！若所尚不同，安可爲友！或萬一容納鄙論，便請杜絶此輩，毁頭陀賦板以雪前非。如謂僕言未當，則請於兹絶交。夏暑，比平安好，更宜以遠業自重！區區不宣。

〔一〕友　原作「反」，據漸西本改。

萬松老人評唱天童覺和尚頌古從容菴録序

〔案：序文末署甲申，應作於公元一二二四年。〕

昔予在京師時，禪伯甚多，惟聖安〔一〕澄公和尚神氣嚴明，言詞磊落，予獨重之。故嘗訪以祖道，屢以古昔尊宿語録中所得者扣之澄公。間有許可者，予亦自以爲得。及遭憂患以來，功名之心束之高閣，求祖道愈亟，遂再以前事訪諸聖安。聖安翻案，不然所見。予甚惑焉。聖安從容謂予曰：「昔公位居要地，又儒者多不諦信佛書，惟搜摘語録以資談柄，故予不敢苦加鉗鎚耳！今揣君之心，果爲本分事以問予，予豈得猶襲前愆，不爲苦口乎！予老矣，素不通儒，不能教子。有萬松老人者，儒、釋兼備，宗説精通，辨才無礙，君可見之。」予既謁萬松，杜絶人迹，屏斥家務，雖祁寒大暑，無日不參。焚膏繼晷，廢寢忘餐者幾三年。誤被法恩，謬膺子印，以湛然居士從源目之。其參學之際，機鋒罔測，變化無窮，巍巍然若萬仞峯莫可攀仰，滔滔然若萬頃波莫能涯際。瞻之在前，忽焉在後，回視平昔所學，皆塊礫耳！噫！登東山而小魯，登泰山而小天下者，豈虚語哉！其未入閫域者聞是語，必謂予志本好異也。惟屏山、閑閑其相照乎！爾後奉命赴行在，扈從西征，與師相隔不知其幾千里也。師平昔法語偈頌，皆法隆公所收，今不復得其藁。吾宗有天童者，頌古百篇，號爲絶唱，予堅請萬松評唱是頌，開發後學。前後九書，間關七年，方蒙見寄。予西域伶仃數載，忽受是書，如醉而醒，如死而甦，踴躍歡呼，東望稽顙，再四披繹，撫卷而歎曰：「萬松來西域矣！」其片言隻字，咸有指歸，結款出眼，高冠古今，是爲萬世之模楷，非師範人天，權衡造化者，孰能與於此哉！予與行宫數友，旦夕游泳於是書，如登大寶山，入華藏海，巨珍奇物，廣大悉備，左逢而右遇，目富而心飫，豈可以世間語言形容其萬一耶！予不敢獨擅其美，思與天下共之。京城惟法弟從祥者與僕爲忘年交，謹致書請刊行於世，以貽來者。迺序之曰：佛祖諸師，埋根千丈，機緣百則，見世生苗。天童不合抽枝，萬松那堪引蔓，湛然向枝蔓上更添芒索。穿過尋香逐氣者鼻孔，絆倒行玄體妙底脚根，向去若要脚根點地，鼻孔撩天，卻須向這葛藤裏穿過始得。甲申中元日，漆水移剌楚材晉卿敍於西域阿里馬城。

〔一〕聖安　其下漸西本小字夾注云：「案大金聖安寺在廣寧門内偏西南。」

評唱天童拈古請益後録序

〔案：序文末署壬辰，應作於公元一二三二年。〕

雪竇拈頌，佛果評唱之擊節碧巖録在焉；佛果頌古，圓通善國師評唱之覺海軒録在焉。是臨濟、雲門，互相發揚矣。獨洞下宗風，未聞舉唱，豈曲高和寡耶！抑亦待其人耶！必有通方明眼，判斷尚未晚也。昔佛鑑拈八方珠玉集，止及其半，每至曹洞、夾嶺、石霜，王宗機緣，留付佛果。今佛鑑、佛果拈八方珠玉集具在，愈可疑焉。三大老後，果有天童覺和尚拈頌洞下宗風，爲古今絶唱，迨今百年，尚無評唱者。予參承餘暇，固請萬松老師評唱之，欲成三宗鼎峙之勢，忍拈覆餗貞吝之譏。今評唱頌古從容菴録已大播諸方，評唱拈古請益後録時，老師年已六十有五矣。循常首帶佛事，人情晷隙之間，侍僧請益，旋舉旋録，皆不思而對，應筆成文，凡二十七日，百則詳備，神鋒穎利，於斯見矣。若夫據令於臨濟棒喝以前，發機於雲門三句之外，豈更與佛果、圓通殘餿争長哉！俊快衲子，舉一明三，瞥見全鼎，則潙仰、法眼，雙絃亦宛然矣。但恐信不及，徒勞話歲寒也，吁！壬辰重陽日，湛然居士漆水移剌楚材晉卿敍於天山。

燕京崇壽禪院故圓通大師朗公碑銘

〔案：銘文末署庚寅，應作於公元一二三〇年。〕

師諱祖朗，姓李氏，薊州漁陽人。九歲出家，禮燕京大聖安寺圓通國師爲師。大定十三年，京西弘業寺受具。至二十一年改弘業爲大萬安禪寺，有司承制，師充知事。厥後拂衣駐錫聖安，復爲舉充監寺。崇壽禪院者，實圓通國師退老之舊居也。以師爲宿舊之最，承安間堅請師爲宗主住持，一歷十稔。又奉勅選香林禪寺開山提點，凡三載，勅賜總持大德，答其勤也。既而崇壽復請住持，載閲五春。貞祐間，奉勅改賜今號。度門徒凡十有一人，咸有肖父之風焉。師前後輔翼叢林，不憚艱苦，讓功責己，潛德密行，不可概舉。

師以壬午之仲冬十有四日示寂於崇壽，僧臘五十三，俗壽七十四。師將順世，預召其屬徒，笑謂曰：「生緣我將盡矣。」屬徒退而相謂曰：「師神色自若，苦無他疾，安得遽有是事耶！」后七日，師命侍僧執筆代書頌云：「咄遮皮袋，常爲患害。繼祖無能，念佛有賴。來亦無來，去亦無礙。四大各離，一時敗壞。」且道：「還有不敗壞者麼？」良久云：「浮雲散盡月昇空，極樂光中常自在。」語竟，乃閉目跏趺而寂。於是遐邇緇素，弔祭如雲，嘉聲遠震，愈光於生前矣。其弟子輩瘞靈骨於師翁靈塔之左，去京城之南可二里許。

丁亥之冬，予奉詔搜索經籍，馳傳來京。有菴主志奥者，師之受戒弟子也，晚得法於聖安澄公圓照大禪師。以僕素予朗師善，屬予求碑銘。僕素愛師之純古灑落，與之遊者久矣。師嘗云：「予晚節愈堅於持誦，日念彌陀聖號數萬聲方止。譬如抱河梁而浴，又何害焉！」今聞師之寂也，七日預知時至，雅符龍猛祖師之證，無乃持誦之驗歟！噫，聖人豈欺我哉！豈欺我哉！

萬松老人爲宗門之大匠，四海之所式範，素慎許可，嘗贊師之真，曰：「德譽熸沉，靈骨鏗金，訥於言而敏於行，璞其貌而玉其心。敕選提封於國寺，天資飽練於禪林。子徒知寒蟬將蜕，尚嫋餘吟，吾以爲陞圓通之堂者，稽古依然接武於方今云。」萬松見許如是，人可知已。僕聞師侍從圓通國師最久，而又臨終之際，超然自在，疑必得法於國師，或因緣未合，或受國師密訓，不令出世，亦石霜素侍者之儔侶歟！崇壽禪院方丈、法堂、叢林制度，一如聖安師久據而不請禪伯住持者，亦猶素侍者平欺老黄龍，下視兜率悦之意歟！予恐後世明眼人責備於賢者，累師之重德，故雪之於此。後之子孫，當幹父之蠱，無蹈前轍，以玷師之高名焉。

湛然居士再拜而作銘曰：

偉哉朗公，誕跡漁陽。師侍圓通，達奥穿堂。肅依宸命，屢提國寺。退己讓人，舉廢修墜。兒孫衆多，酷奉彌陀。心期極樂，迹厭娑婆。撒手便行，預知時至。臘五十三，壽七十四。奔喪赴祭，緇素駢闐。嘉聲遐播，愈盛生前。京南之原，荼毗[一]靈骨。素答陵空，朗師不殁。佯癡放憨，素公同參。蔑視兜率，平欺匾南。不邀宗匠，冷閑方丈。垂手無人，老殘龍象。予聞君子，責備乃賢。毋以微瑕，累乎大全。云子云孫，幹父之蠱。載震師名，永揚萬古。

庚寅年六月望日

〔一〕荼毗　原作「茶毗」，漸西本同，案梵語荼毗即火化，故「茶」應爲「荼」之誤。

貧樂菴記

〔案：記文末署「丙子」，應爲公元一二一六年。〕

三休道人稅居於燕城之市，榜其菴曰貧樂。有湛然居士訪而問之曰：「先生之樂可得聞歟？」曰：「布衣糲食，任天之真。或鼓琴以自娱，或觀書以自適，詠聖人之道，歸夫子之門。於是息交遊，絶賓客，萬慮泯絶，無毫髮點翳於胸中。其得失之倚伏，興亡之反覆，初不知也。吾之樂良以此耳！」曰：「先生亦有憂乎？」曰：「樂天知命，吾復何憂？」居士進曰：「予聞之，君子之處貧賤富貴也，憂樂相半，未嘗獨憂樂也。夫君子之學道也，非爲己也。吾君堯舜之君，吾民堯舜之民，此其志也。使一夫一婦不被堯舜之澤者，君子恥諸。是故君子之得志也，位足以行道，財足以博施，不亦樂乎！持盈守謙，慎終如始，若朽索之馭六馬，不亦憂乎！其貧賤也，卷而懷之，獨潔一己，無多財之禍，絶高位之危，此其樂也！嗟流俗之未化，悲聖道之將頽，舉世寥寥無知我者，此其憂也！先生之樂，知所謂矣；先生之憂，不其然乎？」道人瞪目而不答。居士笑曰：「我知之矣。夫子以爲處富貴也，當隱諸樂而形諸憂；處貧賤也，必隱於憂而形諸樂。何哉？第恐不知我者，以爲洋洋於富貴，而戚戚於貧賤也。」道人曰：「他人有心，予忖度之，吾子之謂矣。請以吾子之言以爲記。」丙子日南至，湛然居士漆水移剌楚材晉卿題。

自贊二首

〔案：年代無考。〕

別來十年五歲，依舊一模一樣。髭鬚垂到腰間，眉毛儼然眼上。龜毛錐子畫虚空，寫破湛然閑伎倆。

其二

有髮禪僧，〔一〕無名居士。人道甚似，我道便是。塵塵劫劫〔二〕露全身，紙上毫端何處避。

〔一〕禪僧　其下漸西本小字夾注云：「案涪翁自贊云：『似僧有髮，似俗無塵。』」

〔二〕劫劫　原作「刹刹」，據漸西本改。

燕京大覺禪寺創建經藏記

〔案：記文末署「癸巳」，即作於公元一二三三年。〕

遼重熙、清寧間築義井精舍於開陽門之郭，傍有古井，清凉甘滑，〔一〕因以名焉。金朝天德三年，展築京城，仍開陽之名爲其里。大定中，寺僧善祖有因緣力，道俗歸嚮者衆，朝廷嘉之，賜額大覺。貞祐初，天兵南伐，京城既降，兵火之餘，僧童絶迹，官吏不爲之恤，寺舍悉爲民居〔二〕有之。戊子之春，宣差劉公從立與其僚位高從遇輩，疏請奥公和尚爲國焚修，因革律爲禪，奥公罄常住之所有，贖換寮舍，悉隸本寺。稍成叢席，可容千指。瑞像殿之前無垢净光佛舍利塔在焉，殘缺幾仆。提控李德者素黨於糠蘗，不信佛教，至是改轍施財，完葺其塔。繼有提控晉元者，施蔬圃一區，於寺之南，以給衆用，糊口粗給。庚寅之冬，劉公以狀聞朝廷，招提院所貯餘經一藏，乞遷於本寺安置，許之。於是奥公轉化檀越，創建壁藏斗帳龍龕一週，凡二十架，飾之以金，繢之以彩，窮工極巧，焕然一新，計所費之直白金百笏。

能事告成，累書請湛然居士爲記。余慨然曰：昔者聖人之藏書也，貯之以金匱，寫之於琬琰，重道尊書，以示於將來也。浮屠氏之建寶藏者，亦猶是乎！吾夫子删詩定書，明禮讚易，六經之下，流爲諸子，春秋以降，散爲史書，較其卷軸，不爲不多矣。兵革以來，率散落於塵埃中。吾儒得志於時者，曾無一人爲之裒集，置之净室，安之寶架，豈止今日也哉！承平之世，間有儒冠，率集士民，修葺宣聖之廟貌者，曾未卒工，已爲有司糾劾矣，且以擅興之罪罪之。噫！吾道衰而不振者，良以此夫！昔雪巖示寂於王山時，萬松老人方應詔住持仰嶠，訃問既至，不俟駕而行，遇完顔子玉諸塗。子玉歎曰：「士人聞受業之師物故也，雖相去信宿之地，未聞躬與其祭者，豈有千里奔喪者耶！佛祖之教，源遠流長者，有自來矣！」子玉每以此事語及士大夫。今奥公禪師非爲子孫計，無取功名心，汲汲皇皇，丐乞於道路，惟以佛宫秘藏爲務，可謂不忘本矣。余已致書於諸道士大夫之居官守者，各使營葺宣父之故宫，亦由奥公激之也云。癸巳中秋日記。

〔一〕甘滑　原作「滑甘」，據漸西本改。

〔二〕民居　原作「居民」，據漸西本改。

湛然居士文集卷九

和張敏之詩七十韻三首

〔據年譜，作於公元一二三三——一二三六年間。〕

敏之學士遠寄新詩七十韻，捧讀之餘，續貂以尾，聊〔一〕資一笑。

壯年多轗軻，晚節歎行藏。故國頹綱穢，新朝明德香。雄材能預算，大略固難量。迭出神兵速，無敵我武揚。本圖服叛逆，何止剪譸張。西討窮于闐，東征過樂浪。彗侵天壘壁，光動太白鋩。整整車徒盛，鱗鱗旗鼓望。天皇深責重，賢帥廟謨臧。江左將擒楚，河陽已滅商。英雄皆入彀，强禦敢跳梁。採訪軒車鬧，司農官吏忙。輕徭常力足，薄賦不財傷。勳業超秦漢，規模邁帝王。流言無管蔡，奇計有平良。增葺新文物，耕耘古戰場。蛟龍方奮迅，鵰鶚得翺翔。偶遇風雲會，争依日月光。永醻千古恥，一怒四夷攘。虎帳十年夢，龍庭幾度霜。迎降初請命，出郭遠相將。久敵真宜死，寬恩何一作未。敢當。赦書民有幸，歌詠壽無疆。扶杖聽黃詔，稱觴進白狼。散財竭庫藏，拔將出戎行。殷絶仁猶在，周傾道不亡。來招燕郡内，入覲大食傍。戎服貂裘紫，星軺駮馬蒼。中春辭北望，初夏過西涼。瀚海汹而湧，陰山彷且徨。閑雲迷去路，疎雨潤行裝。出處空興歎，風光自斷腸。典刑陳故事，利病上封章。天下援深溺，中州冀小康。風俗乘喪亂，籌策要優長。痼疾如神附，遊魂笑鬼倀。仁術能骨肉，靈藥起膏肓。避禍宜緘口，當言肯括囊。遭讒心欲剖，涉苦膽先嘗。北漠絶窮域，西隅抵大洋。詩書猶不廢，忠信未能忘。氈補連腮帳，繩穿朽腳牀。郊行長野興，人静若禪房。回鶻交游熟，崑崙事蹟詳。風煙多黯黯，雲水兩茫茫。災變垂乾象，妖氛翳太陽。髯龍三島去，玉葉一枝芳。明主初登極，愚臣敢進狂。九疇從帝錫，五事合天常。大樂陳金石，朝服具冕裳。降升分上下，進退有低昂。拓境時方急，郊天且未遑。應兵無血刃，降虜自壺漿。按堵無更肆，因敵不餽糧。宸心尊德義，聖政濟柔剛。恩澤涵諸夏，威稜震八荒。勢連西域重，天助北方强。舉我陪三省，求賢守四方。錦衣捐毳褐，肉食棄糟糠。隱逸求新仕，流亡集故鄉。百官欣戴舜，萬國願歸唐。耕釣咸生遂，工商樂未央。會將封泰岳，行看建明堂。自歎才雕篆，長慚學面牆。君恩予久負，賢路我深妨。覆餗恒憂懼，持盈實恐惶。故山松徑碧，舊隱菊花黄。太守方遺舄，初平政牧羊。厚顔居此位，若已納於隍。吟嘯須歸去，香山老侍郎。

再用張敏之韻

我愛張公子，丁年密退藏。施爲宜法則，議論自馨香。元氣卻不死，深陂豈可量。兒時供府薦，壯歲已名揚。汲汲尊尼父，堂堂類子張。遷居擇鄰里，濯足揀滄浪。作傳編毛穎，談玄說劍鋩。奇才千古重，令問萬民望。氣壓四明客，調窮三耳臧。典謨師我舜，雅頌起予商。綿蕞曾陳漢，仁術屢說梁。本非中酒困，長爲和詩忙。道長茹連拔，時衰心獨傷。篆文遒〔二〕似李，隸字楷如王。青眼予能作，白眉君最良。萬言陳國利，一戰捷文場。出海游龍舞，騰空翥鳳翔。十全君子行，一代士林光。句法吾師範，詩材我竊攘。忠心常向日，直節欲淩霜。文没歲云久，道亡天未將。狂瀾時既倒，木鐸子宜當。德業能純粹，學術靡理疆。衝天憎燕雀，當路惡豺狼。綺語吟千韻，宸筆〔三〕掃十行。行藏關治亂，出處卜興亡。郡隸清河上，家居杜曲傍。登科年甫冠，修史髮初蒼。仙觀嘗新欠，宮園醉晚涼。朝天恭踧踖，退食獨彷徨。得暇多休沐，游山小治裝。一巵持竹葉，左手把無腸。官酒澆三斗，宮詞唾百章。阮聲師校尉，琴訣受嵇康。似玉風神異，如蘭氣味長。坦懷無戚戚，明見笑倀倀。草檄堪醫疾，鍼詩可治肓。博聞敵武庫，高價重珠囊。憂患經多故，艱難已備嘗。悲歌聲歷歷，雅調韻洋洋。造次必於是，中心何日忘。生涯兩書簏，香火一禪牀。海上尋徐福，壺中覓長房。流傳雖若〔四〕此，真僞甚難詳。水國波奔激，仙鄉路渺茫。孤身朝北闕，皓首歎東陽。險韻嚼佳句，殘英嗅冷芳。仁人今尚在，箕子本佯狂。洪範明皇極，彝倫敍有常。百王遺禮樂，三代舊軒裳。會補南極缺，能令北斗昂。無媒言囁嚅，失志思迴遑。秋老空悲扇，天涼反賣漿。卻來頻渭釣，又絶在陳糧。志道衰猶夢，依仁老更剛。故家三徑遠，薄土一廛荒。混混常無捨，乾乾體自强。卒躬能省己，行道不踰方。寧恥身衣褐，誰嗟日食糠。起歌明月夜，舒嘯白雲鄉。綺夏終辭漢，巢由固避唐。名極得三者，柴立机中央。榮遇傳金馬，題名刻玉堂。未窺君所蘊，徒見子之牆。遺欲絶形累，無貪不行妨。一瓢渠樂逸，陋巷我憂惶。犧易韋編暗，麟經古卷黄。著述遵輔嗣，去取笑公羊。再辨麟絶筆，重箋城復隍。焦桐人不識，獨有蔡中郎。

讀唐史有感復繼張敏之韻頗有脂粉氣息還就聲韻故也呵呵

唐室承平久，遺賢不遁藏。羅紈桑幄膩，餅餌麥疇香。馬牧初蕃息，民編莫校量。邊臣閑虎略，衛士斂鷹揚。禁苑晨鐘動，梨園錦障張。披香風細細，太液水浪浪。河漢〔五〕明方潤，長庚淡不鋩。羽旄儀兩列，冠蓋道相望。諫士陳休戚，廷臣論否臧。金石歌大雅，琴瑟奏清商。青鳥迷鴛瓦，烏衣遶畫梁。供張官府備，殽饌大官忙。共享清時樂，殊無謗議傷。含元朝百辟，花蕚宴諸王。主上貞觀聖，〔六〕官僚魏鄭良。歲餘開武講，春首闢文場。異寶浮淮水，餘糧朽鳳翔。諸羌來入衛，百濟請觀光。關塞沈烽火，鄉閭息寇攘。三春常若雨，六月不飛霜。聖德躋朝夕，仁心本就將。俯知人意順，仰視帝心當。獷騎輕關內，精兵重北疆。朝廷潛巨蠹，方鎮養貪狼。粉面三千輩，金釵十二行。持盈當忌滿，居治不知亡。相罷曲江去，權移林甫傍。華清高屼屼，驪嶠碧蒼蒼。金屋眠春曉，温泉浴暮涼。掖庭花爛漫，閣道路彷徨。官監金犀飾，妖姬珠玉裝。危弦驚醉耳，哀調斷柔腸。燈燭暉鳷鵲，絲簧沸建章。奢淫幾桀紂，純儉劣成康。擊柝宫城邃，傳籌禁漏長。謀懽長汲汲，沈醉若倀倀。未悟薪及爇，誰知病已肓。人横碧玉笛，腰佩絳香囊。嶺表千山遠，荔枝三日嘗。仙衣吹渺渺，蓮舸泛洋洋。力士權誠重，楊釗寵不忘。承恩趍寶座，奏事近牙牀。熒惑頻侵斗，秋陽弗集房。人心咸怨怒，天象不披詳。易水聲嗚咽，燕山水鬱茫。盜賊充上郡，鼙鼓起漁陽。殺氣凌金闕，繁霜殞玉芳。環兒剛賜死，天子懼如狂。戰士皆思變，奸臣亦易常。空閑塵羯鼓，誰舞舊霓裳。忠義心徒順，英雄志自昂。翠華摇曳曳，鑾馭去遑遑。禁籞庖供豕，村民路進漿。隘兵蜀道險，糊口益州糧。靈武兵聲振，汾陽意氣剛。復收京闕克，重治寢園荒。賊勢時深蹙，官軍力益强。羽檄傳劒閣，龍駕返南方。御府仍無酒，飢民尚噉糠。邛都求道士，蓬島覓仙鄉。符使將歸漢，真妃猶憶唐。金釵分一股，鈿合擘中央。揮涕春風殿，傷心秋月堂。梧桐籠院砌，桃李映宫牆。佳夢真難得，幽懽頗有妨。春宵成怨憶，秋夜愈悲惶。尚記脩眉緑，猶思半額黃。强舒鸞被翠，閑殺輦車羊。陵谷俄驚海，滄浪已變隍。臨風一卮酒，聊復酹三郎。

〔一〕聊　原作「卿」，據漸西本改。
〔二〕遒　原作「道」，據漸西本改。
〔三〕宸筆　原作「宸章」，據漸西本改。
〔四〕若　原作「君」，據漸西本改。
〔五〕河漢　原作「河漠」，據漸西本改。
〔六〕貞觀聖　其下漸西本小字夾注云：「案觀去聲，誤作平聲。」

次韻黄華和同年九日詩十首

〔據年譜，作於公元一二三三——一二三六年間。〕

黄華和同年九日詩，以「採菊東籬下，悠然見南山」爲韻，予愛而繼之。前敍思歸之心，後述參玄之志，所謂倒食甘蔗者也。

秋香真可人，不爲無人改。自慚寒昔盟，東籬子空待。我獨摇酒卮，不得寒英採。臨風望故園，參商二十載。

西風殘日秋，有客嗟幽獨。偶爾得香醪，凄然憶霜菊。世態屢遷變，人生多返復。十年一夢中，猶未黄粱熟。

無花復無蝶，不似今秋窮。黄花歲歲別，九日年年同。我居北海南，子在西山東。公余會何日，一醉閑愁空。

當年別吾山，曾與黄華期。富貴非予志，卜築臨東籬。今也違初心，知我者其誰。挂冠猶未遂，寄此相思詩。

無意戀三公，有心辭駟馬。洛陽失金谷，閭山有別野。芳酒瀉盈樽，秋香折盈把。沈醉卧西風，不讓梨花下。

汩没紅塵中，辜負黄華秋。林泉與朝市，試問孰爲優。胡然久沈首，令我心悠悠。酷思山水樂，夢寐空神遊。

歲月不我與，彈指及衰年。平生諳萬事，抵死參重玄。因緣不可滯，慎毋法自然。兩邊都不立，别有壺中天。

無知豈真知，無見非真見。遮照玄縱横，機關千萬變。虎口幾横身，臨敵經百戰。三折爲良醫，一交學一便。

五流分洞下，一派起湖南。春水無心碧，秋山著意嵐。臨濟[一]真顛漢，曹山放酒酣。許多閑伎倆，仔細好生參。

水外猶逢水，山前更有山。元知非内外，更不在中間。測海纔盈掬，窺天見一斑。樞機謾竭世，一筆請君删。

〔二〕臨濟　原作「林濟」，據漸西本改。

寄雲中東堂和尚

雲中種出火蓮華，到底東堂是作家。伏手骨撾腰下劒，笑人家具手中蛇。三玄戈甲徒心亂，五位君臣莫眼花。只遮些兒難理會，草鞋包裹破袈裟。

〔據年譜，作於公元一二三三——一二三六年間。〕

謝萬壽潤公和尚惠書

多謝堂頭遠賜書，驚人才筆我難如。承當禪髓心無媿，供奉佛牙力有餘。幼子可襲先父業，游人卻到舊時居。箇中消息誰能悉，玉女乘風跨鐵驢。

〔據年譜，作於公元一二三三——一二三六年間。〕

燕京大覺禪寺奧公乞經藏記既成以詩戲之

〔據年譜，作於公元一二三三年。〕

詞源老去苦無多，强著閑文讚釋迦。遒健兔毫生月窟，光明璽紙出新羅。茶爐幾瓣龍涎燼，玉板十分鳳墨磨。此起科差真可笑，湛然陪酒更陪歌。新獲紫玉板硯於友人。

寄龍溪老人乞西巖香

〔據年譜，作於公元一二三三——一二三六年間。〕

寄語龍溪老古錐，西巖風韻我長思。香錢緩發鳴琴後，瓦鼎濃薰入定時。比擬梅魂秖獨步，品量龍腦可同馳。湛然鼻孔撩天大，穿過多時不自知。

謝聖安澄公饋藥

〔據年譜，作於公元一二三三——一二三六年間。〕

一粒靈丹寄我嘗，湛然同簡謝西堂。殺活一草真難會，藥病相治未易量。子細嚼時元不礙，渾淪吞下也無妨。聖安骨董知多少，賣弄千年舊藥方。

和王正夫韻

〔據年譜，作於公元一二三三——一二三六年間。〕

壯年自笑鬢先霜，喜色眉間一點黃。退食紫宸居鳳閣，朝天丹闕列鴛行。功名必要光前古，富貴何須歸故鄉。濟世元知有仁政，活人不假返魂香。

繼孟雲卿韻

〔據年譜，作於公元一二三三——一二三六年間。〕

歸歟奚待鬢雙皤，無恙閭山聳岌峩。萬壑松風思仰嶠，千巖煙雨憶平坡。仰山、平坡皆燕然名刹也。〔一〕開基氣概鯨吞海，遁世生涯鼠飲河。好買扁舟從此逝，醉眠江國一漁簑。

〔一〕名刹也　其下漸西本小字夾注云：「案仰山寺當在仰山嶺，平坡寺在翠微山。」

次雲卿見贈

〔據年譜，作於公元一二三三——一二三六年間。〕

濟濟千官侍玉宸，尊賢容衆更親親。風雲際會千年少，天地恩私四海均。西狩一蘇張掖亂，南巡重變大梁春。車書南北無多日，萬里河山宇宙新。一作會同文軌。〔一〕

〔一〕會同文軌　案：此小字夾注應在「車書南北」之下。

和王正夫憶琴

〔據年譜，作於公元一二三三——一二三六年間。〕

道人塵世厭囂塵，白雪陽春雅意深。萬頃松風皆有趣，一溪流水本無心。忘機觸處成佳譜，信手拈來總妙音。陶老無絃猶是剩，何如居士更無琴？

繼宋德懋韻三首

〔據年譜，作於公元一二三三——一二三六年間。〕

其一

聖人開運憶斯年，睿智文明稟自天。旁午衣冠遊北海，縱横耕釣滿居延。月氏入貢稱屬國，日本觀光列户編。威震西溟千萬里，漢唐鴻業亦虚傳。

其二

笑我區區亦强爲，故園荒矣欲何之。讀書測海持螺測，學道窺天以管窺。疲俗不禁新疾苦，濫官難撫舊瘡痍。才微〔一〕任重宜求退，自有當途國手醫。

其三

廣平流落寓平城，親老家貧强苟生。炎漢蕭曹賢政事，李唐房杜美聲名。進求高譽千金重，退隱閑身一葉輕。應繼開元舊勳業，華堂鐘鼓對長檠。

〔一〕才微 原作「不微」，據漸西本改。

和平陽張彦升見寄

〔據年譜，作於公元一二三三——一二三六年間。〕

天兵出雲中，一戰平城破。居庸守將亡，京畿遊騎邏。有客赴澶淵，予常倅開州。無人送臨賀。奸臣興弒逆，時君遠遷播。聖主得中原，明詔求王佐。胡然北海遊，不得南陽卧。寵遇命前席，客星侵帝座。萬里金山行，三經玉門過。于闐〔一〕歲貢修，燉煌兵勢挫。國維張禮義，民生重食貨。黜陟九等分，幽明三載課。小人絶覬覦，賢才無轗軻。功名本忌盈，廟堂難久坐。老矣盍歸來，歸歟可重和。俯仰不心慙，寬弘從面唾。〔二〕清濁自沙汰，精粗任揚簸。賦性嗜疏閑，〔三〕高眠樂慵惰。蒼雞粗庖充，黄犢足犂拖。幼子事耕鋤，老妻供碓磨。隨分養餘齡，雖飢而不餓。

〔一〕于闐 原作「于聞」，據漸西本改。

〔二〕面唾　原作「而唾」，據漸西本改。

〔三〕疏閑　原作「疏閳」，據漸西本改。

跋白樂天慵屏圖

〔據年譜，作於公元一二三三——一二三六年間。〕

三盃兀兀元如道，一覺昏昏恰似真。不識香山慵睡意，知音自有箇中人。

和請住東堂疏韻

〔據年譜，作於公元一二三三——一二三六年間。〕

東堂不肯卧西堂，珍御鮮食别樣裝。枉費青帘三百尺，雲中公子不來嘗。

寄倪公首座

〔據年譜，作於公元一二三三——一二三六年間。〕

亨監逃海淹虀瓮，隆老成龍過禹門。獨有倪公尚癡坐，幾時承繼萬松軒。

和吕飛卿

〔據年譜，作於公元一二三二年。〕

一試戎衣大定初，達賢不得退閒居。盟津既渡諸侯喜，親見王舟躍白魚。

戲陳秀玉并序

〔據年譜，作於公元一二三三——一二三六年間。〕

萬壽堂頭自汴梁來，遠寄萬松老師偈頌。舊本有和節度陳公一絶云：「清溪居士陳秀玉，要結蓮宫香火緣。賺得梢翁摇艣棹，卻云到岸不須船。」噫！三十年前已有此段公案，湛然目清溪爲昧心居士者，厥有旨哉！僕未參萬松時，秀玉盛稱老師之德業，爾後少得受用，皆清溪導引之力也。每欲報之，秀玉竟不一染指，故作是詩以戲之。

不見桃源路渺茫，騎驢覓驢。清溪招引到仙鄉。未當好心。湛然幸得齁齁飽，也須吐卻。擘與些兒不肯嘗。恰似真个。

湛然居士文集卷十

扈從冬狩

〔案：詩序云「癸巳」，應作於公元一二三三年。〕

癸巳扈從冬狩，獨予誦書於穹廬中，因自譏云。

天皇冬狩如行兵，白旄一麾長圍成。長圍不知幾千里，蟄龍震慄山神驚。長圍布置如圓陣，萬里雲屯貫魚進。千羣野馬雜山羊，赤熊白鹿奔青麞。壯士彎弓殞奇獸，更驅虎豹逐貪狼。御閑有馴豹，縱之以搏野獸。獨有中書倦遊客，放下氈簾誦周易。

用秀玉韻

〔案：詩序云「甲午」，應作於公元一二三四年。〕

甲午之秋，秀玉殿學遠以新詩寄東坡杖，因用原韻謝之。

七尺烏虬乳節堅，清谿寄我我忻然。敢輕黑鐵三十兩，遠勝黄金百萬錢。好句君堪坡老敵，清詩予負定公先。他年攜此林泉去，静倚松軒誦大全。

送西方子尚

〔案：年代無考。〕

西方子尚氣凌雲，一見忘年各任真。陰德傳家宜有慶，義方垂訓不違仁。雄文固可魁天下，確論曾無詭聖人。天產英才須有意，好將吾道濟斯民。

用樗軒散人韻謝秀玉先生見惠東坡杖

〔案：應與前詩用秀玉韻作於同時，即公元一二三四年。〕

圓方頂足法高卑，五九蒼蒼老節奇。一日湛然獲二寶，東坡鐵杖寂通詩。

和邦瑞韻送行

〔據年譜，作於公元一二三三——一二三六年間。〕

幸有和林酒一樽，尚醞，出於和林城，故有是句。地爐煨火爲君温。昔年相見興三歎，此日臨行贈一言。士行莫忘直報怨，人情須信害生恩。而今躍入驚人浪，珍重風濤過禹門。

謝西方器之贈阮杖并序

〔案：詩序云「甲午之秋」，應作於公元一二三四年。〕

了然居士素蓄東坡鐵杖、洎地字號阮，真絶世之寶也。天兵既克汴梁，先生攜二君來燕，欲藏之，恐不能終寶。欲贈湛然，南北相去不知其幾千里，慮中道浮沈，是以獻諸秀玉殿學、田公奉御，欲轉致於予也。甲午之秋，陳、田入覲，果饋之於我。因亂道數語，用酬厚意。

睢陽三絶從來傳，坡仙鐵杖爲之先。宋朝四美豈易得，地君神器稱手賢。〔一〕了然居士隱洛瀍，讀書好古有積年。擒龍捉日獲二寶，寶之鑿楝屋壁穿。龍庭萬里疊山川，欲來饋我嗟無緣。將奪固與此理玄，慇懃攜贈陳與田。陳田今歲來朝天，惠然出賜穹廬前。烏虯入手蒼璧懸，恍然遺世如登仙。長蛟倚壁光娟娟，鱗介欲生如蜿蜒。澄澄秋月瑩朝鏡，須臾洗盡余腥羶。足方法地頂法乾，四十五節松柏堅。七尺烏金三十兩，微簧瑟瑟鳴哀蟬。雲頂纖纖空腹圓，十三玉柱鴻翩翩。躭躭雲坐踞猛虎，巖巖山口雙雙絃。鐵君伴我遊林泉，足疾頓減衝雲煙。臨風三弄碎瓊玉，清商秋水聲涓涓。安仁得此如臨淵，子聃求杖不惜錢。湛然坐受匪勞力，不勝其服心胡然。西方諷我求終焉，故令二友相招延。

抱桐扶杖間山巔，舉觴笑詠秋風邊。了然居士作鐵君傳云：「長七尺，重三十兩，頂圓足方，中有微簧，凡四十五節，世傳嵇生造。」又〔二〕云：「昔顯宗東宫時，常讀東坡鐵杖詩，因召侍臣鄭子聃問杖之存亡。子聃以在睢陽爲對。因以數千緡購於〔三〕張文定公之孫。其孫藏於屋棟。子聃竟不得一見云。」地字號阮，亡宋之故物，天地玄黄，此四阮爲絶寶也。泰和間祕於禁中，待詔孫安仁之姊以琴阮得入侍，上以此阮賜之。安仁屢求之，其姊以阮見寄。舊制，宫掖中侍人不許與親戚通耗。安仁冒法得之，其好事有如此者。故予引用其語。

〔一〕手賢　漸西本作「乎賢」。

〔二〕又　原作「尺」，據漸西本改。

〔三〕於　原作「子」，據漸西本改。

繼希安古詩韻

〔據年譜，作於公元一二三三——一二三六年間。〕

垂盡絲綸不上鈎，冥鴻高舉弋無由。不圖垂譽流千古，安肯低眉謁五侯。

和非熊韻

〔據年譜，作於公元一二三三——一二三六年間。〕

蠻觸功名未足誇，掀髯一笑付南華。他年擊破疑團後，始覺從來盡眼花。

和非熊韻

〔據年譜，作於公元一二三三——一二三六年間。〕

藹藹英聲鎮北州，〔一〕非熊人物本風流。時逢佳客開青眼，久領元戎尚黑頭。已發豐城神劍出，休嗟暗室夜光投。驅兵經略關中了，題遍長安舊酒樓。

〔一〕北州　原作「比州」，據漸西本改。

過深州慈氏院

〔據年譜，作於公元一二三二年。〕

今年扈從次饒溝，暫解征鞍慈氏遊。世變劫灰何所有，人隨兵火鮮能留。堂堂聖像孰曾識，熚熚真詮詎可求。醉墨淋漓灑塵壁，使人知我過深州。

用李君實韻

〔據年譜，作於公元一二三三——一二三六年間。〕

多病逢秋苦未宜，天涯屈指故人稀。塵飛滄海悲人世，夢斷黃粱笑錦衣。靜樂浮榮難兩得，宦情歸興本相違。高山流水無窮思，撫弄絲桐爲發揮。

繼崔子文韻

〔據年譜，作於公元一二三三——一二三六年間。〕

崔子龍鐘亦可憐，臨風相送我胡然。君來玉塞三千里，余隱龍沙二十年。美玉詎容藏韞櫝，精金到底入鈞甄。他時定下搜賢詔，先到河東汾水邊。

繼武善夫韻

〔據年譜，作於公元一二三三——一二三六年間。〕

老子年來酷愛閑，不堪白髮映蒼顏。十年興廢悲歌裏，半世干戈瘖瘵間。北闕欲辭新鳳閣，東州元有舊閭山。熊經鳥引聊終老，嵓下疎松正好攀。

鼓琴

〔據年譜，作於公元一二三四年。〕

宴息穹廬中，飽食無用心。讀書費目力，苦思嫌哦吟。樗蒲近博徒，圍棊殺機深。洞簫耗余氣，篥筑惡鄭音。呼童炷梅魂，索我春雷琴。何止銷我憂，還能禁邪淫。正席設棐几，危坐獨整襟。尋徽促玉軫，調絃思沈沈。清聲鳴鶴鸞，古意鏘石金。秋水洗塵耳，秋風振高林。清興騰八表，成連何必尋。絃指忽兩忘，世事如商參。泥塗視富貴，晝夜等古今。湛然有幽居，秖在閭山陰。茅亭遶流泉，松竹幽森森。攜琴當老此，歸去投吾簪。

扈從羽獵

〔據年譜，作於公元一二三四年。〕

湛然扈從狼山東，御閑天馬如遊龍。驚狐突出過飛鳥，霜蹄霹靂飛塵中。馬上將軍弓挽月，脩尾蒙茸卧殘雪。玉翎猶帶血模糊，騄駬嘶鳴汗微血。長圍四合匝數重，東西馳射奔追風。鳴鞘一震翠華去，滿川枕藉皆豺熊。自笑中書老居士，擁鼻微吟弓矢廢。向人忍耻乞其餘，瘦兔瘸獐紫駝背。吾儒六藝聞吾書，男兒可廢射御乎！明年准備秋山底，試一如皋學射雉。

狼山宥獵

〔據年譜，作於公元一二三四年。〕

扈從車駕，出獵狼山。圍既合，奉詔悉宥之，因作是詩。

君不見武皇校獵長楊裏，子雲作賦誇奢靡；又不見開元講武驪山傍，廬陵修史譏禽荒。二君所爲不足法，徒令千載人雌黄。吾皇巡狩行周禮，長圍一合三千里。白羽飛空金鏑鳴，狡兔雄狐〔一〕應弦死。翠華駐蹕傳綵綸，四開湯網無掩羣。天子恩波沐禽獸，狼山草木咸忻忻。

〔一〕狐　原作「孤」，據漸西本改。

對雪鼓琴

〔據年譜，作於公元一二三四年。〕

君不見黨侯賞雪斟羊羔，蛾眉低唱白雲謡，慷慨樽前一絶倒，高談闊論誇雄豪；又不見陶穀開軒收竹雪，旋燒活火烹團月，笑撚吟鬚吟雪詩，冷淡生活太清絶。清歡濁樂争相高，至人視此輕鴻毛。嗜音酣酒元麤俗，癖茶嚼句空劬勞。龍庭飛雪風凄冽，天地糢糊同一色。數卮美湩温如春，三弄悲風絃欲折。酪奴歡伯持降旌，詩聲歌韻不敢鳴。黨武陶文都勘破，真識此心無一箇。

寄冰室散人

〔據年譜，作於公元一二三三——一二三六年間。〕

佳人元不是摩澄，〔一〕幻術因循汙此生。對雪解歌吟飛絮，〔二〕滅燈能審斷絃聲。鳳樓瀟灑閑瓊館，冰室深沈冷玉笙。好訪龍溪善知識，傳燈何啻總持名。三學尼長老道號龍溪老人。

〔一〕摩澄　原作「摩登」，據漸西本改。

〔二〕對雪解歌吟飛絮　漸西本作「對雪鮮吟飛絮句。」

寄平陽潤和尚張彥升寄平陽潤和尚所著金盞兒十首，因作詩寄潤公。

〔據年譜，作於公元一二三三——一二三六年間。〕

十首新詞寄我時，浄名手段我獨知。解將没孔鐵鎚子，打就無聲金盞兒。言外翻騰閑曲調，劫前拈弄古鈴鎚。清河露布殺公案，賺得衰翁一首詩。

紅梅二首東坡謂「認桃無緑葉，辨杏有青枝」太贏俗，因潤飾其語成之。

〔案：據年譜，作於公元一二三三——一二三六年間。〕

瘦損佳人冰雪枝，天教妝抹入時宜。小桃嫌鋪翠雲葉，疎杏驚看碧玉枝。李白詩成怨妃子，吴宫宴罷醉西施。而今辜負黄昏月，只少西湖處士詩。

其二

天仙皎皎素羅裳，淡抹濃塗總不妨。酒暈半潮妃子醉，胭脂初試壽陽妝。肯同桃杏迷蜂蝶，本與松筠傲雪霜。顧影也應悲漢室，臨風猶似怨三郎。

吟醉軒

〔據年譜，作於公元一二三一年。〕

修竹千竿五畝宫，幽居活計興無窮。清詞麗句梅詩老，白髮蒼顔歐醉翁。灑墨疾書千首敏，浮白痛飲百樽空。醉吟聞有香山老，倒用顛拈意暗同。

寄西菴上人用舊韻四首

〔據年譜，作於公元一二三三——一二三六年間。〕

别後無緣得再參，新詩重寄代和南。他年放我休官去，只向雲川結小庵。功名我已讓曹參，又見曹參定五南。布韈青鞋從此始，濟源聞有侍中庵。

多幸松軒得罷參，玉泉山水勝江南。泉邊便作歸休計，何必香山覓舊庵。

憶昔吾師萬松老也。放晚參，揚兵西北擊東南。一聲霹靂龍飛去，尚有癡人宿草庵。

和漁陽趙光祖二詩

〔據年譜，作於公元一二三三——一二三六年間。〕

巖廊深責忝疑丞，位重材輕負寵榮。猾虜七擒輸葛亮，奇謀六出媿陳平。未行禮樂常如歉，欲挂衣冠似不情。何日對君言我志，夜闌秉燭笑談傾。

其二

生民垂欲陟春臺，南斗妖氛絶點埃。典禮已隨前代廢，遺音猶怨後庭哀。十年歎我垂垂老，萬里憐君得得來。此語縱無多忌諱，緘題未可對人開。

自贊

〔據年譜，作於公元一二三三——一二三六年間。〕

美髯中書，白衣居士，從他抹粉施朱，一任安名立字。手中玉麈〔一〕震雷音，説盡人間無限事。

〔一〕玉麈　原作「玉塵」，據漸西本改。

再過太原題覃公秀野園

〔據年譜，作於公元一二三一年。〕

君實洛陽園，花竹秀而野。先生取此意，開園臨古社。土階甃以石，茅亭略其瓦。佳木碧雲摇，清泉寒玉瀉。開軒扣琴筑，撫景飛觴斝。我來正秋晚，殘英折盈把。粲然啟一笑，琅然歌二雅。將歸且裴回，幽尋未能捨。呼酒盡餘興，索筆爲摸寫。緬懷温國公，重名滿天下。寥寥二百年，童卒傳司馬。君侯築兹圃，如有所慕者。晞顔顔之徒，子亦斯人也。

和韓浩然韻二首

〔據年譜，作於公元一二三三——一二三六年間。〕

浩然以昇元寶器、玉澗鳴泉二琴見贈，勉和來詩，用酬厚意。

標格雄雄藴藉深，烏龍胸臆隱雷音。一雙神器波及我，不負分金結義心。浩然得四琴，分二琴於我，故有是句。

又

一曲風高奏古宫，坐睛神物媿無功。千金厚惠將何報，鶚表慇懃效孔融。

張漢臣因入覲索詩

〔據年譜，作於公元一二三三——一二三六年間。〕

漢臣千里覲龍庭，欲使天皇致太平。十事便宜言懇切，三千貔虎令嚴明。好籌廟算如留相，莫憶鱸魚似季鷹。一統要荒君勉力，雲臺須占最高名。

和謝昭先韻

〔據年譜，作於公元一二三三——一二三六年間。〕

失奚爲劣得奚優，遇流而行坎〔一〕則留。笑視紛紛兒女輩，成是敗非徒相尤。棄人所取取所棄，獨識萬松爲出類。本欲心空及第歸，暮請晨參惟一志。浮生迅速奔隙駒，無窮塵劫元斯須。參透威音劫前事，花開枯木誰云枯。河朔干戈猶未息，西域十年空旅食。賢人退隱予未能，鈞衡曠位虚名極。真人應運康世屯，數頒寬詔垂綵綸。沛若恩波淪骨髓，皇皇四海咸蒙春。漢唐疆宇非爲大，戍守西臨玉關界。百濟稱藩過海門，鄙語粗言其大概。天皇自將辦多多，天兵百萬涉長河。京索爲空汴梁下，秦皇漢武疇能過？凛凛威聲震天宇，不殺爲功果神武。朔南一混車書同，皇業巍巍跨千古。先生吾邦之彦兮，琴書而自怡。勁挺松柏操，磊落英雄姿。明正道，無邪思，一貫詩書繼先覺，兩全才德真吾師。王謝來江左，家學易道豈忘貽。濟世須君展驥足，政要再鑿人耳目。小子區區何所祝，但願天衷俞奏鶚。〔二〕

〔一〕坎　原作「墳」，據漸西本改。

〔二〕奏鶚　原作「鶚奏」，據漸西本改。

德恒將行以詩見贈因用元韻以見意云

〔據年譜，作於公元一二三三——一二三六年間。〕

國士朝黄屋，無辭路八千。徒嗟蘇子困，誰識禰生賢。腰下無金印，山中有翠煙。英雄須有用，勉力待中年。

送文叔南行

〔據年譜，作於公元一二三三——一二三六年間。〕

李子敦純不入時，而今失志又南歸。縱無手内毛生檄，自有囊中萊子衣。未得忠貞毘聖主，且將甘旨侍慈闈。鵷雛不忘衝天志，直待三年更一飛。

和馮揚善九日韻

〔據年譜，作於公元一二三三——一二三六年間。〕

馮君今歲又離家，攜手賡酬海一涯。秦漢興亡真夢寐，蘇張轗軻莫吁嗟。孔融座上樽盈酒，靖節籬邊菊有華。何日公餘同此樂，西風一醉泛流霞。

示石州劉企賢

〔據年譜，作於公元一二三三——一二三六年間。〕

西州來索湛然詩，笑點霜毫録鄙辭。底事行藏元有數，斯文否泰〔一〕本由時。碩材未信明君棄，雅操何慚暴吏欺。此語頗涉人忌諱，等閒勿使細民知。

〔一〕否泰　原作「否秦」，據漸西本改。

和劉子中韻

〔據年譜，作於公元一二三三——一二三六年間。〕

蓬山散人劉詡子中頗通儒，幼依全真出家，今已還俗，故有擇術不可不愼之句。

蓬山北海遊，珥筆陳良謀。徒步而南來，意氣凌馬周。貪吏亂法令，如茨不可束。子中有大志，每甘跨下辱。他日得從龍，其鋒誰敢觸。今日君子來，非爲五斗粟。君子愼擇術，痛恨陪全真。調心正是妄，堪笑學鳥伸。一日錯下脚，萬劫含酸辛。平生大夢中，不識菴中人。一言贈吾子，宗匠宜相親。

李庭訓和予詩見寄復用元韻以謝之

〔據年譜，作於公元一二三三——一二三六年間。〕

忝位台司歲月深，中書自笑不如岑。殷周禮樂真予事，唐舜規模本素心。鄭五每慚難作相，胥靡終欲强爲霖。隴西妙語虚推奬，舒卷寒窗盡日吟。

和黄山張敏之擬黄庭詞韻

〔案：年代無考。〕

黄山無媒亦無梯，蕭條白晝關荆扉。凌晨端坐漱玉池，闌干苜蓿先生飢。惠然寄我黄庭詞，湛然一笑幾脱頤。一鶴南翔一不飛，十年一夢今覺非。故山舊隱蒼松欹，而今老盡虬龍枝。曾學四老餐紫芝，從譏懷寶而邦迷。塵緣一掃無孑遺，隔轂觀月猶依稀。汪洋法海無邊涯，螢光詎可窺晨晞。蓮花自是生汙泥，汙泥不染清涼肌。彩雲易散碎琉璃，人間四相夭五衰。有爲無爲俱有爲，壽窮塵劫元非遲。湛然醉摇芭蕉卮，薔薇深醮書淋漓。白眼一望須彌低，黄山先生耽書癡。退藏不露龍麟姿，對人不耻弊緼衣。自甘貧困元知微，籬邊黄菊香離披。門前山色寒參差，不以下體遺葑菲。新詩遠寄盤龍螭，胸中滿貯夷齊薇。忘機臨水狎鷗鷺，燕居申申不忒儀。含光隱秀如文犀，乘閑綸釣垂清漪。躬耕禾黍方離離，須信君子能自卑。予知先生之獨悲，深憂海内生民疲。生民擾攘如棼絲，笑予素餐徒位尸。先生識鑒如元龜，旁通發而爲聲詩。照我穹廬生光輝，窮通進退元有時。至人終不貪危機，他時天子求塤篪。欲行周禮修周基，先生好應千年期。沙堤行人羨輕肥，鳳凰到底鳳池棲。太平釣石須君持，蒼生未濟無言歸。

寄曷公堂頭同參

〔據年譜，作於公元一二三三——一二三六年間。〕

曷公聞道住南宫，笑寫新詩託去鴻。准備金桃三百顆，因風寄與老髯公。

寄移剌子春

〔據年譜，作於公元一二三三年——一二三六年間。〕

說與沙城劉子春，湛然垂老酷思君。同遊青塚秋將盡，共飲天山酒半醺。蠒紙題詩熟鍊字，氈廬談道細論文。五年回首真如夢，衰草寒煙正斷魂。

寄妹夫人

〔據年譜，作於公元一二三三——一二三六年間。〕

三十年前旅永安，鳳簫樓上倚闌干。先叔故居之樓名。初學書畫同遊戲，静閲〔一〕琴棋相對閑。聚散悲歡燈影裏，興亡成敗夢魂間。安書風送來天際，望斷中州一髮山。

〔一〕静閲　原作「静闗」，據漸西本改。

送姪九齡行

〔據年譜，作於公元一二三三——一二三六年間。〕

我欲歸休與願違，而方知命正宜歸。閭山自有當年月，一舸西風賦式微。

送姪了真行

〔據年譜，作於公元一二三三——一二三六年間。〕

吾兄繼世禄，襲封食東平。幼子死王事，長安閨門英。孀居二十年，禮佛讀傳燈。一旦遇宗匠，了真訓其名。前歲陽翟破，道服潛偷生。寧死不受辱，託疾燕山京。湛然憐孤族，贖汝爲編氓。死生本如夢，寵辱真若驚。莫忘離亂苦，長思厭世情。三學有龍溪，叩參宜盡誠。喝碎須彌山，打破乾闥城。兩頭俱放下，枯木一枝榮。

和少林和尚英粹中山堂詩韻

〔據年譜，作於公元一二三三——一二三六年間。〕

我愛嵩山堂，山堂秋寂寂。蒼煙自摇蕩，白雲風出入。泠泠溪水寒，細細琴絲溼。離塵欲無事，又有閑踪迹。

和武善夫韻

〔據年譜，作於公元一二三三——一二三六年間。〕

不得潛身似許由，豎閭辜負萬山秋。未竭犬馬雖爲慊，忽〔一〕憶猿鶴卻自羞。黄閣賴懸新篆印，白霤〔二〕元有舊漁舟。他時雪夜尋良友，且學當年王子猷。

〔一〕忽　原空一字，據漸西本補。

〔二〕霤　原作「雪」，據漸西本改。

和馮揚善韻

〔據年譜，作於公元一二三三——一二三六年間。〕

揚善從來慕晉卿，滄浪濁處不濯纓。關東易學孰能與，冀北詩聲莫與京。今日窮途雖蹇剥，他時行道自亨貞。須知遯世元無悶，莫怨龍鍾出帝城。

和董彦才東坡鐵杖詩二十韻

〔據年譜，作於公元一二三四年。〕

女媧未補青天裂，神液飛精散爲鐵。嵇生箕踞鍛洪爐，白汗黐漿滴清血。黑虬彷彿欲飛躍，鱗介蒼蒼生乳節。情知中散氣凌雲，肯與凡工争巧拙。柳君傳與東坡老，神物終須歸俊傑。坡仙爲壽文定公，酬和新詩誇勝劣。觀妙堂名龍尾硯，睢陽并此爲三絶。睢陽城破兵火炎，神器不隨煙焰滅。了然居士出伊洛，登山度水相扶挈。燕然分付我清谿，妙語雕鐫跨先哲。遠來攜贈白霅老，天理似爲予所設。湛然忝佐本無功，致王澤民媿臯契。再遊北海復何恨，與君同步龍沙雪。大澤深山無所驚，掃除魑魅驅兇蠥。輕簧歷歷吐微語，閑對幽人如鼓舌。有如〔一〕拈起擊須彌，須彌擊碎同丘垤。雲門遠遁德山去，敢對髯翁開口説。一時驚倒野狐禪，奔走不來予闔闑。他年神武掛冠去，誰知劫外乾坤别。橫擔此杖入千峯，大方獨步無蹉跌。

〔一〕有如 原作「有時」，據漸西本改。

湛然居士文集卷十一

用張道亨韻

〔據年譜，作於公元一二三四年。〕

道亨，予故人也。間闊二十年，今寓居平水，以詩見寄，因和其韻以謝之。

大安之季君政乖，屯爻用事符雲雷。邊軍驕懦望風潰，燕南趙北飛兵埃。民財已竭轉輸困，元元思〔一〕治如望梅。太白經天守帝座，長星勾巳坼〔二〕中台。玄臺密表告天道，災妖變異無不該。奸臣搆禍謀不軌，魚鱗鱗首侵宸階。喋血京師萬人死，君臣自此相嫌猜。居庸失守紫荆破，天兵掣電騰八垓。濳議遷都避凶禍，銜枚半夜宮門開。河表偷生聊自固，京城留後除行臺。力窮食盡計安出，元戎守節甘自栽。虬龍奮迅脱大難，微波沈滯獨黄能。王師神武本不殺，一發鹿臺能散財。威聲遠震陝洛懼，勢同拉朽如枯摧。〔三〕髯公退縮養愚拙，白麻一旦天邊來。萬里龍庭謁天子，軺車軋軋風塵埋。言輕無用自緘嘿，浮沈鵷鷺相趨陪。〔四〕布幕氈廬庇風雨，日中一食如持齋。瀚海波聲寒洶湧，金山峯勢高崔嵬。十年行役亦艱苦，鹽車强駕同駑駘。美湩如飴潤喉吻，仃伶獨撥寒爐灰。故園夢斷幾千里，燕然回首白雲堆。彈鋏悲歌望明月，山城明月空徘徊。往事如絲不敢憶，令人感慨生餘哀。聖人繼運踐九五，歡聲騰沸天之涯。萬國梯航喜奔走，幣帛交列陳瓊瑰。天子恩威溢中外，遠邇翕然無不懷。四民樂業庶政舉，宗臣戮力諸王諧。行殿受朝設鐘鼓，明堂祭祀陳大罍。卿雲輪囷自紛郁，妖星不復侵天街。否道已窮受諸泰，人心已順天心迴。制度一新從簡略，禁網〔五〕疎闊如天恢。賢材尚隱若冥雁，區區弋人何慕哉。自慚忝位司鈞軸，可憐多士無梯媒。願學留侯引年去，不與赤松遊蓬萊。閒陽舊隱度殘朽，扁舟簑笠江湖崖。

〔一〕思　原作「恩」，據漸西本改。
〔二〕拆　原空一字，據漸西本補。
〔三〕摧　原作「推」，據漸西本改。
〔四〕趨陪　原作「超陪」，據漸西本改。
〔五〕禁網　原作「禁綱」，據漸西本改。

題龐居士陰德圖

〔據年譜，作於公元一二三四年。〕

易易難難各一機，非難非易亦新奇。若將三句分優劣，露挂〔一〕燈籠暗皺眉。

〔一〕挂　原作「桂」，據漸西本改。

和馮揚善韻

〔據年譜，作於公元一二三四年。〕

天道不可窮，此理自古然。大暴壽盜跖，至仁夭顔淵。偉材鮮遭遇，君臣難兩全。庸愚厭粱肉，〔一〕廣文寒無氈。未逢知音人，伯牙故絶絃。我愛馮公子，孔教窮高堅。憂道不憂貧，一室如磬懸。卻笑庠序生，供薦徒備員。詩書貯便腹，一斗吟百篇。遠蹈顔孟迹，近比蘇黄肩。寧受跨下辱，不爲天下先。昇平已有期，上道化日躔。九州成一統，刑賞歸朝權。汴梁三戰定，樂浪一檄傳。先生謁承明，萬里來秦川。徒步沙磧中，往復幾一年。揲蓍説易傳，應詔命席前。十年符億兆，一世〔二〕盈十千。男兒志在道，何論胝與胼。一旦得榮遇，閭巷車馬填。窮通固由命，何必興孜煎。用之自可進，舍之便可還。自笑髯中書，有過仍不悛。三代不同禮，勉欲相襲沿。賢人正退隱，强起居官聯。冰炭豈共器，安可渾愚賢。可惜和氏姿，庸工浪雕鐫。不能作大器，取次成棄捐。潛龍喻君子，或躍或在田。未遂馬周志，好塈楊雄廛。伏臘粗酒脯，旦夕充饔饘。窮途不足泣，弔影無自憐。人生一瞬息，日月如璣旋。學道如牧羊，後者爲之鞭。離羣謝富貴，遁世安林泉。勿學躁進人，扼腕長呼天。

〔一〕梁肉　原作「粱肉」，據漸西本改。

〔二〕一世　原作「十世」，據漸西本改。

和秀玉韻并序

〔據年譜，作於公元一二三四年。〕

三學老人背佛説法，教僧幽半藏謗之，清谿老人有頌，因和之。

清谿作寱語，湛然大笑之。僅能知大用，尚未識天機。〔一〕貪隨言語轉，錯認一阿師。箇中關捩子，卓然絶百非。三學未嘗坐，何説非與是。半藏未有言，奚論讚與毁。解語非干舌，能知誠匪智。爲報清谿公，無事莫生事。

〔一〕天機　原作「大機」，據漸西本改。

示從智

〔據年譜，作於公元一二三四年。〕

知人者明，自知者智。仁人一言，溥哉其利。

答聶庭玉

〔據年譜，作於公元一二三四年。〕

文章太守鎮榆關，遠寄新詩與湛然。卓爾功名君勉力，歸與活計我加鞭。扶衰幸有東坡杖，遣興猶存玉澗泉。布襪青鞋任真率，東垣山水不沾錢。

繼柏巖大禪師韻

〔據年譜，作於公元一二三四年。〕

行盡千程與萬程，誰能退步見嚴宸。饒渠解釋庭前雪，笑彼難除室外塵。翡翠簾前猶是汝，琉璃殿上更何人。直須鶴出銀籠外，受用壺天不夜春。

和張善長韻

〔據年譜，作於公元一二三四年。〕

下馬如虹氣焰雄，驚人詩筆有誰同。銀鉤老字學顏體，玉振奇辭類國風。今日白衣聊養素，他年皇屋好推忠。經營江左須豪哲，占取雲臺第一功。

愛棲巖彈琴聲法二絶

須信希聲是大音，猱多則亂吟多淫。世人不識棲巖意，秖愛時宜熱鬧琴。

多著吟猱熱客耳，强生取與媚俗情。純音簡易誰能識，卻道巖棲無木聲。

〔據年譜，作於公元一二三四年。〕

冬夜彈琴頗有所得亂道拙語三十韻以遺猶子蘭并序

余幼年刻意於琴，初受指於弭大用，其閑雅平淡，自成一家。余愛棲巖，如蜀聲之峻急，快人耳目，每恨不得對指傳聲。間關二十年，予奏之，索於汴梁得焉。中道而卒，其子蘭之琴事深得棲巖之遺意。甲午之冬，余扈從羽獵，以足疾得告，凡六十日，對彈操弄五十餘曲，棲巖妙旨，於是盡得之。因作是詩以記其事云。

〔據年譜，作於公元一二三四年。〕

湛然有琴癖，不好凡絲竹。兒時已存心，壯年學愈篤。倉忙兵火際，遺譜不及録。回首二十秋，絲桐高閣束。棲巖有後人，萬里來相逐。能繼箕裘業，待予爲季叔。今冬六十日，對彈五十曲。五句記新聲，十朝温已熟。高山壯意氣，秋水清心目。陽春撼瓊玖，白雪碎瑶玉。洛浦太含悲，楚妃歎如哭。離騷泣鬼神，止息振林木。秋思盡雅興，三樂歌清福。自餘不暇數，渴心今已沃。昔我師弭君，平淡聲不促。如奏清廟樂，威儀自穆穆。今觀棲巖意，節奏變神速。雖繁而不亂，欲斷還能續。吟猱從簡易，輕重分起伏。一聞棲巖聲，不覺傾心服。彼此成一家，春蘭與秋菊。我今會爲一，滄海涵百谷。稍疾意不急，似遲聲不跼。二子終身學，今日皆歸僕。我本嗜疎懶，富貴如桎梏。幸遇萬松師，一悟消三毒。早晚掛冠去，閭山結茅屋。蔬筍粗充庖，糲飯炊脱粟。有我春雷子，豈憚食無肉。旦夕飽純音，便是平生足。

夜坐彈離騷

〔據年譜，作於公元一二三四年。〕

一曲離騷一椀茶，箇中真味更何加。香銷燭燼穹廬冷，星斗闌干山月斜。

彈秋宵步月秋夜步月二曲

〔據年譜，作於公元一二三四年。〕

碧玉聲中步月歌，彈來彈去不嫌多。從教人笑成琴癖，老子佯呆不管他。

彈秋水

〔據年譜，作於公元一二三四年。〕

信意彈秋水，清商促軫成。只疑天上曲，不似世間聲。海若誠無敵，河神已請平。三朝不彈此，心竅覺塵生。

彈秋思用樂天韻二絶示景賢

〔據年譜，作於公元一二三四年。〕

秋思而今不入時，平和節奏苦嫌遲。香山舊譜重拈出，不問知音知不知。

粼粼斷似烏蛇蚹，瑟瑟徽如古殿苔。玉澗鳴泉獨受用，穹廬祇少景賢來。

彈廣陵散終日而成因賦詩五十韻并序

〔據年譜，作於公元一二三四年。〕

嵇叔夜能作廣陵散，史氏謂叔夜宿華陽亭，夜中有鬼神授之。韓皋以爲揚州者，廣陵故地，魏氏之季，毌丘儉輩皆都督揚州，爲司馬懿父子所殺。叔夜痛憤之懷，寫之於琴，以名其曲，言魏之忠臣散殄於廣陵也。蓋避當時之禍，乃託於鬼神耳。叔夜自云：「靳固其曲，不以傳袁孝尼。」唐乾符間，待詔王邈爲季山甫鼓之。近代大定間汴梁留後完顔光禄者，命士人張研一彈之，因請中議大夫張崇爲譜序。崇備敘此事，渠云：驗於琴譜，有井里别姊、辭卿報義，取韓相投劍之類，皆刺客聶政爲嚴仲子刺殺韓相俠累之事，特無與揚州事相近者。意其叔夜以廣陵名曲，微見其意，而終畏晉禍，其序其聲，假聶之事爲名耳。韓皋徒知託於鬼物以避難，而不知其序其聲皆有所託也。崇之論似是而非。余以爲叔夜作此曲也，晉尚未受禪，慢商與宫同聲，臣行君道，指司馬懿父子權侔人主，以悟時君也。又序聶政之事以譏權臣之罪，不啻俠累，安得仗義之士以誅君側之惡，有所激也。不然，則遠引聶政之事，甚無謂也。泰和間，待詔張器之亦彈此曲，每至沈思、峻迹二篇，緩彈之，節奏支離，未盡其善。獨棲巖老人混而爲一，士大夫服其精妙。其子蘭亦得棲巖之遺意焉。

湛然數從軍，十稔苦行役。而今近衰老，足疾困卑溼。歲暮懶出門，不欲爲無益。穹廬何所有，祗有琴三尺。時復一絃歌，不猶賢博奕。信能禁邪念，閒愁破堆積。清旦炷幽香，澄心彈止息。薄暮已得意，焚膏達中夕。古譜成巨軸，無慮聲千百。大意分四節，四十有四拍。品弦欲終調，六絃一時劃。初訝似破竹，不止如裂帛。忘身志慷慨，別姊情慘戚。銜冠氣何壯，投劍聲如擲。呼幽達穹蒼，長虹如玉立。將彈怒發篇，寒風自瑟瑟。瓊珠落玉器，雹墜漁人笠。別鶴唳蒼松，哀猿啼怪柏。數聲如怨訴，寒泉古澗澀。幾折變軒昂，奔流禹門急。大絃忽一捻，應弦如破的。雲煙速變滅，風雷恣呼吸。數作撥刺聲，指邊轟霹靂。一鼓息萬動，再弄鬼神泣。叔夜志豪邁，聲名動蠻貊。洪爐煅神劍，自覺乾坤窄〔一〕。鍾會來相過，箕踞方袒裼。一旦譖〔二〕殺之，始知襟度阨。新聲東市絶，孝尼無所獲。密傳迨王遨，曾爲山甫客。近代有張研，妙指莫能及。琴道震汴洛，屢陪光禄席。器之雖有聲，鍊此頭垂白。中間另起意，沈思至峻迹。節奏似支離，美玉成破璧。爲山虧一簣，未精誠可惜。我愛棲巖翁，飜聲從舊格。始終成一貫，雅趣超今昔。三引入五序，始作意如翕。縱之果純如，將終繳而繹。嵇生能作此，史臣書簡策。又謂神所授，傳自華陽驛。韓皋破是説，以爲避晉隙。張崇作譜序，似是未爲得。我今通此論，是非自懸隔。商與宮同聲，斷知臣道逆。權臣侔人主，不啻韓相賊。安得聶政徒，元惡誅君側。上欲悟天子，下則有所激。惜哉中散意，千古無人識。

〔一〕窄　原作「穿」，據漸西本改。

〔二〕譖　原作「諸」，據漸西本改。

吾山吟

〔據年譜，作於公元一二三四年。〕

兒鑄學鼓琴，未期月，頗能成弄。有古調絃泛聲一篇，鑄愛之，請余爲文。因補以木聲，稍隱括之，歸於羽音，起於南宮，終於大簇，亦相生之義也。以文之首句有吾山之語，因命爲吾山吟，聊塞鑄之請，不敢示諸他人也。湛然題。

吾山吾山予將歸，予將歸深溪，蒼松圍茅亭，扃扃柴扉，水邊林下，琴書樂矣。水邊林下，琴書樂矣，不許〔一〕市朝知。猿鶴悲，吾山胡不歸！

〔一〕不許　原作「不詩」，據漸西本改。

從萬松老師乞玉博山

〔據年譜，作於公元一二三四年。〕

吾師珍惜玉山爐，可歎雕紋朴喪初。無黨無偏三足峙，不緇不磷一心虛。禮佛誦課須資汝，示衆拈香正起予。對此好彈三澗雪，因風遠寄萬松書。

寄萬壽潤公禪師用舊韻

〔據年譜，作於公元一二三四年。〕

懶答禪師一紙書，禪師佳句古誰如。不才歎我垂垂老，美裕憐君綽綽餘。斷臂志能如慧祖，點胸終不似雲居。三關參到縱横處，識破黄龍脚似驢。

寄聖安澄公禪師

〔據年譜，作於公元一二三四年。〕

澄公屢有寄來書，不著寒温問訊予。老柏依然籠古殿，庭中有恠柏數株。〔一〕旃檀無恙鎖精廬。金鱗透網三乘外，大隱居鄽千載〔二〕餘。聖安居市中。〔三〕祇有些兒堪恨處，向人剛覓護身符。

〔一〕數株　原作「數株」，據漸西本改。

〔二〕千載　原作「十載」，據漸西本改。

〔三〕市中　其下漸西本小字夾注云：「案聖安、崇效兩寺今皆近南偏門，荒寂已甚。元時大城偏西，故其時寺居市中。」

寄甘泉禪師謝惠書

〔據年譜，作於公元一二三四年。〕

萬松節外有孫枝，德業文章冠一時。不惜臨風寄新句，知音消得湛然詩。

送房孫重奴行

〔據年譜，作於公元一二三四年。〕

汝亦東丹十世孫，家亡國破一身存。而今正好行仁義，勿學輕薄辱我門。

從龍溪乞西巖香并方

〔據年譜，作於公元一二三四年。〕

余愛龍溪老人之西巖香，屢乞之，每恨得少，旋踵而盡，因道鄙語乞香并方。

我愛龍溪新樣香，西巖風韻卒難忘。深玄欲説舌頭短，妙觀先通鼻孔長。秋水彈時宜受用，碧巖讀處更相當。清香妙譜都拈出，莫惜十年舊藥方。

乙未元日

〔案：詩題「乙未」，應作於公元一二三五年。〕

劫前別有一壺天，萬古長空無後先。建化門頭聊爾耳，也隨徒衆賀新年。

付從究

〔據年譜，作於公元一二三五年。〕

曠劫茫茫困路塵，回頭便是故園春。而今既遇松軒老，究取元來不死人。

旦日遺從祖

〔案：詩序云乙未，應作於公元一二三五年。〕

乙未旦日，從祖索詩，浪道數句以遺之。

塵世春風歲又遷，僚屬來賀古川前。誰知萬法生心上，不覺雙毛落鬢邊。人生能得幾緉屐，文章不直一文錢。威音那畔乾坤別，且道而今是幾年。

旦日示從同仍簡忘憂

〔案：詩序云「乙未」，應作於公元一二三五年。〕

乙未旦日從同索詩，因道拙偈二十韻，仍簡忘憂。

昔我馳星軺，駐車歸化城。汝方來摳衣，從同訓其名。侍予垂十年，百事無一成。律歷且及半，琴道猶未精。禪書置一隅，尚未窮一經。大道若滄海，萬古長澄清。酌之而不竭，注之而不盈。偃鼠得滿腹，亦足飽鯤鯨。又如大圓鏡，歷劫長圓明。中間無影像，應物不〔一〕現形。漢、胡遞相照，出没能縱横。又如萬鈞鐘，寂然藏雄聲。隨叩而即應，圓音自鏘鏗。小擊而小響，大撞而大鳴。又如長明燭，積歲長熒熒。分爲百千萬，光明如日星。惠之而不費，是爲無盡燈。日月照天下，不可語瞽盲。雷霆碎山岳，聾者未曾聽。枯木元無花，卻怨春不平。作偈以勸汝，可以爲盤銘。

〔一〕不　原作「而」，據漸西本改。

元日勸忘憂進道

〔案：詩序云「乙未」，應作於公元一二三五年。〕

乙未元日，忘憂居士索詩，勉道數語，因勸其進道云。

劫外風光別，人間日月遷。南洲添一歲，北海又二〔一〕年。榮利蝸黏壁，功名蟻慕羶。萬緣都放下，好扣祖師禪。

〔一〕二　漸西本作「三」。

轉燈

〔案：據詩序云「乙未」，應作於公元一二三五年。〕

乙未元日，安慶以轉燈見贈。忘憂居士索詩，走筆作偈以警世云。

安慶作戲燈，惠然來贈我。藏燈藉微明，細火薰其座。乘茲風火力，盤旋如轉磨。中有角抵人，揮臂不知禍。團團十萬匝，輪迴莫能趓。此燈雖戲具，無果大因果。三世塵沙佛，皆如轉燈過。三千大千界，成壞亦風火。所以明眼人，重道輕利貨。生死比夢寐，榮華等涕唾。〔一〕長行此觀心，人間都看破。多少看燈人，知音無一箇。

〔一〕唾　原作「吐」，據漸西本改。

録寄新詩呈沖霄

〔據年譜，作於公元一二三五年。〕

沖霄酷愛玉泉詩，媿我年來無好辭。録寄新詩三十首，莫教俗子等閑知。

寄東林

〔據年譜，作於公元一二三三——一二三六年間。〕

屢承東林同參賜書，未遑裁答，亂道鄙語以代手訥云。

同參萬里寄書來，盥手緘封手自開。没骨舌頭我難説，無根樹子若能栽。金鵬手段平翻海，任老鈎竿不釣能。何日萬松軒側畔，笑談抵掌一開懷。

借琴

〔據年譜，作於公元一二三四年。〕

龍岡居士本知音，參透淵明得趣心。暫借桐君休吝惜，玉泉習氣未忘琴。〔一〕

〔一〕未忘琴　原缺「忘」字，據漸西本補。

戲景賢

〔據年譜，作於公元一二三四年。〕

景賢愛彈雉朝飛，作是詩以戲之。

牧犢曾歎雉朝飛，七十無妻是以悲。何事龍岡愛彈此，欲學白傅覓楊枝。

再用前韻二首

〔據年譜，作於公元一二三四年。〕

景賢彈雉朝飛，予作詩戲之。蒙寵和，有「若有餘陰乞一枝」之句，予再用前韻以拒之。

遏住行雲不敢飛，一聲還噎一聲悲。巒兒深愜龍岡意，唱得香山楊柳枝。

又

妙舞盤中塵不飛，採蓮一曲繞梁悲。慕素魯巒獨當兩，貫珠歌韻柳腰枝。

寄景賢

〔據年譜，作於公元一二三四年。〕

因足疾在告，彈琴逾時，腕臂作痛，自訟其癡，作詩以寄景賢。

湛然有過必人知，笑寄龍岡自訟詩。閻浮衆生苦爲樂，華嚴皇覺藥能醫。十年擐甲足疾作，三月彈琴臂力衰。因病得閑閑卻病，閑中雖病也便宜。

再用知字韻戲景賢

〔據年譜，作於公元一二三四年。〕

薄德從來總畏知，龍岡又有和來詩。機關不解活龍弄，諺有是語。癖疾還如死馬醫。大舜再逢難永訣，周公不夢覺吾衰。鳳池元是夔龍宅，山鹿野麋終不宜。

復用前韻戲呈龍岡居士兼善長詩友二首

〔據年譜，作於公元一二三四年。〕

君有鑾兒我已知，湛然援筆上新詩。翠眉已惹禪心動，玉頰休教獺髓醫。舊有藥爐雖竭底，新來鼎器卻扶衰。隆隆玉準能青眼，不解雲霓也自宜。西人多服白衣。

其二

行雨行雲一夜飛，襄王從此莫含悲。鑾兒侍寢龍崗老，恰似柔稊生柳枝。

慕樂天

〔據年譜，作於公元一二三四年。〕

荆水荆水出於玉泉。渾如八節灘，玉泉佳趣類香山。韋編周易忘深意，貝葉佛經送老閑。爽我琴書池五畝，侑人詩酒竹千竿。樂天活計都相似，脂粉獨嫌素與蠻。

彈廣陵散

〔據年譜，作於公元一二三四年。〕

居士閑彈止息時，胸中鬱結了無遺。樂天若得嵇生意，未肯獨吟秋思詩。

戲劉潤之

〔據年譜，作於公元一二三三——一二三六年間。〕

從劉潤之借杜詩，因豪奪之，作是詩以戲之。

休嗔久假不云歸，長笑還書是一癡。居士親行萬里地，政須百註杜陵詩。

用劉潤之韻

〔據年譜，作於公元一二三三——一二三六年間。〕

箇中消息本忘言，一念從渠一萬年。大地遍開皆是水，頑石不擊固無煙。成佛莫落謝公後，建業從教祖氏先。萬法悉從心地起，元來禍福不由天。

湛然居士文集卷十二

琴道喻五十韻以勉忘憂進道并序

〔據年譜，作於公元一二三四年。〕

予幼而喜佛，蓋天性也。壯而涉獵佛書，稍有所得，頗自矜大。又癖於琴，因檢閱舊譜，自彈數十曲，似是而非也。後見琴士弭大用，悉棄舊學，再變新意，方悟佛書之理未盡。遂謁萬松老人，旦夕不輟，叩參者且三年，始蒙見許。是知聖諦第一義諦，不在言傳，明矣。邇因忘憂學鼓琴，未期月，稍成節奏，又知學道之方，在君子之自强耳。故作琴道喻，述得旨之由，勉子進道之漸云。

昔我學鼓琴，豪氣凌青天。輕笑此小技，何必師成連。竇架翻舊譜，對譜尋冰絃。自彈數十弄，以爲無差肩。有客來勸予，因舉莊生篇。時君方誦書，輪扁居其前。釋椎而入請，何故讀殘編。上古已久矣，不得見聖賢。遺書糟粕餘，與道雲泥懸。臣年七十秋，雙鬢如垂綿。斲輪固小巧，巧性非方圓。心手兩相應，不能語子焉。是知聖人道，安得形言詮。至今千載間，此論不可遷。琴書紙上語，妙趣焉能傳？不學妄穿鑿，是爲誰之愆。

今方謁弭君，服膺乃拳拳。相對授指訣，初請歌水仙。吟猱不踰矩，節奏能平平。起伏與神會，態狀如雲煙。朝夕從之遊，琴事得大全。小藝尚如此，大道寧不然。當年嗜佛書，經論窮疏箋。公案助談柄，賣弄猾頭禪。一遇萬松師，駑駘蒙策鞭。委身事灑掃，摳衣且三年。圓教攝萬法，始覺擔板偏。回視平昔學，尚未及埃涓。漸能入堂奥，稍稍窮高堅。疑團一旦碎，桶底七八穿。洪爐片雪飛，石上栽白蓮。佛祖立下風，俯視威音先。忘憂西域時，師我求真筌。經今十五春，進退猶遷延。望涯自退縮，甘心嗟無緣。將求無價寶，未肯酬一錢。未敢半簣土，欲酌九仞泉。美玉付良工，良工得雕鐫。良金不受冶，徒費爐鞴煽。聞君近好琴，停燭夜不眠。彈之未期月，曲調能相聯。君初未彈時，曾不知勾躅。學道亦如此，惟患無精專。誰無摩尼珠，誰無般若船。立志勿猶豫，叩參宜勉旃。他時大徹悟，沛然如決川。毛端呑巨海，芥子含大千。瞬息一世過，生死相縈纏。此生不得覺，曠劫徒悲煎。吾言真藥石，療子沈痾痊。

彈琴逾時作解嘲以呈萬松老師

〔據年譜，作於公元一二三四年。〕

一曲悲風歷指寒，昔年曾奉萬松軒。本嫌浮脆删吟抑，〔一〕爲愛軒昂變撞敦。高趣釀成真有味，煩襟洗盡了無痕。禪人若道聲塵妄，孤負觀音正法門。

〔一〕抑　原作「柳」，據漸西本改。

勉景賢

〔據年譜，作於公元一二三三——一二三六年間。〕

昨日景賢坐間，屢稱東坡真人中之龍也。若慕其才而異其志，採其華而棄其實，又何益於事哉！因作偈以勉之云。

既慕東坡才，當如東坡志。君才如東坡，其志未相似。詩似東坡詩，字如東坡字，胡不學東坡，且學長不死。

劉潤之館於忘憂門下作述懷詩有弟子二三同會食誰曾開口問先生之句余感而和之

〔據年譜，作於公元一二三三——一二三六年間。〕

從來重士還相重，到底輕人卻自輕。醴廢翻然便歸去，至今高尚穆先生。

劉潤之作詩有厭琴之句因和之

〔據年譜，作於公元一二三三——一二三六年間。〕

學士既歸夫子道，吾儒宜識仲尼心。當年删出詩三百，時復弦歌不廢琴。

懷古一百韻寄張敏之

〔據年譜，作於公元一二三三——一二三六年間。〕

興亡千古事，勝負一秤碁。感恨空興歎，悲吟乃賦詩。三皇崇道德，五帝重仁慈。禮廢三王謝，權興五伯漓。焚書嫌孔孟，峻法用高斯。政出人思亂，身亡國亦隨。阿房修象魏，徐福覓靈芝。偶語真虚禁，長城信謾爲。只知秦失鹿，不覺楚亡騅。約法三章日，恩垂四百基。漢興學校啟，文作典章施。黷武疲中夏，窮兵攘四夷。嗣君恩稍失，劉氏德難衰。新室雖興難，真人已御期。魏吴將奮起，靈獻自荒嬉。賊子權移漢，奸臣塢築郿。三朝如峙鼎，四海若棼絲。纔奉山陽主，已生司馬師。仲謀服孟德，葛亮倍曹丕。惟晉成獨統，平吴混八維。有初終鮮克，居治亂誰思。蟬鬢充蘭掖，羊車遶竹岐。孫謀無遠慮，神器委癡兒。國事歸椒室，民飢詢肉糜。爲人昧菽麥，聞蟆問官私。衛瓘嘗幾諫，何曾已預知。五胡雲擾攘，六代電奔馳。川谷流腥血，郊原厭積屍。天光分耀日，地里裂瓜時。歷數當歸李，驅除暫假隋。西陲開鄯善，東鄙討高麗。鑾駕如江國，龍舟泛汴漪。錦帆遮水面，粉浪污河湄。府藏金帛積，生靈氣力疲。盜賊天下起，章奏禁中欺。海內空龍戰，河東有鳳姿。元戎展鷹犬，頡利助熊羆。奉表遵朝命，尊王建義旗。經營於盜手，禪讓托君辭。豪哲歸吾彀，要荒入我羈。太宗真令主，貞觀有皇規。正美開元治，俄成天寶悲。曲江還故里，林甫領台司。裂土封三國，纏頭愛八姨。霓裳猶未罷，鼙鼓恨來遲。逆寇陵丹闕，君王捨翠眉。兩京賊黨滅，方鎮重權移。朱李元堪歎，石劉亦可嗤。九州重搆亂，五代荐荒饑。遼宋分南北，翁孫講禮儀。昔宋事遼爲兄，仍請隨代以序昭穆，至季年遼爲翁，宋爲孫。宣和風侈靡，教主德庸卑。背約絶鄰好，興師借寇資。懸知喪脣齒，何事撤藩籬。失地人皆怨，蒙塵悔可追。遼家遵漢制，孔教祖宣尼。煥若文章備，康哉政事熙。朝廷嚴衮冕，郊廟奏壎篪。校獵温馳射，行營習正奇。南州走玉帛，諸國畏鞭笞。天祚驕人上，朝鮮叛海涯。未終三百祀，不免一朝危。鴨緑金朝起，鴨緑江，武元起義之地。桑乾玉璽遺。金兵逼京師，天祚西狩，遺傳國璽於雲中之桑乾河，竟不獲。後遼興大石，西域統龜兹。萬里威聲震，百年名教垂。大石林牙，遼之宗臣，挈衆而亡，不滿二十年，克西域數十國，幅員數萬里，傳數主，凡百餘年，頗尚文教，西域至今思之，廟號德宗。武元平宋地，殷禮雜宗姬。金謂箕子之裔，雜用周禮。治國崇文事，拔賢尚賦詞。邦昌君洛汭，劉豫立青淄。大定民興詠，明昌物適宜。日中須景昃，月滿必光虧。肘腋獨夫難，丘墟七廟隳。北朝天輔佑，南國俗瘡痍。天子潛巡狩，宗臣嚴守陴。山西盡荆杞，河朔半豺貍。食盡謀安出，兵羸力不支。長圍重數匝，久困再周朞。太液生秋草，姑蘇遊野麋。忠臣全節死，餘衆入降麾。文獻生三子，東丹第八枝。虚名如畫餅，遺業學爲箕。自笑蓬垂鬢，誰憐雪滿髭。撫膺長感慨，搔首幾嗟咨。車蓋知何處，衣冠問阿誰。自天明下詔，知我素通著。發軔裝琴劍，登車執策綏。穹廬或白黑，驛騎半黄駓。肥巒白如瓠，瓊漿甘似飴。天山連北府，天山之北，唐北庭都護府在焉。瀚海過西伊。伊州之西北有瀚海。伊州又謂之西州。天馬窮渤澥，神兵過月氏。感恩承聖勅，寄住到尋思。尋思虔，西域城名。西人云，尋思，肥也；虔，城也，通謂之肥城。〔一〕春色多紅樹，秋波總緑陂。西域風俗，家必有園，園必成趣，多有方池圓沼。不須賖酒飲，隨分有驢騎。畎畝棲禾粟，園林足果梨。春粳光璨玉，煮餅滑流匙。聖祖方輕舉，明君應樂推。龍庭陳大禮，原廟獻明粢。萬國朝金陛，千官列玉墀。求賢爲輔弼，舉我忝丞疑。才德真爲慊，顛危不解持。願從麋鹿性，豈戀鳳凰池。投老誰爲伴，黄山有敏之。

〔一〕肥城　其下漸西本小字夾注云：「尋思干今名斜米思干，有水道灌溉之利，在七河之中，故爲肥城。」

示忘憂并序

〔據年譜，作於公元一二三三——一二三六年間。〕

余作懷古詩百韻，非徒作已，使世之人知成敗之可鑑，出世之人識興廢之不常也。因作偈以見意云。

歷代興亡數張紙，千年勝負一盤碁。因而識破人間夢，始信空門一著奇。

和金城寶宮旭公禪師三絶

〔據年譜，作於一二三三——一二三六年間。〕

知公已得夜明符，任運騰騰無所拘。見説金城多長者，有人青眼待君無。

南北東西總一家，纔生擬議便生瑕。人人錯認髯居士，只有禪師不眼華。

旭老今年錐也無，糞堆卻得舊明珠。穹廬半夜無燈燭，請盡平安一紙書。

再和世榮二十韻寄薛玄之

〔據年譜，作於公元一二三三——一二三六年間。〕

余嘗和李世榮律詩二十韻，薛玄之和元韻見寄，以求拙語，因再和之。

尚記承平日，爲學體自强。經書興我志，功業逼人忙。蟄窟長思震，葵心本慕陽。蛟龍初得雨，日月近依光。事主心無隱，遭時策建長。引君當正道，陳事上封章。亦既尊仁義，胡爲失毅剛。箴規盡忠赤，人物敢雌黄。斷似南山定，言令北斗昂。勸君師魏鄭，嫉惡法張綱。青眼蒙高顧，白眉忝最良。誰知天有數，不覺漢亡疆。人笑段干木，誰師田子方。上蒼垂大命，天闕册明王。殷室君雖滅，仁人道未亡。南州遠煙水，北海幾星霜。仁政時將治，明君國寖昌。卿雲知有慶，嘉穀又呈祥。名遂宜思退，機危乃自戕。歸歟今好賦，聞道故園荒。

蘭仲文寄詩二十六韻勉和以謝之

〔據年譜，作於公元一二三三——一二三六年間。〕

我愛仲文公，敦純有古風。科名擢乙選，制策肯宸衷。作事能謀始，爲人克有終。養如鄒軻去聲氣，成自仲尼鎔。致主忠誠懇，容人便腹空。一朝淹驥足，百里試鳩功。牛刃聊施割，囊錐已脱鋒。屯方雷雨動，泰未地天通。聚散悲歡裏，興亡夢寐中。勢傾秦失鹿，奸殞鯀爲熊。不學東方朔，誰徵皇甫嵩。洛陽傳白傅，江夏譽黄童。上國平諸域，輿情達四聰。百司將布置，多士想登庸。未識荆州面，徒思衛玠容。中原期混一，天子訪英雄。嘉運人皆幸，亨時君又逢。污俗風已變，明主德方隆。施雨皇恩布，如流直諫從。凱元咸戮力，稷契各言忠。我媿凡庸士，恩霑造化工。兵氛箕尾没，劍氣斗牛衝。西華將歸馬，南陽莫卧龍。孝廉爲選舉，仁義作衶幪。歷運千年合，衣冠萬國同。草儀獨有子，行待泰山封。

又和仲文二首

〔據年譜，作於公元一二三三——一二三六年間。〕

仲文才筆冠人間，工部壇前第一班。世上久無孔北海，雲中誰識謝東山。忘懷詩酒醒還醉，適意琴書樂且閑。野有遺賢猶未用，中書寧得不胡顔。

室中忝預萬松籌，脱得中間與兩頭。反覆人心厭殷室，咄嗟天下屬宗周。直須勇退中書事，未肯榮貪留國侯。收拾綸竿與簑笠，華亭卻覓舊漁舟。

用曹楨韻

楨，金城人，字幹臣，始冠，上詩於我，文采可觀，因和元韻以勉後進云。

〔據年譜，作於公元一二三三——一二三六年間。〕

征南都護得旋旆，平北將軍已罷師。寰海謳歌歸大舜，明堂鐘鼓奏咸池。咸陽父老傾心日，魯國書生得志時。收拾琴書我歸去，朝廷人物有皋夔。

怨浩然

（據年譜，作於公元一二三三——一二三六年間。）

韓浩然嘗以詩許昇元寶器、玉潤鳴泉二琴，予已有謝詩。今得書，以玉潤遺周漢臣，藏昇元而託以他辭，因用浩然新韻以怨之。漢臣小字六和，余嘗戲呼爲六居士。

先難後易真交契，醉許醒違蓋世情。玉潤白輸六居士，昇元烏有一先生。昔蒙佳句誠歡忭，今得芳緘且歎驚。一入侯門深似海，騷人空夢帳中聲。昇元寶器亦名帳中寶。

從國才索閑閑煎茶賦

（據年譜，作於公元一二三三——一二三六年間。）

聞國才近得閑閑手書煎茶賦，以詩索之。

聞君久得煎茶賦，故我先吟投李詩。爲報君侯休吝惜，照人瓊玖算多時。

贈高善長一百韻

〔據年譜，作於公元一二三五年。〕

高善長本書生也，屢入御闈〔一〕而不捷，乃翻然醫隱，悉究難素之學，後進咸師法焉。與龍岡居士善，尤長於詩，而酷愛予之拙語，蓋自厭家雞耳。因漫成俚語一百韻以贈之。

君本遼陽人，家居華表傍。隨任來燕然，卜築金臺坊。幼蒙父兄訓，讀書登上庠。大義治三傳，左氏爲紀綱。詩書究微理，易道宗京房。吏學亦精妙，議論如馨香。行道有餘力，下筆能詩章。典雅繼李杜，浮華笑陳梁。當年闢科舉，郡國求圭璋。御闈屢不捷，在前饒粃糠。先生乃醫隱，退身慕羲皇。難素透玄旨，鍼砭能起殭。可並華扁跡，可聯和緩芳。門生皆良醫，西海高名揚。昔我知君名，方且王事忙。兵塵隔東西，忽成參與商。君初涉洛瀍，我已達燉煌。瀚海浪奔激，金山路徬徨。西遊幾萬里，兩鬢今蒼蒼。西方好風土，大率無蠶桑。家家植木綿，是爲壠種羊。年年旱作魃，未識舞鷯鴹。決水溉田圃，無歲無豐穰。遠近無飢人，四野棲餘糧。是以農民家，處處皆池塘。飛泉遶曲水，亦可斟流觴。早春而晚秋，河中類餘杭。濯足或濯纓，肥水如滄浪。雜花間側柏，園林如綉妝。爛醉蒲萄酒，渴飲石榴漿。隨分有絃管，巷陌雜優倡。佳人多碧髯，皎皎白衣裳。市井安丘墳，畎畝連城隍。貨錢無孔郭，賣飦稱斤量。甘瓜如馬首，大者狐可藏。採杏兼食核，西方杏仁皆生食之，甘香如芭欖。湌瓜悉去瓤。西瓜大如鼎，半枚已滿筐。芭欖賤如棗，可愛白沙糖。人生爲口腹，何必思吾鄉。一住十餘年，物我皆相忘。神祖上仙去，聖主登明堂。馹騎徵我歸，忝位居巖廊。河表寒舊盟，鄘秦成戰場。翠華乃南渡，鸞馭聲鏘鏘。六軍臨孟津，偏師出太行。間路入斜谷，南鄙侵壽唐。犄角皆受敵，應戰實未遑。一旦汴梁破，何足倚金湯。下詔求名醫，先生隱藥囊。馳軺來北闕，失措空倉惶。我於羣雞中，忽見孤鳳凰。下馬執君手，涕淚其如滂。我歎白頭翁，君亦嗟髯郎。停燈話舊事，談笑吐肺腸。酬酢覓佳句，沈思搜微茫。湛然訪醫藥，預備庸何妨。高君略啟口，確論聞未嘗：「醫術與治道，二者元一方。武事類藥石，文事如膏粱。膏粱日日用，藥石藏巾箱。一朝有急病，藥石施鋒鋩。病愈速藏藥，膏粱復如常。緩急寇難作，大劍須長槍。寇止兵弗戢，自焚必不長。發表勿攻裏，治内無外傷。朝廷有内亂，安可搖邊疆。疆場或警急，中變決自戕。陰病陽脈生，陽症陰脈亡。暴法譬之陰，仁政喻之陽。太平雖日久，恣暴降百殃。大亂遍天下，行仁降百祥。一君必二臣，佐使仍參詳。不殊世間事，烝民無二王。國老似甘草，良將比大黃。一緩輔一急，一柔濟一剛。病來不速治，安居養豺狼。疾作儻無藥，遇水乏舟航。病固有寒熱，藥性分温涼。療熱用連蘗，理寒宜桂薑。君子與小人，禮刑令相當。

虛者補其嬴，實者瀉其强。扶衰食枸杞，破血服檳榔。抑高舉其下，天道猶弓張。損餘補不足，貧富無低昂。寒多成冷痼，熱盛爲瘡瘍。政猛民傷殘，政慢賊猖狂。保生必求源，胃府爲太倉。四時胃爲主，端居鎮中央。朝廷天下本，本固邦家昌。實實而虛虛，其謀元不臧。五行不偏勝，所以壽而康。太宗平府兵，是致威要荒。未病宜預治，未亂宜預防。賊臣弑君父，禍難生蕭牆。辨之由不早，即漸成堅霜。心腹尚難治，況〔二〕復及膏肓。」湛然聞此語，不覺興胡牀。謝君贈誨言，苦口如藥良。問一而得二，和璧并夜光。走筆書新詩，一笑呈龍岡。

〔一〕闈　原作「圍」，據漸西本改。

〔二〕況　原作「向」，據漸西本改。

再賡仲祥韻寄之

〔據年譜，作於公元一二三三——一二三六年間。〕

金城薛玄之用李世榮舊韻寄詩於余，索拙語已和寄，忽思冰巖，再賡仲祥元韻以寄之。

能談仁義兵，經傳宗素臣。字畫類閑閑，〔一〕句法如之純。淡然與世疎，渭水獨垂綸。

蒿萊塞庭除，塵土霑衣紳。歸我夫子門，三月無違仁。後生來從學，善誘能循循。顔巷不改樂，范甑長生塵。仰不愧於天，俯不怍於人。進德方乾乾，慎行而修身。旅食秦晉間，騎驢三十春。珠玉炙人口，麗藻嘉彬彬。今年又絶糧，生涯如在陳。歌詠猶不輟，真爲葛天民。新詩過子卿，離騷齊靈均。亡機天壤間，舉措皆天真。濯足滄浪中，鷗鷺來相親。胸中萬卷書，下筆端如神。素負經濟才，人品伊皋倫。桂林祇一枝，亦何慚郗詵。

〔一〕閑閑　其下漸西本小字夾注云：「案金人稱趙閑閑、李屏山爲老宿，元裕之則閑閑門下士也。」

寄金城士大夫

〔據年譜，作於公元一二三三——一二三六年間。〕

遠聞金城學齋絶糧，因奉粟十斛助虀鹽之資，故作小詩以勵本土學士大夫。

金城人士本多奇，何事庠宫久蔑資。周急無輕五秉粟，傷時因寄一篇詩。

誠之索偈

〔據年譜，作於公元一二三三——一二三六年間。〕

誠之久侍萬松師，何事十年下手遲。劫火光中須退步，青春寧有再來時。

遺姪淑卿香方偈

〔據年譜，作於公元一二三三——一二三六年間。〕

姪淑卿疾作，索安息香於余，欲辟邪也。將謂汝是箇中人，猶有這箇在，因作香方偈以遺之。

我有一香香，祕之不敢説。心生種種法生，心滅種種法滅。退身一念未生前，此是真香太奇絶。邪神惡鬼永沈蹤，外道天魔皆胸裂。

爲子鑄作詩三十韻

〔詩序云「乙未」，應作於公元一二三五年。〕

乙未，爲子鑄壽，作是詩以遺之。鑄方年十有五也。

皇祖遼太祖，奕世功德積。彎弓三百鈞，天威威萬國。一旦義旗舉，中原如捲席。東鄙收句麗，西南窮九譯。古器獲軒鼎，神寶得和璧。南陬稱子孫，皇業幾三百。赫赫東丹王，讓位如夷伯。藏書萬卷堂，丹青成畫癖。四世皆太師，名德超今昔。我祖建四節，功勳冠黄閤。先考文獻公，弱冠已卓立。學業飽典墳，創作乙未曆。入仕三十年，廟堂爲柱石。重義而疎財，後世遺清白。我受先人體，兢兢常業業。十三學詩書，二十應制策。禪理窮畢竟，方年二十七。萬里渡流沙，十霜泊西域。自愧無才術，忝位人臣極。未能扶顛危，虚名徒伴食。汝方志學年，寸陰真可惜。孜孜進仁義，不可爲無益。經史宜勉旃，慎毋躭博弈。深思識言行，每戒迷聲色。德業時乾乾，自强當不息。幼歲侍皇儲，且作春宫客。一旦衝青天，翺翔騰六翮。儒術勿疎廢，祖道宜薰炙。汝父不足學，汝祖真宜式。酌酒壽汝年，五福自天錫。

湛然居士文集卷十三

楞嚴外解序

〔案：序文末署「甲午」，應作於公元一二三四年。〕

昔洪覺範有言：天台智者禪師〔一〕聞天竺有首楞嚴經，旦暮西向拜，祝願此經早來東土，續佛慧命，竟不得一見；今板鬻遍天下，有終身不聞其名者，因起法輕信劣之歎。若夫徵心辨見，證悟窮魔，明三界之根，探七趣之本，原始要終，廣大悉備，與禪理相爲表裏，雖具眼衲僧，不可不熟繹之也。余故人屏山居士牽引易、論語、孟子、老氏、莊、列之書，與此經相合者，輯成一編，謂之外解，實漸誘吾儒不信佛書者之餌也。吾儒中喜佛乘者固亦多矣，具全信者鮮焉。或信其理而棄其事者，或信〔二〕其理事而破其因果者，或信經論而誣其神通者，或鄙其持經，或譏其建寺，塵沙之世界，以爲迂闊之言，成壞之劫波，反疑駕馭之說，亦何異信吾夫子之仁義，詆其禮樂，取吾夫子之政事，舍其文學者耶？或有攘竊相似之語，以爲皆出於吾書中，何必讀經然後爲佛，此輩尤可笑也！且竊人之財猶爲盜，矧竊人之道乎？我屏山則不然，深究其理，不廢其事。其於因果也，則舉作善降祥之文，引羊祜、鮑靚之事；其於塵界也，則隘鄒子之説，婉禦寇之談；其神通也，則云左慈術士耳，變形於魏都，皆同物也，疑吾佛不能變千百億化身乎？其於劫波也，則云郭璞日者，卜年於晉室，若合符券，疑吾佛不能記百萬之多劫耶？其於持經也，則云佛日禪師因聞誦心經咒，言下大悟，田夫俚婦，持念諸果者，詎可輕笑之哉！其於建寺也，則云阿蘭若法當供養，彼區區者尚以土木之功爲費，何庸望之甚耶！其評品三聖人理趣之淺深也，初云稍尋舊學，且窺道家之言，又繙内典，至其邃處，吾中國之書似不及也。晚節復云，余以此求三聖人垂化之理，而後知吾佛之所以爲人天師、無上大法王者，非諸聖之所以能侔也。學至於佛則無可學者，乃知佛即聖人，聖人非佛；西方有中國書，中國無西方書也。或問屏山何好佛之深乎？答云：感恩之深則深報之，屏山所謂心不負人者矣。渠又云：吾佛之所誨人者，其實如如不誑不妄，豈有毛髮許可疑者耶？噫！古昔以來，篤信佛書之君子，未有如我屏山之大全者也，近代一人而已。泰和中，屏山作釋迦文佛贊，不遠千里以序見託於萬松老師。永長巨豪劉潤甫者，笑謂老師曰：「屏山兒時聞佛，以手加額；既冠排佛；今復贊佛。吾師之序，可慎與之，庸詎知他日得不復似韓、歐排佛乎？」老師曰：「不然。今屏山信解入微，如理而説，豈但悔悟於前非，亦將資信於來者。且兒時喜佛者，生知宿禀也；既冠排佛者，華報蟲惑也；退而贊佛者，不遠而復也。而今而後，世尊所謂吾保此木，決定入海矣。」後果如吾師言。余與屏山通家相與，爾汝曾不檢羈。其子阿同輩待余以叔禮。天兵既克汴梁，阿同〔三〕挈遺藁來燕，寓居萬松老師之席。老師助鋟木之資，欲廣其傳。阿同致書請余爲引。余亦不讓，援筆疾書以題其端。不惟彰我萬松老師冥有知人之鑑，抑亦記我屏山居士克終全信之心，且爲方來淺信竊道者之戒云。甲午清明後五日，湛然居士漆水移剌楚材晉卿序於和林城。

〔一〕智者禪師　其下漸西本小字夾注云：「□云：天臺作摩訶止觀。」

〔二〕或信　原缺此二字，據漸西本補。

〔三〕同　原作「余」，「仝」之誤，據漸西本改。

心經宗說後序

〔案：年代無考。〕

白華山主揞折腳鐺，煮没米粥。萬松野老用穿心椀盛與無口人，雖然指空話空，争奈依實具實。嗟見渾掄吞棗，只管誦持，故教混沌開眉，妄生穿鑿。如明以字，莫認經頭，未解本文，且看註腳。湛然居士漆水移剌楚材晉卿詳勘印行。

糠孽教民十無益論序

〔案：序文末署「丙戌」，應作於公元一二二六年。〕

昔予友以此論見寄，屬予求序以行世。予恐謗歸於講主者，辭而不序。遂採萬松老師賦意及講主餘論，述辨邪論之意，以謂世人皆云，釋子黨教護宗，由是飛謗流言，得以藉口。予本書生，非釋非糠，從傍仗義，辨而證之，何爲不可乎？予又謂昔屏山居士序輔教編有云：「儒者嘗爲佛者害，佛者未嘗爲儒者害。」誠哉是言也！蓋儒者率掌銓衡，故得高下其手。其山林之士不與物競，加以力孤勢劣，曷能爲哉！予觀作頭陀賦數君子，皆儒也。予不辨，則成市虎矣。不獨成市虎，抑恐崔浩、李德裕之徒一唱一和，撼摇佛教，爲患不淺。故率引儒術比而論之，以勵吾儒爲糠孽所惑者。

論既述，所謂予友者，復以書見示，其大略曰：「講主上人者，以糠孽叛教積風，乃檢閱藏教，尋繹儒經，積有年矣。窮諸佛之深意，達三乘之至真，列十篇之目，成一家之言，語辨而詞温，文野而理親，聞之者是非莫逃，誦之者邪正斯分，雷震獅吼，邪摧魔奔，良謂偃德草之仕風，釋疑冰之陽春。噫！或佛道之未喪也，諒必由子斯文乎！是以信奉佛教者，展轉録傳，不可勝記。京城禪伯尊宿，欲流之無窮，不憚萬里，往復數書，託子爲序。

今之士大夫才筆勝子者，固亦多矣，豈不能序此一書乎？以子素淘汰禪道，涉獵佛書，頗知旨歸故也，子何讓焉？此老不避嫌疑，自其謗讟而爲此書，彼且不避，子何代彼而避謗乎！吾觀子所著辨邪論止爲儒者述，儒之信糠者，止三子而已矣。市井工商之徒信糠者十居四五，自非此書，彼曹何從而化之乎？子所得者少，所失者不爲不多矣。」書既至，予不能答，謹以書意序諸論首。丙戌重午日，題於肅州鄯善城。

釋氏新聞〔一〕序

〔案：序文末署「甲午」，應作於公元一二三四年。〕

昔仰嶠叢林爲燕然之最，主事僧輩歷久不更，執權附勢，摇動住持人。泰和〔二〕中，本寺奏請萬松老人住持，上許之。萬松忻然奉詔。人或勸之曰：「師新出世，彼易師之年少，彼不得施其欲，必起風波，無遺後悔乎？」師笑而不答。既住院，師一遵舊法，無所變更，惟拱默〔三〕而已。夏罷，主事輩依例辭職，師因其辭也，悉罷之。師預於衆中詢訪耆德，爲衆推仰者數人，至是咸代其職。積藏頽風，一朝頓革，遠近翕然，稱吾師素有將相之材矣。〔四〕

邇後章廟秋獮於山，主事輩〔五〕白師曰：「故事，車駕巡幸本寺，必進珍玩；不然，則有司必有詰問。」師責之曰：「十方檀信布施，爲出家兒，余與若不具正眼，空食施物，理應償報，汝不聞木耳之緣乎？富有四海，貴爲一人，豈需我曹之珍貨也哉！且君子愛人也以德，豈可以此瑕纇貽君主乎！」因手録偈一章，詣行宫進之。大蒙稱賞，有「成湯狩野恢天網，吕尚漁磯浸月鈎」之句，誠仁人之言也。翌日，章廟入山行香，屢垂顧問，仍御書詩一章遺之，師亦泊如也。車駕還宫，遣使賜錢二百萬，使者傳敕，命師跪聽。師曰：「出家兒安有此例？」使者怒曰：「若然，則予當迴車。」師曰：「傳旨則安敢不聽，不傳則亦由使者意。」竟焚香立聽詔旨。章廟知之，責其使曰：「朕施財祈福耳，安用野人閑禮耶？」上下悚然，服吾師不屈王公之前矣。此二事天下所共知者也。自餘師之隱德默行未播於人間者，何勝道哉！師之切於扶聖教，急於化人心也，萬分之一見之於此書乎！

師應物傳道之暇，手不釋卷，凡三閲藏教，無書不讀。每有多聞，能利害於佛乘，關涉於教化者，悉録之，目〔六〕之曰釋氏新聞。將使見書而知歸，聞言而嚮道，真謂治邪疾之藥石，濟迷途之津梁也，豈小補哉！石門洪覺範著林間録，辨而且文，間有偏黨之語。後之成人之美者，未嘗不歎息於斯焉。我萬松老師之意，扶教利人也深，是以推舉他宗，談不容口，此與覺範之用心相去萬萬者也。讀是書者，當知是心矣。嗚呼偉哉！予請刊是書行於世，因爲之序。甲午上元後一日，湛然居士漆水移剌楚材題。

〔一〕聞　原作「開」，據浙西本改。
〔二〕泰和　原作「來和」，據浙西本改。
〔三〕默　原作「然」，據浙西本改。
〔四〕材矣　浙西本其下小字夾注云：「□云：其因仍也，守如處女；其展布也，出如脱兔。此中有殺涽手段。」
〔五〕輩　原作「輂」，據浙西本改。
〔六〕目　原作「日」，據浙西本改。

屏山居士金剛經别解序

〔序文末署「乙未」，應作於一二三五年。〕

佛法之西來也，二千餘祀，寶藏琅函，幾盈萬軸，可謂廣大悉備矣。獨金剛一經，或明眼禪客，若脱白沙彌，上至學士大夫，下及野夫田婦，里巷兒女子曹，無不誦者。以頻見如閑，姑置而不問者有之；以至理叵測，望涯而退者有之。噫！信其小而不信其大，信其近而不信其遠，信其所聞而不信其所未聞，信其所見而不信其所未見，自是而非他，執一而廢百者，比比然，又何訝焉！偉哉！屏山居士取儒、道兩家之書，會運、奘二師之論，牽引雜説，錯綜諸經，著爲别解一編，莫不融理事之門，合性相之義，析六如之生滅，剖四相之鍵關，謂真空不空，透無得之得，序圓頓而有據，識宗説之相須。辨因緣自然，喻以明珠，諸佛衆生，譬之圓鏡，若出聖人之口，冥契吾佛之心，可謂天下之奇才矣！嘻！此書之行於世也，何止化書生之學佛者偏見，衲僧無因外道，皆可發藥矣！

昔予與屏山同爲省掾，時同僚譏此書，以爲餌餕餡之具，〔一〕予尚未染指於佛書，亦少惑焉。今熟繹之，自非精於三聖人之學者，敢措一辭於此書乎！吁！小人之言，誠可畏哉！乙未元日，湛然居士漆水移剌楚材晉卿題於大磧黄石山。

〔一〕具　原作「其」，據漸西本改。

書金剛經別解後

〔案：文末署「乙未」，應作於公元一二三五年。〕

孔子有云：「吾十有五而志於學，三十而立，四十而不惑。」是知學道未至於純粹精微之域，雖聖人亦少惑焉。昔樂天答制策，稍涉佛教之譏；中年鄙海山而修兜率；垂老爲讚佛發願文，乃云起因張本，其事見於本集。子瞻上萬言，頗稱釋氏之弊，晚節專翰墨爲佛事，臨終作神呪浪出之偈，且曰著力即差，其事見於年譜。退之屈論於大巔，而稍信佛書，韓文公別傳在焉。永叔服膺於圓通，而自稱居士，歐陽公別傳在焉。是知君子始惑而終悟，初過而後悛，又何害也！

屏山先生幼年作排佛説，殆不忍聞。未幾翻然而改，火其書作二解以滌前非。所謂改過不吝者，余於屏山有所取焉。後之人立志未定，惑於初年者，當以此數君子爲法。乙未清明日，湛然居士題於別解之後。

賈非熊修夫子廟疏

〔案：年代無考。〕

天産宣尼降季周，血食千祀德難酬。重新庠序獨無力，試向滄溟下釣鈎。

孝義永安寺請予爲功德主因作疏

〔案：年代無考。〕

塵緣不盡，淹鳳池而有年；習氣難忘，慕禪林而未暇。適遇昭公老子，請作永安主人，乞聞一聲，何須再讓。葛藤舊案，宛如馬耳之風；松菊新堂，便是終焉〔一〕之計。謹疏。

〔一〕焉　原作「馬」，據漸西本改。

請旭公禪師住應州寶宫寺疏

孫枝出入萬松中，便好移來植寶宫。覆蔭人天正今日，不妨鼓動劫前風。

〔案：年代無考。〕

請文公菴主住王山開堂出世疏

兒大做翁，當仁不讓。便請承當，何須再勘。

〔案：年代無考。〕

請嚴菴主住〔一〕東堂出世疏

西堂棄東堂，山東過山西，禪師開狗口，居士展驢蹄。

〔案：年代無考。〕

〔一〕住　此詩及後二詩詩題漸西本均作「持」。

請希菴主住晉祠奉聖寺開堂疏

〔案：年代無考。〕

晉祠山水冠人間，好請希公向此閑。飯了蒙頭三覺睡，逢人休説趙州關。

請學菴主住翠微山寶林寺開堂出世疏

〔案：年代無考。〕

金城元有翠微山，寶刹禪林積歲閑。笑請學公來領略，一瓶游戲白雲間。

請石州海秀首座住文水壽寧寺〔一〕疏霖公實沾秀法屬也。

〔案：年代無考。〕

聞道霖師退壽寧，秀公難弟亦難兄。新詩遠寄石州去，眨起眉毛便好行。

〔一〕壽寧寺　原作「壽永寺」，漸西本同。案詩中言「壽寧」，故「壽永」應爲「壽寧」之誤，據改。

太原山開化寺灰燼之餘再新故宇請余〔二〕爲功德主因作疏

〔案：年代無考。〕

竊以塵緣有數，否則泰，泰則亨；聖道無窮，變則通，通則久。惟開化之故刹，實〔二〕太原之名藍，兵火以來，劫灰而已。住持人固有定老，功德主乃請湛然。良慰殷勤，强爲領略。禪心佛語，誰知教外別傳；梵刹蓮宮，更看無中唱出。謹疏。

〔一〕余　原缺，據漸西本補。

〔二〕實　原作「寶」，據漸西本改。

重修宣聖廟疏

〔案：年代無考。〕

精藍道觀已重新，獨有庠宮尚墝垣。試問中州士君子，誰人不出仲尼門。

燕京大萬壽寺化水陸疏

〔案：年代無考。〕

竊以生死蒙恩，便見法門不二；怨親普濟，始知檀度無私。仰惟佛陀興悲，乃是阿難張本。欲啟無遮之大會，〔一〕必資有衆之良緣。但肯同心，便希垂手。謹疏。

〔一〕大會　原作「太會」，據漸西本改。

請奥公禪師開堂疏五首

〔案：年代無考。〕

竊以深達大本，何妨摘葉尋枝；截斷衆流，便是隨波逐浪。欲整雲門窠窟，必求佛覺兒孫。伏惟奥公和尚道合圓通，法傳圓照。逢人便出，方爲禪子家風；戀土難移，未是衲僧氣息。謹疏。

竊以轉身就父，從來禪子宗風；借路還家，好箇初僧消息。伏惟奥公和尚受戒崇壽，得法聖安，本闡徽猷，權棲大覺。因席就請，何須特地人情；准帖奉行，折合這翻公案。謹疏。

竊以釋迦慳，迦葉富，無物與人；奥公俏，聖安憨，慢藏誨盜。既收鉏斧子，不藉破皮鞋。須要妝龍似龍，何礙將錯就錯。拖將十字街裏，便好投衙；推來百尺竿頭，更教進步。謹疏。

竊以法海彌深，曹水五流分派；化風猶扇，雲門一葉重華。奥公菴主透圓照之重關，提圓通之正令，善作降龍相，能談文字禪。閙裏刺頭，最好逢人便出；穩處下脚，何礙遇緣即宗。謹疏。

竊以當年嚼飯喂嬰兒，聖安左錯；今日把棒唤狗子，居士風顛。你打開漆桶，徹底承當；我擘破面皮，須要相見。横榔栗木，獨行正令，莫壓弱倚强，與旃檀佛共演梵音，好攙行奪市。謹疏。

請湘公上人住持新院仍名興教寺者因作疏

〔案：年代無考。〕

寶刹成空，隨劫灰而已滅；精廬如聖，逐化日而重新。爲國報恩，可名興教。赤軸黄卷，且圖摘葉尋枝；寶藏琅函，何礙尋行數墨。謹疏。

德興府峫峪雲巖寺請東林老人住持疏

〔案：年代無考。〕

昔日山中養聖胎，峪中松檜手親栽。院荒松老無龍象，便請東林更一來。公幼年嘗在此寺，有手植松在焉。

請柏巖儼公疏

〔案：年代無考。〕

良弼施宅創天寧，卻請天寧舊衲僧。爲報柏巖休遜讓，閑中續出祖師燈。

邳州重修宣聖廟疏

〔案：年代無考。〕

宣尼萬古帝王師，可歎荆榛没古祠。重整庠宫闡文教，顒觀日月再明時。

安慶織萬佛疏

〔案：年代無考。〕

余自忝預政事以來，懶爲疏文，恐物議挾勢故也。安慶者工巧妙天下，自創新意，織萬佛爲施，嘉其意，因破戒作此疏云。

十方三世萬如來，不犯梭頭寶座開，單手元知不成拍，三臺須要大家催。

請聰公和尚住山陰縣復宿山疏世傳文殊顯化，再宿於此山，故得名。

〔案：年代無考。〕

昔日文殊曾復宿，當年聰老可重來。公舊常住此山。此山便是真佛窟，何必區區禮五臺。

題萬壽寺碑陰

〔案：年代無考。〕

昔達磨西來，禪宗大播，門庭峻峭，機變驟馳，非世智辯聰所能曉也。其與奪之間，固有賓主；抑揚之際，不無權實。其未具透關眼者，豈免隨語注解之病哉！香山俊公和尚受法於大明，渠謂洞山之後，偏正五位，失其本意，亦行權之語歟？同參榮公聞之，果吞鈎餌。俊公門人輩從而勒〔一〕諸石，遠發後世之一笑。噫！受師之道而反謗之，是自謗也；何止自謗也，曹山技子青州諸師之道，皆不足法矣。顧香山亦近世之豪邁者也，忍爲此事耶！

昔雲門拈世尊初生因緣云：我當時若見，一棒打殺與狗子喫。瑯琊覺云：雲門可謂將此身心奉塵刹，是則名爲報佛恩。臨濟臨終謂三聖云：誰知吾正法眼藏，向這瞎驢邊滅卻，至今道法大行。是知宗門之語，一擡一搦，豈可以世間語言定其準的也哉！若香山果無毀大明意，後之子孫宜改覆車之轍；不然，則自有勝默老人之韻語，予手書於故碑之陰，以爲來者誡。

其辭曰：燕俊與朔榮，齊足出大明。俊趨住巨刹，黨奮梟獍獰。探抱洞山足，逆坋大明睛。聞見弔澆季，搦腕皆含情。榮甘溺藿甕，掉尾求羶腥。曲助碑其言，欺賊晚來誠。我覽取諸譬，譬彼秦築城。秦非不謀固，無德秦亦傾。上德無可德，下德方記銘。上德，非碑道亦行。況聖不自會，古德云：其足聖人法，聖人不會。其肯自矜盈。修母致子有，反是而未〔二〕聆。目花只自見，耳聲〔三〕約誰聽。雖欲信天下，未必同爲聲。不見三葉祖，削跡捨身名。兒孫愈岳立，史傳愈金〔四〕鏗。不見北宗下，功勳石上争。期昌竟何昌，千古招論評。俄柔、慶、基敗，大明老師嘗記曰：彼有黨僭必不得好。嗣果敗於慶、柔、基三人也。玷累斯文貞。贅然寘虚堂，徒表黨宗明。

〔一〕勒　原作「勤」，據漸西本改。

〔二〕未　原作「來」，據漸西本改。

〔三〕聲　原作「磬」，據漸西本改。

〔四〕金　原作「佘」，據漸西本改。

和公大禪師塔記

〔案：記文末署「己丑」，應作於公元一二二九年。〕

師本平水人，俗姓段氏。幼習儒業，甫冠，應經義舉。因閲春秋左氏傳，悟興衰之不常，慨然投筆，退居山林。年二十，棄俗出家，禮平陽大慈雲寺僧宗言爲師，受戒披剃，頗習經論。後聞教外别傳之旨，乃傾心焉，遍謁諸方，因緣不契。師知萬松老人之聲價照映南北，直抵燕然而見之。居數載，師資道契，始獲密許，人頗知之。

丙戌夏六月，故勸農使王公爲功德主，作大齋，又蒙行省相公洎以下僚佐專使賫疏，勸請開堂出世，因住持大萬壽禪寺。師素剛毅寡合，未朞，退居漁陽之盤山報國寺。建州元帥葛公、權府朱公、彈壓樊公聞師之名，飛疏敦請。辭不獲已，杖錫北行，詣建州梨花道院以塞其命。未幾，示微疾，移居閭山之崇福寺養病。

一日，忽召門人普浄輩謂之曰：「生死去來猶空花水月，何足爲訝！」遂浄髮更衣，端坐而囑後事。乃作頌曰：「臨行一句，當面不諱。皓月清風，不居正位。」頌畢，右脇而寂。師將順世，有本寺傳戒大師臨謂之曰：「善爲道路。」師笑而不答，令衆且去勿諠。衆皆出，聞師咄一聲，衆驚視之，師已寂矣。三日神光不變。荼毘〔一〕之日，頗有祥異。數州士民焚香拜禮者絡繹於路。師俗壽四十六，僧臘一十六。其徒迎其靈骨藏於萬壽祖塋之側。

噫！師之處萬壽也，每聞誦經之聲，形不懌之色，由是人皆譏之。臨行之際，命其徒諷尊勝咒者，何哉？殊不知大善知識，臨機應物，一抑一揚，一奪一縱，若珠之走盤，千變萬化，詎可以一途而測耶！至於巨川海和尚平日亦行此令，執相者諷之，而謂毁梵行；掠虚者讚之，而謂無礙禪，皆失之矣。後之學者當以此爲誡。己丑清明，其徒屬予爲記，遂以所聞之語信筆記之。湛然居士云。

〔一〕荼毘　原作「茶毘」，「荼毘」爲梵語火化之音譯，據改。

萬壽寺創建廚室上梁文

〔案：年代無考。〕

萬壽寺創建廚室，浪著上梁文六首，幸付工人輩歌之，用光法席。

抛梁東，香積移來不犯功。卻笑維摩無手段，但將盂飯到塵中。

抛梁南，底箇因緣最好參。試問助緣多少衆，前三三與後三三。

抛梁西，巧匠騎驢倒上梯。四面無門何用鎖，十方没壁不須泥。

抛梁北，柱石宛有擎天力。欲模此樣向諸方，憦殺僧繇描不得。

抛梁上，手不傷材真大匠。虚堂窮劫鎮叢林，借與兒孫爲榜樣。

抛梁下，聊倩般輸成大厦。朝朝香飯供諸佛，承事悉無空過者。

茶榜

〔案：年代無考。〕

今辰齋退，特爲新堂頭奥公長老設茶一鍾，〔一〕聊表住持開堂陳謝之儀，仍請知事大衆同垂光降者。

竊以個中滋味，誰是知音，向上封題，罕逢藻鑑。伏惟新堂頭長老名超絶品，價重諸方。黄金碾畔枍微塵，輸他三昧手；碧玉甌中轟白浪，别是一家春。睡鬼潛奔，便使至人無夢；湯聲微發，解教醉眼先醒。諗老三盃，莫作道理會；盧公七椀，且是仁義中。雖然櫳桶新陳，不得顢頇甘苦；便請大家下口，且圖一衆開懷。幸甚。

〔二〕鍾　原作「中」，據漸西本改。

約善長和詩戰書

〔案：據篇首稱「旃蒙協洽之歲」，應作於公元一二三五年。〕

余奉善長詩百韻，仍乞光和。渠謙抑退讓，以降敵見戲。余亦戲作戰書以督之，聊發一笑耳。

維旃蒙協洽之歲，三月甲午朔，湛然謹致書於詩將善長先生幕府：愚聞李杜齊名，已有登壇之序；元白並駕，嘗興定霸之書。在昔云然，於今亦可。既久陳於師旅，宜一決於雌雄。無約而和者，必謀有備，則所以亡患。在德不在險，雖粗聞於古語；受降如受敵，則爲戒於兵家。伏惟善長先生冀北無雙，斗南第一，能投壺而講禮，善横槊而賦詩，詞鋒折萬里之衝，筆陣掃千人之敵。將略多多而益辦，雄材一一而難陳。遇險韻而愈奇，見大敵而倍勇。君唱之而來挑戰，我和之以爲應兵。方及交綏，輟〔一〕陳降敵，前鋒少卻，尚未損於一毫；勇氣未衰，遂引退於三舍。張嬴師而誘我，遺厚利以餌余。曠日持久，以老我師，重幣甘言，以驕我志。深藏九地，必發九天。故示之不能，將攻我之所短。倘弗遵於仁術，勝亦非功；苟不推於至誠，盟之何益。此奚疑耳，理亦灼然。兵不戰而屈人，可爲上策；心未服而納款，豈無詐謀。若非先見之明，徒貽後悔之誚。是以載嚴文壁，爰整詩兵。比爾干，立爾矛，一乃心，齊乃力。文章燦爛，依稀整整之旗；聲律精嚴，彷佛堂堂之陣。乃一鼓而成列，決再戰而立功。顧天下之英雄，惟使君與操；歎文章之微婉，非夫子而誰？竚待兵麾，願聞金諾。謹奉戰書以聞，指不多及。

〔一〕輟　原作「輒」，據漸西本改。

寄萬松老人書

〔案：年代無考。〕

嗣法弟子從源，頓首再拜師父丈室：承手教，諭及弟子有「以儒治國，以佛治心」之語，近乎破二作三，屈佛道以徇儒情者。此亦弟子之行權也。教不云乎：無爲小乘人而說大乘法，弟子亦謂舉世皆黃能，任公之餌不足投也。故以是語餌東教之庸儒，爲信道之漸焉。雖然，非屈佛道也，是道不足以治心，僅能治天下，則固爲道之餘滓矣。戴經云：「欲治其國，先正其心。」未有心正而天下不治者也。」是知治天下之道爲治心之所兼耳。普門示現三十二應，法華治世資生，皆順正法，豈非佛事門中不捨一法者歟？孔子稱夷齊之賢，求仁而得仁，死而不怨，後世行者難之，又安知視死生如逆旅，坐脱立亡，乃衲僧之餘事耳！且五善十戒，人天之淺教，父益慈，子益孝，不殺之仁，不妄之信，不化自行於八荒〔一〕之外，豈止有恥且格哉！是知五常之道，已爲佛教之淺者，兼而有之，弟子且讓之。以儒治國，以佛治心，庸儒已切齒，謂弟子叛道忘本矣，又安足以語大道哉！又知稚川子尚以參禪卜之，立見其効。師嘗有頌，試招本分鉗鎚一下，便知真假，正謂此耳！呵呵！春深，萬冀爲道珍重，區區不備。

〔一〕八荒　原作「人荒」，據漸西本改。

萬松老人萬壽語録序

〔案：序文末署「乙未」，應作於公元一二三五年。〕

余忝侍萬松老師，謬承子印，因遍閲諸派宗旨，各有所長，利出害隨，法當爾耳。雲門之宗，悟者得之於緊俏，迷者失之於識情；臨濟之宗，明者得之於峻拔，昧者失之於莽鹵；曹洞之宗，智者得之於綿密，愚者失之於廉纖。獨萬松老人得大自在三昧。決擇玄微，全曹洞之血脈；判斷語緣，具雲門之善巧；拈提公案，備臨濟之機鋒。潙仰、〔一〕法眼之爐鞴，兼而有之，使學人不墮於識情、莽鹵、廉纖之病，真間世之宗師也。

略舉中秋日爲建州和長老圓寂上堂云：有人問：〔二〕「既是建州遷化，爲甚萬壽設齋？」師云：「此夜一輪滿，清光何處無。」又問：「不是盡七、百日，又非周年、大祥，鬬勘〔三〕今日設齋？」師云：「月色四時好，人心此夜偏。」衆中道：「長老座上誦中秋月詩，佛法安在？」師云：「萬里此時同皎潔，一年今夜最分明。將此勝因，用嚴和公覺靈中秋玩月，徹曉登樓，直饒上生兜率，西往淨方，未必有燕京蒸梨餾棗爆栗燒桃。」衆中道：「長老只解説食，不見有纖毫佛法。」師云：「謝子証明即且致，爲甚中秋閉目〔四〕坐，卻道月無光。有餘勝利迴向諸家檀信，然輭蒸荳角，新煮雞頭，蒲萄駐顔，西瓜止渴，無邊功德，難盡讚揚。假饒今夜天陰，暗裏一般滋味，忽若天晴月朗，管定不索點燈。」老師語緣，似此之類尤多，不可遍舉。且道五派中是那一宗門風？具眼者試辨看。噫！千載之下，自有知音。

乙未夏四月，湛然居士漆水移剌楚材晉卿序於和林城。

〔一〕潙仰　原作「爲仰」，漸西本同，叢書集成本作「潙仰」，據改。

〔二〕問　原作「間」，據漸西本改。

〔三〕闕勘　原作「閑勘」，據漸西本改。

〔四〕閉目　原作「閉日」，據漸西本改。

祭姪女淑卿文〔一〕

〔案：文署「乙未」，應作於公元一二三五年。〕

維乙未之春三月二十六日，叔湛然居士謹以蔬食清茗，致祭於猶子舜婉淑卿之靈：

維靈胄出遼室，支分大宗，我考賢王夙植於令德，吾兄按察載振於清風。汝幼奉母訓，長知父從，禪理頗究，儒學悉通，禀鄭娘之標格，有靈照之心胸。不食葷於笄年，欲爲尼於高嵩。德播人口，名達帝聰，遣使求於故鄉，有詔入於深宫。守志持節，慎心飾躬，垂及知命，尚爲嬰童。古所未有，來者孰同。章奏久掌，名位日隆。上謂之女學士，人呼之官相公。屢有諫諍，多所彌縫。德殊辭輦之班，功勝當熊之馮。忽家亡而國破，歎勢盡而途窮。果全身而不辱，示微疾而善終。正悟之名，得之於空老；徒悟之號，乞之於髯翁。信幻有之非有，知真空之不空。來兮無跡，去兮無蹤。來無跡兮，出燕山之白雲；去無縱兮，聳和林之青松。明日灰飛煙滅後，天涯何處不相逢。嗚呼哀哉，伏惟尚饗！

〔一〕詩題　其下漸西本小字夾注云：「今案靈照，龐居士女。」

和林城建行宮上梁文

〔據年譜，作於公元一二三六年。〕

拋梁東，萬里山川一望中。靈沼靈臺未爲比，宸宫不日已成功。

拋梁南，一帶南山挹翠嵐。創築和林建宫室，酇侯功業冠曹參。

拋梁西，碧海寒濤雪拍堤。臣庶稱觴來上壽，嵩呼拜舞一聲齊。

拋梁北，聖主守成能潤色。明堂壯麗鎮龍沙，萬世巍巍威萬國。

拋梁上，棟宇施功遵大壯。鳴鞘聲散翠華來，五雲深處瞻天仗。

拋梁下，柱石相資成大厦。君臣鐘鼓樂清時，喜見山陽歸戰馬。

爲武川摩訶院創建佛牙塔疏

〔案：年代無考。〕

佛日增輝國政和，靈牙有詔賜摩訶。因風吹火何勞力，垂手同修窣堵波。

湛然居士文集卷十四

法語示猶子淑卿

〔案：年代無考。〕

汝自謂幼年嘗禮空禪師求名，因書頌云：「父母未生前，凝然一相圓。釋迦猶不會，迦葉豈能傳。」此語極妙，且道汝作麽生會。古昔以來，有志師僧，辭親出家，尋師訪道，千辛萬苦，三二十年，秖爲此一段空劫，以前大事，尚有未透脱者。汝幼居閨閣，久在掖庭，未嘗用功叩參大善知識。但博尋宗師語録，徒增狂慧，深背真道，賣弄滑頭，於道何益？所以古人道：「參須實參，悟須實悟。」又云：「滿肚學來無用處，閻王不要葛藤看。」〔一〕真良言也。只如空老所書頌，亦論父母未生前面目。又道「釋迦猶不會，迦葉豈能傳」，此是何意趣？若云釋迦不會，能仁四十九年，横説豎説，貝藏琅函遍滿人間，末後拈花以傳教外之旨，且道此法從何而得？若云迦葉無傳，西天二十八祖，東土歷代諸師，相傳之道自何而來？若謂釋迦不會，迦葉無傳，這空禪師亦是佛祖兒孫，寫此頌圖箇甚麽？箇中關捩，盡在此兩句，〔二〕不可不細參詳。余今爲汝透漏些子消息。

「父母未生前」，老夫云：「水泄不通。」〔三〕「凝然一相圓」，老夫云：「針劄不入。」「釋迦猶不會」，老夫云：「非思量處。」「迦葉豈能傳」，老夫云：「識情難測。」「父母未生前」，老夫云：「三更神世界。」「凝然一相圓」，老夫云：「半夜鬼乾坤。」「釋迦猶不會」，老夫云：「只許老胡知。」「迦葉豈能傳」，老夫云：「直饒將來他亦不要。」「父母未生前」，老夫云：「頭圓象天。」「凝然一相圓」，老夫云：「足方象地。」「釋迦猶不會」，老夫云：「寒山撫掌。」「迦葉豈能傳」，老夫云：「拾得呵呵。」老夫爲汝橫批豎判，一用顛拈，十字打開，兩手分付了也。一句子薦得，可與佛祖爲師；一句子薦得，可與人、天爲師；一句子薦得，自救不了。閑中試定省看，其或未明，若到燕然，問取萬松老子。

〔一〕看　原作「者」，據漸西本改。

〔二〕兩句　原作「雨句」，據漸西本改。

〔三〕水泄不通　其下漸西本小字夾注云：「□云，此禪家參語頭也。」

和潤之韻〔一〕

〔據年譜，作於公元一二三三——一二三六年間。〕

潤之館於忘憂門下，生徒乘駟，渠徒步抵和林城，有詩云：「破帽麻鞋布腿繃，强扶衰病且徒行。區區不道圖他甚，一夜山妻罵到明。」予憐而和之。

踈筍籬邊正脱棚，故山清處便宜行。鏡湖他日應屬我，好向湖邊訪四明。

〔一〕詩題　原脱漏，據目録補。

贈景賢

〔據年譜，作於公元一二三三——一二三六年間。〕

茶鄰藥物成邪氣，琴伴簫聲變鄭音。可惜龍岡老居士，卻教邪教污真心。

寄東林

〔據年譜，作於公元一二三三——一二三六年間。〕

東林已秀兩三枝，覆蔭人天正此時。貪向龍宮翻貝葉，惱人不寄玉泉詩。以來書云，見閲藏經，故有是語。

寄萬壽潤公禪師

〔據年譜，作於公元一二三三——一二三六年間。〕

林泉人笑鳳凰枝，我慕林泉歎後時。盼得人來問消息，太平和尚又無詩。

寄甘泉慧公和尚

〔據年譜，作於公元一二三三——一二三六年間。〕

東林枝勝桂林枝，不惜甘泉濟旱時。鐵額鋼頭含笑面，可人能字更能詩。

遺龍岡鹿尾二絶〔一〕

〔據年譜，作於公元一二三三——一二三六年間。〕

去歲秋獮，余謁龍岡，因彈秋水，龍岡出山羊一雙爲贈。渠笑曰：「已過價矣。」余愛客，〔二〕多設鹿尾羮。今年上獵於秋山，龍岡託以鹿尾可入藥，得數十枚，悉以遺余。因録近和人詩數篇以報。仍作詩二絶爲引，聊發一笑耳。

秋水清聲忽變商，龍岡曾遺二山羊。今年祇奉詩三首，爲報先生鹿尾羮。

去歲山羊酬過價，今年鹿尾不值錢。龍岡藥物都竭底，只得髯翁詩數篇。

〔一〕詩題　原脱漏，據目録補。

〔二〕客　原作「容」，據漸西本改。

和景賢贈鹿尾二絶

日暮長楊獵騎歸，西風弓硬馬初肥。今年鹿尾休嫌少，且喜君王不合圍。

禁臠酷思濃鹿汁，香蔬久厭小兒拳。龍岡採得班龍尾，一串穿來寄玉泉。

〔據年譜，作於公元一二三三——一二三六年間。〕

中秋召景賢飲

中秋北海景淒淒，好拚今宵醉似泥。快請龍岡疾過我，與君同泛玉東西。

〔據年譜，作於公元一二三三——一二三六年間。〕

請定公住大覺疏

龍龕寶藏照人寒，奥老功成住聖安。卻請定公來領略，收拾香火禮旃檀。

〔據年譜，作於公元一二三三——一二三六年間。〕

補大藏經板疏

〔據年譜，作於公元一二三三——一二三六年間。〕

十年天下滿兵埃，可惜經文〔一〕半劫灰。欲析微塵出經卷，隨緣須動世間財。

〔一〕經文　原作「金文」，據漸西本改。

武川摩訶院創建瑞像殿疏

邦人創刻旃檀像，寺衆新修窣堵波。兩段因緣非細事，成功須仗大檀那。

請奥公住崇壽院

〔據年譜，作於公元一二三三——一二三六年間。〕

泥湫昔日隱蟄龍，一震重新大覺宮。卻請收雲歸舊壑，晨昏香火禮師翁。泥湫院，圓通禪師真堂在焉。

寄聖安澄老乞藥

〔據年譜，作於公元一二三三——一二三六年間。〕

登高回首望燕山，試道新詩怨聖安。賺得護身符子去，二年〔一〕不寄大還丹。

〔一〕二年　漸西本作「三年」。

信之和余酬賈非熊三字韻見寄因再賡元韻以復之

〔據年譜，作於公元一二三三——一二三六年間。〕

鷃鶉徒羨大鵬南，駑馬終須後裹驂。至理猶删萬歸一，庸儒剛説二生三。透關活眼嫌金屑，戀土癡人宿草菴。寄與雲川賢太守，洗心滌慮與君參。

惱人捷徑起終南，虛忝沙堤相國驂。〔一〕幻術莫驚殷七七，真詮誰識後三三。家鄰荆水玉泉也。宜裁竹，緣在香山好結庵。斫斷葛藤窠已後，閑家破具不須參。〔二〕

鴻雁翩翩自北南，歸歟何日駕歸驂。潛龍在下宜初九，即鹿無虞戒六三。洛下好遊白傅寺，濟源重覓侍中菴。衰翁自揣何多幸，昨夢齋中得罷參。萬松老人住持大覺寺，榜其齋曰昨夢。

舊隱翳閭白霫南，故山佳處好停驂。貪嗔癡者元無一，詩酒琴之樂有三。〔三〕菱芡香中橫短艇，松筠聲裏稱危菴。有人問道來相訪，一碗清茶不放參。

〔一〕驂　原作「騾」，據漸西本改。

〔二〕參　原作「驂」，據漸西本改。

〔三〕詩酒琴之樂有三　其下漸西本小字夾注云：「□云野調。」

雲漢遠寄新詩四十韻因和而謝之

〔案：詩末署「乙未」，應作於公元一二三五年。〕

兑爻符太一，天相忝文昌。泛海難追蠡，封留欲學良。穢形伴珠玉，朽木厠松樟。直節心雖赤，衰年鬢已蒼。伴食居相府，無德報君王。草甲濡春雨，葵心傾太陽。大權歸禁闕，成算出巖廊。自北王師發，平南上策長。皇朝將革命，亡國自頽綱。漢水偏師渡，長河一葦航。股肱無敢惰，元首載歌康。號令傳諸域，英雄守四方。大勳雖已集，遺命未嘗忘。萬國來馳幣，諸侯敬奉璋。兆民涵舜德，百郡仰天光。大有威如吉，重乾體自强。碩賢起編户，良將出戎行。太廟陳籩豆，明堂服冕裳。宋朝微寖滅，皇嫡久成戕。政亂人思變，君愚自底亡。右師潛入劍，元子直臨襄。殺氣侵南斗，長庚壯玉堂。幽州之分。弓猶藏寶玉，劍未識干將。皇業超千古，天威聳八荒。元戎施虎略，勇士展鷹揚。武繼元封跡，文聯貞觀芳。宫庭敢諫鼓，帷幄上書囊。佇待卿雲見，行觀丹鳳翔。武文能迭用，威德足〔二〕相當。多士思登用，遺賢肯退藏。詩書搜鳥篆，功業抑龍驤。國用恒無缺，民財苦不傷。八音歌頌雅，百戲屏優倡。聖澤傳朝露，明刑肅暮霜。永垂塵劫祚，一混九州疆。重任司鈞石，微才匪棟梁。思歸心似醉，感愧淚如滂。嚴子終辭漢，黄公合隱商。窮通真有數，憂樂實難量。雖受〔二〕千鍾禄，何如歸故鄉。乙未閏月上旬日，玉泉書。

〔一〕足　原作「是」，據漸西本改。

〔二〕受　漸西本作「愛」。

德新先生惠然見寄佳製二十韻和而謝之

〔案：詩末署「乙未」，應作於公元一二三五年。〕

當年職都水，曾不入其門。德重文章傑，年高道義尊。雖聞傳國士，恨不識王孫。韻語如蘇武，離騷類屈原。煙霞供好句，江海入雄吞。意氣輕三傑，才名冠八元。著述歸至賾，議論探深源。藉藉名雖重，區區席不温。家貧謁魯肅，國難避王敦。北鄙來雲内，西邊退吐蕃。勉將嚴韻繼，不得細論文。〔一〕遠害雖君智，全身亦聖恩。大才宜應詔，豪氣傲司閽。學識光先哲，風流遺後昆。莫尋三島客，好謁萬松軒。六度真光發，三毒妄影奔。素絲忘染習，古鏡去塵昏。爐上飛寒雪，胸中洗熱煩。到家渾不識，得象固忘言。心月孤圓處，澄澄泯六根。乙未閏月上休日，玉泉書。

〔一〕論文　原作「文論」，據漸西本改。

子鑄生朝潤之以詩爲壽予因繼其韻以遺之

〔案：詩末署「甲午」，應作於公元一二三四年。〕

巖松傲歲寒，枝幹騰千尺。男兒若稽古，功名垂竹帛。我祖東丹王，施仁能善積。我考文獻公，清白遺四壁。盛名流萬世，馨香光赫赫。余生歎不辰，西域十年客。貧困〔一〕志不渝，未肯忘平昔。昔日出燕然，辰當攝提格。鶉尾得鳳毛，續後予無責。汝知學不學，何啻雲泥隔。爲山虧一簣，龍門空點額。遠襲周孔風，近追顏孟跡。優游禮樂方，造次仁義宅。繼夜誦詩書，廢時毋博弈。勤惰分龍猪，三十成骨骼。孜孜寢食廢，安可忘朝夕。行身謹而信，於禮順而摭。祥麟具五蹄，溟鵬全六翮。爲人備五常，奚憂仕與謫。成功不自滿，始知謙受益。慎毋忘此詩，吾言真藥石。

甲午重午前三日，湛然居士書。

〔一〕貧困　原作「貧因」，據漸西本改。

扈從旋師道過東勝秦帥席上繼杜受之韻

〔據年譜，作於公元一二二七年。〕

去國十年久，還鄉兩鬢皤。三川猶梗澀，百越正干戈。東勝城無恙，西征事若何。凭高吟望久，樽酒酹長河。

屏山居士鳴道集序

〔案：序文末署「甲午」，應作於公元一二三四年。〕

屏山居士年二十有九，閱復性書，知李習之亦二十有九，參藥山而退著書，大發感歎，日抵萬松老師，深攻亟擊。宿稟〔一〕生知，一聞千悟，注首楞嚴、金剛般若、贊釋迦文、達磨祖師夢語、贅談、翰墨佛事等數十萬言，會三聖人理性之學，要終指歸佛祖而已。江左道學倡於伊川昆季，和之者十有餘家，涉獵釋、老，膚淺一二，著鳴道集，食我園椹，不見好音，誣謗聖人，聾瞽學者。噫！憑虛氣，任私情，一讚一毀，獨去獨取，其如天下後世何！屏山哀矜，著鳴道集説，廓萬世之見聞，正天下之性命，發揮孔聖隱幽不揚之道，將攀附游龍，駸駸乎吾佛所列五乘教中人天乘之俗諦疆隅矣！鳴道諸儒力排釋老，擠陷韓歐之隘黨，孰如屏山尊孔聖與釋老鼎峙耶！諸方宗匠皆引屏山爲入幕之賓，鳴道諸儒鑽仰藩垣，莫窺户牖，輒肆浮議，不亦僭乎！余忝歷宗門堂室之奥，韙爲保證，固非師心昧誠之黨。如謂不然，報惟影響耳。

屏山臨終，出此書付敬鼎臣曰：「此吾末後把交之作也，子其秘之，當有賞音者。」鼎臣聞余購屏山書甚切，不遠三數百，徒步之燕，獻的稿於萬松老師轉致於余。余覽而感泣者累日。昔余嘗見鳴道集，甚不平之，欲爲書糾其蕪謬而未暇，豈意屏山先我著鞭，遂爲序，引以鍼江左書生膏肓之病焉。中原學士大夫有斯疾者亦可發藥矣。甲午冬十有五日，湛然居士漆水移刺楚材晉卿序。

〔一〕稟　原作「票」，據漸西本改。

用梁斗南韻

〔據年譜，作於公元一二三三——一二三六年間。〕

丁年學道道難成，卻得中原浪播名。否德自慚調鼎鼐，微才不可典璣衡。誰知東海潛姜望，好向南陽起孔明。收拾琴書作歸計，玉泉佳處老餘生。

贈姪正卿

〔據年譜，作於公元一二三三——一二三六年間。〕

遼室東丹九葉芳，曾陪劍佩侍明昌。〔一〕學書寫盡千林葉，習射能穿百步楊。興廢人間戰白蟻，榮枯枕上夢黃粱。故山咫尺宜歸去，莫使因循三徑荒。

〔一〕明昌　其下漸西本小字夾注云：「今案明昌，金章宗年號。」

寄張鳴道

〔據年譜，作於公元一二三三——一二三六年間。〕

張君宗派自留侯，壯歲成名入士流。一代詩聲如玉振，千鈞筆力挽銀鈎。平山邂逅初青眼，汴水伶仃已白頭。遥想荷花好時節，故人吟倚仲宣樓。

送省掾郭仲仁行

〔據年譜，作於公元一二三三——一二三六年間。〕

蘭省而今已預名，還鄉衣錦也爲榮。遼陽幹事須詳悉，速駕星軺上玉京。

送燕京高慶民行

〔據年譜，作於公元一二三三——一二三六年間。〕

國事煩多我政憂，上章清選倅徽收。好陪劉晏勤王事，早使錢如地上流。

和趙庭玉子贇韻

〔據年譜，作於公元一二三三——一二三六年間。〕

萬里龍庭白草秋，時時歸夢舊漁舟。酌殘白酒難成醉，老盡黄花無限愁。久識人心多厭政，喜逢天下已歸劉。而今子入中州去，莫惜寒梅寄隴頭。

贈東平主事王玉

〔據年譜，作於公元一二三三——一二三六年間。〕

聖主方思治，邊臣未奉行。憑君達此意，無得負蒼生。

周敬之修夫子廟

〔據年譜，作於公元一二三三——一二三六年間。〕

天皇有意用吾儒，四海欽風盡讀書。可愛風流賢太守，天山創起仲尼居。

寄萬壽堂頭乞湖山

〔據年譜，作於公元一二三三——一二三六年間。〕

削玉剜瓊出自然，依晞巖竇吐雲煙。禪師手段掀山嶽，便好移來向玉泉。

寄東林同參

〔據年譜，作於公元一二三三——一二三六年間。〕

東林屢有寄來詩，忙裏何嘗報一辭。豈是玉泉生吝惜，言無滋味不宜時。

寄簡堂頭

〔據年譜，作於公元一二三三——一二三六年間。〕

巨川生下此村牛，千百頭中衹一頭。鼻孔撩天無主伴，不風流處也風流。

寄孔雀便面奉萬松老師

〔據年譜，作於公元一二三三——一二三六年間。〕

風流彩扇出西州，寄與白蓮老社頭。遮日招風都不礙，休從侍者索犀牛。

答倪公故人

〔據年譜，作於公元一二三三——一二三六年間。〕

玉泉囘報故人書，問子參玄着意無。且趁萬松鑪鞁熱，疾忙索取護身符。一作夜明符。

送王璘行

〔據年譜，作於公元一二三三——一二三六年間。〕

天涯九日出龍沙，冬後冬前卻到家。餽運功成須報我，好遊天漢上浮槎。

繼介丘穆景華韻

〔據年譜，作於公元一二三三——一二三六年間。〕

北海慵傾北海樽，予懷爲向景華伸。奇才管葛堪爲匹，何事唐虞不得臣。行道欲期丹鳳出，忘機且與白鷗親。龍庭萬里休辭遠，六出奇畫正賴陳。

繼平陶張才美韻

〔據年譜，作於公元一二三三——一二三六年間。〕

才美風流自一時，因風來寄湛然詩。新朝制度知將近，晚節功名未是遲。識子固爲天下士，微君孰撫我民痍。援毫欲繼清新句，笑我卻無黃絹辭。

德柔嘗許作鞍玉轡且數年矣作詩以督之

〔據年譜，作於公元一二三三——一二三六年間。〕

異物當時許晉卿，幾年思渴動詩情。龍庭風細沙堤軟，玉轡雕鞍正好行。

卜鄰一絶寄鄭景賢

〔據年譜，作於公元一二三三——一二三六年間。〕

龍沙幽隱子真家，自撥寒泉出淺沙。我願卜鄰穹帳側，旋分清酌煮新茶。

寄岳君索玉博山

〔據年譜，作於公元一二三三——一二三六年間。〕

玉爐精巧若裁肪，寄與髯翁也不妨。古廟多年無氣息，直消一炷返魂香。

雲中重修宣聖廟

〔據年譜，作於公元一二三三——一二三六年間。〕

槐宫悉混玉石焚，廟貌依然惟古雲。須仗吾儕更脩葺，休教風世喪斯文。

寄光祖

〔據年譜，作於公元一二三三——一二三六年間。〕

漁陽光祖冠當時，筆法詞源我獨知。君有家雞君自厭，爲何偏愛玉泉詩。

送德潤南行

〔據年譜，作於公元一二三三——一二三六年間。〕

燕然民庶久瘡痍，摩撫瘡痍正此時。暴吏猾胥諂君日，開緘三復味予詩。

再和萬壽潤禪師書字韻五首

〔據年譜，作於公元一二三三——一二三六年間。〕

憂道

不肯參禪不讀書，徒喧口鼓説真如。未能即色明真色，只道無餘已有餘。法眼凋殘浮海去，潙山寂寞少人居。一從三聖承當後，季世寥寥無瞎驢。

述懷

寶藏翻窮貝葉書，方知真理本如如。一心不動無生滅，萬古長空豈欠餘。妙藥更靈難忌口，長安雖貴不堪居。毛吞大海渾閑事，誰訝瓢中出白驢。

警世

看盡人間萬卷書，較量佛法總難如。本無妄疾剛尋藥，幸有回波好乞餘。方丈名山真碧海，含元古殿是皇居。行人半老家何在？終日騎驢卻覓驢。

傷時

金馬門前數上書，子虛新賦笑相如。萬言警策才無敵，六國縱横智有餘。千里兵車討奸宄，五更朝馬候興居。功名賺得頭如雪，不悟團團如磨驢。

投老

囊裏瑶琴駕上書，箇中真味更何如。伴閑美竹千竿許，養老田園二頃餘。睡起焚香誦圓覺，興來緩軫品幽居。宫音有此曲。夕陽半下山偏好，吟入煙霞穩跨驢。

〔據年譜，作於公元一二三三——一二三六年間。〕

贈景賢玉澗鳴泉琴

玉泉珍惜玉泉琴，不遇高人不許心。素軫四三排碧玉，明徽六七粲黄金。臨風好奏朝飛曲，對月宜彈清夜吟。渠能彈雉朝飛、清夜吟。贈與龍岡老居士，須教下指便知音。

丙申元日爲景賢壽

〔案：詩題「丙申」，應作於公元一二三六年。〕

龍沙一住二十年，獨識龍岡鄭景賢。詩筆饒君甘在後，琴棋笑我强争先。冷官何啻廣文樂，歸計猶存谷口田。劫外壺天壽無量，請公勤叩祖師禪。

景賢作詩頗有思歸意因和元韻以勉之

我訪龍岡老，珠璣咳唾間。酒熟香馥馥，琴滑水潺潺。王吉河名。中栽菊，和林也有山。但能心放下，何處不安閑。

〔據年譜，作於公元一二三三——一二三六年間。〕

景賢召予飲以事不果翌日予訪景賢值出予開樽盡醉而歸留詩戲之

〔據年譜，作於公元一二三三——一二三六年間。〕

昨朝命我初無興，今日尋君不在家。不問主人都飲盡，醉吟倒載黑氈車。

和景賢召飲韻

〔據年譜，作於公元一二三三——一二三六年間。〕

書滿穹廬酒滿樽，龍岡召我謝殷勤。琴中別有無絃曲，醉裏開懷舉似君。

丙申上元夜夢中有得

〔案：詩題「丙申」，應作於公元一二三六年。〕

超佛越祖透真空，也與潙山〔一〕說夢同。面貌眼睛鼻孔裏，大千沙界一漚中。

〔一〕潙山　原作「滿山」，據漸西本改。

送門人劉德真征蜀

〔據年譜，作於公元一二三六年。〕

門弟遼陽劉德真，剛直木訥近乎仁。憐君粗有才學術，師我精通天地人。今日從軍征兩劍，他時擁旆入三秦。三辰測驗須吾子，創作天朝寶曆新。

送門人劉復亨征蜀

〔據年譜，作於公元一二三六年。〕

誠之識我二十年，不讀經書不學禪。俁爾儒冠好投筆，過人勳業好加鞭。〔一〕浣花溪畔春如畫，濯錦江邊酒似川。壯歲從軍真樂事，鄧侯遺躅勉爭先。

〔一〕過人勳業好加鞭　原作「逼人勳業可加鞭」，據漸西本改。

趙州柏樹頌

〔據年譜，作於公元一二三三——一二三六年間。〕

古佛猶存舊道場，庭前依舊柏蒼蒼。莫謗諸州無此語，禪林奔走錯商量。

黄龍三關頌

〔據年譜，作於公元一二三三——一二三六年間。〕

我手何似佛手

稱頭斤兩須端的，短少毫釐不可欺。函關辨認合同券，未肯輕輕放過伊。

我腳何似驢腳

行令如同車腳圓，你三文後我三錢。直饒道底分明是，也是當年鸚鵡禪。

如何是上座生緣

只打野盤無寺宿，不供糊口趁村齋。上户莫椿虚物力，僧司無得錯推排。

和〔一〕太原元大舉韻〔二〕

〔據年譜，作於公元一二三三——一二三六年間。〕

魏帝兒孫氣似龍，而今飄泊困塵中。君遊泉石初無悶，我秉鈞衡未有功。元氏從來多慷慨，并門自古出英雄。李唐名相沙隄在，好與微之繼舊風。

〔一〕和　原作「元」，據漸西本改。

〔二〕詩題　其下漸西本小字夾注云：「今案此和元裕之詩，大舉疑誤。」

喜和林新居落成〔一〕

〔據年譜，作於公元一二三六年。〕

登車憑軾我怡顔，飽看和林一帶山。新構幽齋堪偃息，不閑閑處得閑閑。

〔一〕詩題　其下漸西本小字夾注云：「今案和林在庫倫之西，有闕特勒碑。」

題新居壁

〔據年譜，作於公元一二三六年。〕

舊隱西山五畝宫，和林新院典刑同。此齋唤醒當年夢，〔一〕白晝誰知是夢中。

〔一〕此齋唤醒當年夢　原作「此齊唤省當年夢」，據漸西本改。

太原修夫子廟疏

〔據年譜，作於公元一二三三——一二三六年間。〕

并門連歲不年豐，訨父攘羊禮義空。既倒狂瀾扶不起，直須急手建庠宫。

和林建佛寺疏

〔據年譜，作於公元一二三六年。〕

龍沙玄教未全行，故築精藍近帝城。須仗檀那垂手力，一輪佛日焕然明。

附録

一、中書令耶律公神道碑

宋子貞　撰

國家之興，肇基於朔方，惟太祖皇帝以聖德受命，恭行天罰，馬首所向，蔑有能國。太宗承之，既懷八荒，遂定中原，薄海内外，罔不臣妾。於是立大政而建皇極，作新宫以朝諸侯，蓋將樹不拔之基，垂可繼之統者也。而公以命世之才，值興王之運，本之以廓廟之器，輔之以天人之學，纏綿二紀，開濟兩朝，贊經綸於草昧之初，一制度於安寧之後，自任以天下之重，屹然如砥柱之在中流，用能道濟生靈，視千古爲無愧者也。

公諱楚材，字晉卿，姓耶律氏，遼東丹王突欲之八世孫。王生燕京留守政事令婁國，留守生將軍國隱，將軍生太師合魯，合魯生太師胡篤，胡篤生定遠將軍内剌，定遠生榮禄大夫興平軍節度使德元，始歸金朝。其弟聿魯生履，興平鞠以爲子，遂爲之後。以文章行義受知於世宗，擢翰林待制，再遷禮部侍郎；章宗即位，有定策功，進禮部尚書、參知政事，終於尚書右丞，謚曰文獻，即公之考也。妣楊氏，封漆水國夫人。公以明昌元年六月二十日生。文獻公通術數，尤邃太玄，私謂所親曰：「吾年六十而得此子，吾家千里駒也，他日必成偉器，且當爲異國用。」因取左氏之「楚雖有材，晉實用之」，以爲名字。

公生三歲而孤，母夫人楊氏誨育備至。稍長，知力學。年十七，書無所不讀，爲文有作者氣。金制，宰相子得試補省掾，公不就。章宗特賜就試，則中甲科，考滿，授同知開州事。貞祐甲戌，宣宗南渡，丞相完顔承暉留守燕京，行尚書省事，表公爲左右司員外郎。越明年，京城不守，遂屬國朝。

太祖素有并吞天下之志，嘗訪遼宗室近族，至是徵詣行在。入見，上謂公曰：「遼與金爲世讎，吾與汝已報之矣。」公曰：「臣父祖已以來皆嘗北面事之，既爲臣子，豈敢復懷貳心，讎君父耶！」上雅重其言，處之左右，以備咨訪。己卯夏六月，大軍征西，禡旗之際，雨雪三尺，上惡之。公曰：「此克敵之象也。」庚辰冬，大雷。上以問公。公曰：「梭里檀當死中野。」已而果然。梭里檀，回鶻王稱也。

夏人常八斤者，以治弓見知，乃詫於公曰：「本朝尚武，而明公欲以文進，不已左乎？」公曰：「且治弓尚須弓匠，豈治天下不用治天下匠耶？」上聞之喜甚，自是用公日密。

初，國朝未有曆學，而回鶻人奏五月望夕月食。公言不食，及期果不食。明年，公奏十月望夜月食。回鶻人言不食。其夜月食八分。上大異之，曰：「汝於天上事尚無不知，况人間事乎！」壬午，夏五月，長星見西方，上以問公。公曰：「女直國當易主矣。」逾年而金主死。於是每將出征，必令公預卜吉凶，上亦燒羊髀骨以符之。行次東印度國鐵門關，侍衛者見一獸，鹿形馬尾，緑色而獨角，能爲人言曰：「汝君宜早迴。」上怪而問公。公曰：「此獸名角端，日行一萬八千里，解四夷語，是惡殺之象，蓋上天遣之以告陛下。願承天心，宥此數國人命，實陛下無疆之福。」上即日下詔班師。

丙戌冬十一月，靈武下，諸將争掠子女財幣。公獨取書數部、大黄兩駝而已。既而軍士病疫，惟得大黄可愈，所活幾萬人。其後燕京多盜，至駕車行劫，有司不能禁。時睿宗監國，命中使偕公馳傳往治。既至，分捕得之，皆勢家子。其家人輩行賂求免。中使惑之，欲爲覆奏。公執以爲不可，曰：「信安咫尺未下，若不懲戒，恐致大亂。」遂刑一十六人，京城帖然，皆得安枕矣。

己丑，太宗即位，公定册立儀禮，皇族尊長皆令就班列拜。尊長之有拜禮蓋自此始。諸國來朝者多以冒禁應死。公言：「陛下新登寶位，願無污白道子。」從之。蓋國俗尚白，以白爲吉故也。

時天下新定，未有號令，所在長吏皆得自專生殺，少有忤意則刀鋸隨之，至有全室被戮，襁褓不遺者。而彼州此郡動輒兵興相攻，公首以爲言，皆禁絶之。自太祖西征之後，倉廩府庫無斗粟尺帛，而中使別迭等僉言：「雖得漢人亦無所用，不若盡去之，使草木暢茂，以爲牧地。」公即前曰：「夫以天下之廣，四海之富，何求而不得，但不爲耳，何名無用哉！」因奏地税商税，酒醋鹽鐵山澤之利，周歲可得銀五十萬兩、絹八萬匹、粟四十萬石。上曰：「誠如卿言，則國用有餘矣。卿試爲之。」乃奏立十路課税所，設使副二員，皆以儒者爲之。如燕京陳時可、宣德路劉中，皆天下之選。因時時進説周孔之教，且謂「天下雖得之馬上，不可以馬上治」。上深以爲然。國朝之用文臣，蓋自公發之。

先是諸路長吏兼領軍民錢穀，往往恃其富强，肆爲不法。公奏長吏專理民事，萬户府總軍政，課税所掌錢穀，各不相統攝，遂爲定制。權貴不能平。燕京路長官石抹咸得不激怒皇叔，俾專使來奏，謂公「悉用南朝舊人，且渠親屬在彼，恐有異志，不宜重用」。且以國朝所忌，誣搆百端，必欲置之死地。事連諸執政。時鎮海、粘合重山實爲同列，爲之股慄曰：「何必强爲更張，計必有今日事！」公曰：「自立朝廷以來，每事皆我爲之，諸公何與焉！若果獲罪，我自當之，必不相累。」上察見其誣，怒逐來使。不數月，會有以事告咸得不者，上知與公不協，特命鞫治。公奏曰：「此人倨傲無禮，狎近羣小，易以招謗。今方有事於南方，他日治之，亦未爲晚。」上頗不悦，已而謂侍臣曰：「君子人也。汝曹當效之。」

辛卯秋八月，上至雲中，諸路所貢課額銀幣及倉廩米穀簿籍具陳於前，悉符元奏之數。上笑曰：「卿不離朕左右，何以能使錢穀流入如此？不審南國復有卿比者否？」公曰：「賢於臣者甚多，以臣不才，故留於燕。」上親酌大觴以賜之。即日授中書省印，俾領其事，事無巨細，一以委之。

宣德路長官太傅禿花失陷官糧萬餘石，恃其勳舊，密奏求免。上問中書知否？對曰：「不知。」上取鳴鏑欲射者再，良久叱出。使白中書省，償之。仍敕今後凡事先白中書，然後聞奏。中貴苦木思不花奏撥户一萬以爲採鍊金銀栽種蒲萄等户。公言：「太祖有旨，山後百姓與本朝人無異，兵賦所出，緩急得用。不若將河南殘民貸而不誅，可充此役，且以實山後之地。」上曰：「卿言是也。」又奏：「諸路民户今已疲乏，宜令土居蒙古、回鶻、河西人等與所在居民一體應輸賦役。」皆施行之。

壬辰，車駕至河南，詔陝、洛、秦、虢等州山林洞穴逃匿之人，若迎軍來降，與免殺戮。或謂此輩急則來附，緩則復資敵耳。公奏給旗數百面，悉令散歸，已降之郡，其活不可勝數。國制，凡敵人拒命，矢石一發，則殺無赦。汴京垂陷，首將速不䚟遣人來報，且言此城相抗日久，多殺傷士卒，意欲盡屠之。公馳入奏曰：「將士暴露凡數十年，所争者地土人民耳，得地無民，將焉用之？」上疑而未決。復奏曰：「凡弓矢甲仗金玉等匠及官民富貴之家，皆聚此城中，殺之則一無所得，是徒勞也。」上始然之。詔除完顏氏一族外，餘皆原免。時避兵在汴者户一百四十七萬，仍奏選工匠儒釋道醫卜之流散居河北，官爲給贍。其後攻取淮漢諸城，因爲定例。

初，汴京未下，奏遣使入城索取孔子五十一代孫襲封衍聖公元措，令收拾散亡禮樂人等，及取名儒梁陟等數輩。於燕京置編修所，平陽置經籍所，以開文治。時河南初破，被俘虜者不可勝計。及聞大軍北還，逃去者十八九。有詔停留逃民及資給飲食者皆死，無問城郭保社，一家犯禁，餘並連坐。由是百姓惶駭，雖父子弟兄，一經俘虜，不敢正視。逃民無所得食，踣死道路者踵相躡也。公從容進説曰：「十餘年間存撫百姓，以其有用故也。若勝負未分，慮涉攜貳；今敵國已破，去將安往？豈有因一俘囚罪數百人者乎？」上悟，詔停其禁。金國既亡，唯秦、鞏等二十餘州連歲不下。公奏：「吾人之得罪逃入金國者，皆萃於此，其所以力戰者，蓋懼死耳。若許以不殺，不攻而自下矣。」詔下，皆開門出降。期月之間，山外悉平。

甲午，詔括户口，以大臣忽覩虎領之。國初方事進取，所降下者，因以與之。自一社一民各有所主，不相統屬，至是始隸州縣。朝臣共欲以丁爲户，公獨以爲不可。皆曰：「我朝及西域諸國莫不以丁爲户，豈可捨大朝之法而從亡國政邪？」公曰：「自古有中原者，未嘗以丁爲户。若果爲之，可輸一年之賦，隨即逃散矣。」卒從公議。時諸王大臣及諸將校所得驅口，往往寄留諸郡，幾居天下之半。公因奏括户口，皆籍爲編民。乙未，朝議以回鶻人征南，漢人征西，以爲得計。公極言其不可，曰：「漢地、西域相去數萬里，比至敵境，人馬疲乏，不堪爲用。況水土異宜，必生疾疫。不若各就本土征進，似爲兩便。」争論十餘日，其議遂寢。丙申，上會諸王貴臣，親執觴以賜公曰：「朕之所以推誠任卿者，先帝之命也。非卿，則天下亦無今日。朕之所以得高枕而卧者，卿之力也。」蓋太祖晚年，屢屬於上曰：「此人天賜我家，汝他日國政當悉委之。」

其秋七月，忽覩虎以户口來。上議割裂諸州郡分賜諸王貴族，以爲湯沐邑。公曰：「尾大不掉，易以生隙。不如多與金帛，足以爲恩。」上曰：「業已許之。」復曰：「若樹置官吏，必自朝命，除恒賦外，不令擅自徵斂，差可久也。」從之。是歲始定天下賦税，每二户出絲一斤，以供官用，五户出絲一斤，以與所賜之家。上田每畝税三升半，中田三升，下田二升，水田五升。商税三十分之一，鹽每銀一兩四十斤，已上以爲永額。朝臣皆謂太輕。公曰：「將來必有以利進者，則已爲重矣。」

國初盜賊充斥，商賈不能行，則下令凡有失盜去處，周歲不獲正賊，令本路民户代償其物，前後積累動以萬計。及所在官吏取借回鶻債銀，其年則倍之，次年則并息又倍之，謂之羊羔利。積而不已，往往破家散族，以至妻子爲質，然終不能償。公爲請於上，悉以官銀代還，凡七萬六千錠。仍奏定今後不以歲月遠近，子本相侔，更不生息，遂爲定制。

侍臣脱歡奏選室女，敕中書省發詔行之。公持之不下。上怒，召問其故。公曰：「向所刷室女二十八人尚在燕京，足備後宫使令。而脱歡傳旨，又欲徧行選刷，臣恐重擾百姓，欲覆奏陛下耳。」上良久曰：「可。」遂罷之。又欲於漢地拘刷牝馬。公言：「漢地所有，繭絲五穀耳，非産馬之地。若今日行之，後必爲例，是徒擾天下也。」乃從其請。丁酉，汰三教僧道，試經通者給牒受戒，許居寺觀；儒人中選者則復其家。公初言「僧道中避役者多，合行選試」，至是始行之。

始諸王貴戚皆得自起驛馬，而使臣猥多，馬悉倒乏，則豪奪民馬以乘之，城郭道路，所至騷動。及其到館，則要索百端，供饋稍緩，輒被箠撻，館人不能堪。公奏給牌劄，仍定飲食分例，其弊始革。因陳時務十策：一曰信賞罰，二曰正名分，三曰給俸禄，四曰封功臣，五曰考殿最，六曰定物力，七曰汰工匠，八曰務農桑，九曰定土貢，十曰置水運。上雖不能盡行，亦時擇用焉。

回鶻阿散阿迷失告公私用官銀一千定。上召問公。公曰：「陛下試詳思之，曾有旨用銀否？」上曰：「朕亦憶得嘗令修蓋宫殿用銀一千定。」公曰：「是也。」後數日，上坐萬安殿，召阿散阿迷失詰之，遂服其誣。太原路課税使副以贓罪聞。上讓公曰：「卿言孔子之教可行，儒者皆善人，何故亦有此輩？」公曰：「君父之教，臣子豈欲陷之於不義，而不義者亦時有之。三綱五常之教，有國有家者，莫不由之，如天之有日月星辰也。豈可因一人之有過，使萬世常行之道獨見廢於我朝乎？」上意乃解。

戊戌，天下大旱蝗，上問公以禦之之術。公曰：「今年租賦乞權行倚閣。」上曰：「恐國用不足。」公曰：「倉庫見在，可支十年。」許之。初，籍天下户，得一百四萬，至是逃亡者十四五，而賦仍舊，天下病之。公奏除逃户三十五萬，民賴以安。燕京劉忽篤馬者，陰結權貴，以銀五十萬兩撲買天下差發。涉獵發丁者，以銀二十五萬兩撲買天下係官廊房地基水利豬雞。劉庭玉者，以銀五萬兩撲買燕京酒課。又有回鶻以銀一百萬兩撲買天下鹽課，至有撲買天下河泊橋梁渡口者。公曰：「此皆姦人欺下罔上，爲害甚大。」咸奏罷之。嘗曰：「興一利不若除一害，生一事不若減一事。人必以爲班超之言蓋平平耳，千古之下，自有定論。」

上素嗜酒，晚年尤甚，日與諸大臣酣飲。公數諫不聽，乃持酒槽之金口曰：「此鐵爲酒所蝕，尚致如此，況人之五臟，有不損耶？」上悦，賜以金帛，仍敕左右日進酒三鍾而止。時四方無虞，上頗怠於政事，姦邪得以乘間而入。

初，公自庚寅年定課税，所額每歲銀一萬定。及河南既下，户口滋息，增至二萬二千定。而回鶻譯史安天合至自汴梁，倒身事公，以求進用。公雖加獎借，終不能滿望。即奔詣鎮海，百計行間。首引回鶻奥都剌合蠻撲買課税增至四萬四千定。公曰：「雖取四十四萬亦可得，不過嚴設法禁，陰奪民利耳。民窮爲盗，非國之福。」而近侍左右皆爲所啗，上亦頗惑衆議，欲令試行之。公反復争論，聲色俱厲。上曰：「汝欲鬬搏耶？」公力不能奪，乃太息曰：「撲買之利既興，必有躡跡而篡其後者，民之窮困，將自此始，於是政出多門矣！」公正色立朝，不爲少屈，欲以身徇天下，每陳國家利病生民休戚，辭氣懇切，孜孜不已。上曰：「汝又欲爲百姓哭耶？」然待公加重。公當國日久，每以所得禄賜，分散宗族，未嘗私以官爵。或勸以乘時廣布枝葉，固本之術也。公曰：「金幣資給足以樂生，若假之官守，設有不肖者干違常憲，吾不能廢公法而徇私情。且狡兔三穴，吾不爲也。」

辛丑春二月，上疾篤脈絶。皇后不知所以，召公問之。公曰：「今朝廷用非其人，天下罪囚必多寃枉，故天變屢見。宜大赦天下。」因引宋景公熒惑退舍之事以爲證。后亟欲行之。公曰：「非君命不可。」頃之，上少蘇，后以爲奏。上不能言，頷之而已。赦發，脈復生。冬十一月，上勿藥已久，公以太一數推之，奏不宜畋獵。左右皆曰：「若不騎射，何以爲樂？」獵五日而崩。癸卯，后以儲嗣問公。公曰：「此非外姓臣所當議，自有先帝遺詔在，遵之則社稷甚幸！」

奧都剌合蠻方以貨取朝政，執政者亦皆阿附。唯憚公詛其事，則以銀五萬兩賂公。公不受，事有不便於民者，輒中止之。時后已稱制，則以御寶空紙付奧都剌合蠻，令從意書填。公奏曰：「天下先帝之天下，典章號令自先帝出。必欲如此，臣不敢奉詔。」尋復有旨，奧都剌合蠻奏準事理，令史若不書填則斷其手。公曰：「軍國之事，先帝悉委老臣，令史何與焉？事若合理，自是遵行；若不合理，死且不避，況斷手乎？」因厲聲曰：「老臣事太祖、太宗三十餘年，固不負於國家，皇后亦不能以無罪殺臣。」后雖怨其忤己，亦以先朝勳舊，曲加敬憚焉。

公以其年五月十有四日以疾薨於位，享年五十五。蒙古諸人哭之如喪其親戚。和林爲之罷市，絶音樂者數日。天下士大夫莫不茹泣相弔。以中統二年十月二十日葬於玉泉東瓮山之陽，從遺命也。以漆水國夫人蘇氏祔。先娶梁氏，以兵亂隔絶，歿於河南之方城。生子鉉，監開平倉，卒。蘇氏，東坡先生四世孫威州刺史公弼之女，生子鑄，今爲中書左丞相。孫男十一人，曰希徵，曰希勃，曰希亮，曰希寬，曰希素，曰希周，曰希光，曰希逸，曰希□，曰希□，曰希□。女孫五人，適貴族。

公天姿英邁，迴出人表。雖案牘滿前，左酬右答，咸適其當。又能以忠勤自將，嘗會計天下九年之賦，毫釐有差，則通宵不寐。平居不妄言笑，疑若簡傲，及一被接納，則和氣温温，令人不能忘。平生不治生産，家財未嘗問其出入。及其薨也，人有譖之者曰：「公爲相二十年，天下貢奉，皆入私門。」后使衛士視之，唯名琴數張，金石遺文數百卷而已。篤於好學，不舍晝夜。嘗誡諸子曰：「公務雖多，晝則屬官，夜則屬私，亦可學也。」其學務爲該洽。凡星曆、醫卜、雜算、内算、音律、儒釋、異國之書，無不通究。嘗言西域曆五星密於中國，乃作麻答把曆，蓋回鶻曆名也。又以日食躔度與中國不同，以大明曆浸差故也，乃定文獻公所著乙未元曆行於世。

既葬公七年，今丞相持進士趙衍狀以銘見屬。國家承大亂之後，天綱絶，地軸折，人理滅，所謂更造夫婦肇有父子者，信有之矣。加以南北之政，每每相戾，其出入用事者又皆諸國之人，言語之不通，趣向之不同，當是之時，而公以一書生孤立於廟堂之上，而欲行其所學，戛戛乎其難哉！幸賴明天子在上，諫行言聽，故奮袂直前，力行而不顧。然而其見於設施者十不能二三，而天下之人，固已鈞受其賜矣！若此時非公，則人之類又不知其何如耳！銘曰：

帝王之興，輔弼是賴。誰其尸之，不約而會。阿衡返商，尚父歸周。風雲一旦，竹帛千秋。赤氣告祥，龍飛朔野。義師長驅，削平天下。儒服從容，左右彌縫。克誠厥功，惟中令公。令公維何？代掌爕理。太師之孫，文獻之子。白璧堂堂，維國之華。帝曰斯人，天賜我家。重明耀離，大命既革。乾旋坤轉，如再開闢。内外疇咨，付之鈞司。吾國吾民，汝翼汝爲。公拜稽首，曰敢不力。權輿帝墳，草創人極。郡國相師，以殺爲嬉。陰盜赤子，弄兵潢池。涣號一布，捷於風雨。指麾羣雄，圈豹檻虎。賢哲深藏，固拒牢關。潛行公卿，求活草間。隨材擇用，鬱爲榱棟。網羅四方，狩麟蒐鳳。府庫填充，粟帛流通。公於是時，蕭何關中。臺閣討裁，典章燦焕。公於是時，玄齡貞觀。逋俘纍纍，蔽野僵屍。我燠而寒，我飽而飢。圍城惴惴，假息寸晷。我解其縛，我生其死。生息長養，教誨飲食。民到於今，家受其賜。惟天雖高，其監則明。乃祚元子，再秉樞衡。勳在盟府，名昭國史。富貴壽考，哀榮終始。莓莓新阡，浩浩流泉。不朽載傳，尚千萬年。

（四部叢刊本國朝文類卷五十七）

二、耶律文正公年譜

王國維　撰

庚戌金章宗明昌元年。六月二十日，公生。（公元一一九〇年）

公諱楚材，字晉卿，遼東丹王突欲八世孫。王生燕京留守政事令婁國，留守生將軍國隱，將軍生太師合魯，合魯生太師胡篤，胡篤生定遠將軍內剌，定遠生榮禄大夫、興平軍節度使德元，始歸金朝。其弟聿魯案元遺山集二十七尚書右丞耶律公神道碑作族弟。生履，興平鞠以爲子，遂爲之後，以文章行義受知於世宗，擢翰林待制，再遷禮部侍郎。章宗即位，有定策功，進禮部尚書、參知政事，終於尚書右丞，謚曰文獻，即公之考也。元文類五十七宋子貞撰公神道碑。始娶蕭氏，遼貴族，再娶郭氏，岵山世胄之孫，三娶楊氏，名士曇之女。子三人，長曰奉國上將軍、武廟署令辨才，次曰龍虎衛上將軍、贈工部尚書善才，文獻神道碑。三即公也。公以明昌元年六月二十日生。文獻公通術數，尤邃太玄，私謂所親曰：「吾年六十而得此子，吾家千里駒也，他日必成偉器，且當爲異國用。」因取左氏之「楚雖有材，晉實用之」以名字。神道碑。

辛亥，二年。二歲。（公元一一九一年）

夏六月丙午，文獻公薨。戊申，權殯於都城南柳村。詔百官會喪。中使宣慰其家，賜錢一百萬。秋八月辛巳，車駕臨奠，宰相百官陪。賜謚曰文獻，賜錢二百萬，帛四百匹，重幣四十端。九月庚午，葬於義州弘政縣東南鄉先塋之側。詔同知臨海軍節度使營護喪事。文獻神道碑。案文獻之薨，元遺山撰神道碑繫於明昌元年，宋周臣撰公神道碑云公三歲而孤，則當在明昌三年，今從金史章宗紀及本傳。元史本傳及神道碑均不著公鄉里。公子鑄雙溪醉隱集寓歷亭詩注云予家遼上後家醫無閭，今觀文獻先塋在義州醫無閭山，則公本義州弘政人矣。

壬子，三年。三歲。（公元一一九二年）

公生三歲，母夫人楊氏誨育備至。神道碑。

癸丑，四年。四歲。（公元一一九三年）

甲寅，五年。五歲。（公元一一九四年）

乙卯，六年。六歲。（公元一一九五年）

丙辰，承安元年。七歲。（公元一一九六年）

丁巳，二年。八歲。（公元一一九七年）

戊午，三年。九歲。（公元一一九八年）

己未，四年。十歲。（公元一一九九年）

庚申，五年。十一歲。（公元一二〇〇年）

辛酉，泰和元年。十二歲。（公元一二〇一年）

壬戌，二年。十三歲。（公元一二〇二年）

學詩書。文集十二爲子鑄作詩三十韻：「十三學詩書」。

癸亥，三年。十四歲。（公元一二〇三年）

甲子，四年。十五歲。（公元一二〇四年）

乙丑，五年。十六歲。（公元一二〇五年）

丙寅，金章宗泰和六年。蒙古太祖元年。十七歲。（公元一二〇六年）

公年十七，書無所不讀，爲文有作者氣。金制，宰相子得賜補省掾，公不就。神道碑。欲試進士科，章宗詔如舊制，問以疑獄數事。時同試者十七人，公所對獨優，遂辟爲掾。元史本傳。文集十二爲子鑄作詩三十韻云：「二十應制策」，蓋舉成數也。是歲，蒙古太祖稱皇帝。元史太祖紀。

丁卯，七年。二年。十八歲。（公元一二〇七年）

戊辰，八年。三年。十九歲。（公元一二〇八年）

泰和末，母夫人教授禁中。文獻神道碑。

己巳，衛紹王大安元年。四年。二十歲。（公元一二〇九年）

庚午，二年。五年。二十一歲。（公元一二一〇年）

辛未，三年。六年。二十二歲。（公元一二一一年）

是歲，春二月，蒙古太祖將兵伐金，敗金師於野狐嶺。八月，又敗之於會河川。九月，拔德興府。哲伯入居庸關，抵中都。太祖紀。

壬申，崇慶元年。七年。二十三歲。（公元一二一二年）

癸酉，至寧元年。宣宗貞祐元年。八年。二十四歲。（公元一二一三年）

公倅開州。案本傳與神道碑均不紀年，文集九和平陽張彦升見寄詩云：「天兵出雲中，一戰平城破。居庸守將亡，京畿驛騎邏。有客赴澶淵（予嘗倅開州），無人送臨賀。奸臣興弑逆，時君遠遷播。」皆此年及次年事，則公倅開州當在是年。 是歲秋七月，蒙古兵克宣德府，遂拔德興，哲伯取居庸關。八月，金胡沙虎弑其主允濟。太祖紀。

甲戌，貞祐二年。九年。二十五歲。（公元一二一四年）

宣宗南渡。公兄辨才、善才皆扈駕。遺山集二十六龍虎衛上將軍耶律公墓誌銘及二十七奉國上將軍武廟署令耶律公墓誌銘。 公留中都，丞相完顏承暉留守燕京，行尚書省事，表公爲左右司員外郎。神道碑。 是歲，始參萬松老人。文集八萬松老人評唱天童覺和尚頌古從容菴録序云：予既謁萬松，杜絶人迹，屏斥家務，雖祁寒大暑，無日不參。焚膏繼晷，廢寢忘餐者幾三年。誤被法恩，謬膺子印，以湛然居士從源目之。案公得法在二十七歲，則始參當在是年。 是歲夏五月，金主遷汴。六月，蒙古兵圍中都。太祖紀。

乙亥，三年。十年。二十六歲。（公元一二一五年）

公圍閉京城絶粒六十日，守職如恒，行秀湛然集序。是歲夏五月，中都陷。太祖紀。

丙子，四年。十一年。二十七歲。（公元一二一六年）

受顯訣于萬松老人。行秀湛然集序。文集十二爲子鑄作詩三十韻：「禪理窮畢竟，方年二十七。」

文：貧樂菴記丙子日南至。文集八。

丁丑，興定元年。十二年。二十八歲。（公元一二一七年）

戊寅，二年。十三年。二十九歲。（公元一二一八年）

春三月，蒙古太祖徵詣行在。西遊録。入見，太祖謂公曰：「遼與金爲世讎，吾與汝已報之矣。」公曰：「臣父祖以來皆嘗北面事之，既爲臣子，豈敢復懷二心讎君父耶？」上雅重其言，處之左右，神道碑。呼曰「吾圖撒合里」而不名。吾圖撒合里，蓋蒙古語長髯人也。本傳。

繫年詩：過閭局河四首案閭局河即元史之臚朐河，西遊記之陸局河。公過此河當在詣行在時。然四首用邱長春辛巳出塞詩韻，又有親見陰山凍鼠冰語，乃辛壬間在西域所追作也。文集五。

己卯，三年。十四年。三十歲。（公元一二一九年）

初，西域殺蒙古使者，太祖紀。太祖西征，公從。禡旗之際，雨雪三尺，上惡之。公曰：「玄冥之氣見於盛夏，克敵之徵也。」本傳。公從征，夏六月過金山。西遊録「道出金山時方盛夏秋九月望，過松關文集三過夏國新安縣，時丁亥九月望也，詩云「昔年今日渡松關」，注西域陰山有松關。

繫年詩：過金山用人韻文集一。 過陰山和人韻七古。 又五律。 又七律。 又七律。 再用前韻，七古。以上文集二。 過金山和人韻三絶文集七。案以上九章皆用邱長春辛巳年所作原韻，乃辛、壬間在西域時追作。

庚辰，四年。十五年。三十一歲。（公元一二二〇年）

春三月，太祖克蒲華城。夏五月，克尋思干城。太祖紀。公皆從。冬復至蒲華。文集六再過西域山城驛詩序。 大雷，上以問公。公曰：「梭里檀當死中野。」已而果然。梭里檀，回鶻王稱也。神道碑。

繫年詩：贈蒲察元帥七首 庚辰西域清明以上文集五。 夢中偶得正月。文集六。

辛巳，五年。十六年。三十二歲。（公元一二二一年）

夏，太祖駐蹕鐵門關。太祖紀。 角端見，公奏請祭之。案此事元人紀載紛如，然年月事實均有舛誤。神道碑：「行次東印度國鐵門關，侍衞者見一獸鹿形馬尾，緑色而獨角，能爲人言曰：『汝君宜早回。』上怪而問公。公曰：『此獸名角端，日行一萬八千里，解四夷語，是惡殺之象，蓋上天遣之以告陛下，願承天心宥此數國人命，實陛下無疆之福。』上即日下詔班師。」元史略採其語入太祖紀及本傳，皆繫於甲申。癸辛雜志亦著其說，蓋亦出於神道碑。然近程同文跋西遊記、魏默深撰海國圖志均不信其說。予案庶齋老學叢談引耶律柳溪詩云：「角端呈瑞移御營，扼吭問罪西域平。」自注：角端日行萬八千里，能言曉四夷之語。昔我聖祖皇帝出師問罪西域，辛巳歲，駐蹕鐵門關。先祖中書令奏曰：「五月二十日晚，近侍人登山見異獸，二目如炬，鱗身五色，頂有一角，能人言，此角端也，當於見所備禮祭之，仍依所言□□則吉」云云。是角端之見在辛巳五月，時太祖方欲南行，尚在班師之前二年。宋周臣誤合爲一，後人遂疑爲虛妄，由未考柳溪之説也。旋歸尋思干。冬十一月，長春真人邱處機應詔至尋思干，得燕京士大夫音問，公作詩寄之。閏十二月，復至蒲華城。文集六再過西域山城驛詩序。是歲，子鑄生。文集十二爲子鑄作詩三十韻序云：「乙未，爲子鑄壽，作是詩以遺之，鑄方年十有五也。」由乙未上溯十五年爲辛巳，是鑄生於此年。

繫年詩：西域寄中州禪老序云：「恨離師太早，淘汰未精，起乳慕之念，作是詩以寄之。」蒲華城夢萬松老人序云：「辛巳閏月，蒲華城夢萬松老人法語諄諄，覺而猶見其彷彿，作詩以寄。」寄巨川宣撫序云：「巨川宣撫文武兼資，詞翰俱妙，陰陽歷數無所不通。嘗舉法界觀序云：『此宗門之捷徑也。』今觀瑞應鶴詩，巨川首唱焉，歎其多能，作是詩以美之。」案巨川名檝，元史有傳，時以宣撫使駐燕京，與邱長春善，瑞應鶴事見長春真人西遊記。公素惡全真教，此詩序云美之，實譏之也。寄南塘老人張子真案西遊記：師登寶玄堂傳戒，有數鶴自西北來，人皆仰之，焚簡之際，一簡飛空而滅，且有五鶴翔舞其上。南塘老人張天度子真作賦美其事，諸公皆有詩云云。觀瑞鶴詩卷獨子進治書無詩案西游記有李士謙子進。寄德明案西游記有吴章德明，又有吴德明大卿，李庭寓菴集二挽吴德明詩注云：「公太原石州人，承安初中乙科，崇慶末始赴召南渡，丙午春捐館。」才卿外郎五年止惠一書案西游記有師謂才卿。寄清溪居士秀玉案西游記有陳時可秀玉。困學齋雜録通寂老人陳時可字秀玉，燕人，金翰林學士，仕國朝爲燕京路課税所官。神道碑乃奏立十路課税所設使副，如燕京路陳時可、宣德路劉中天下之選。 戲秀玉 寄張子聞 寄用之侍郎案西游記有劉中用之。 和正卿待制韻案西游記有趙中立正卿。 寄仲文尚書案西游記有楊彪仲文。 雪軒老人邦傑久不惠書作詩怨之 謝王清甫惠書案西游記有王直哉清甫。以上諸人大率與長春相識，且於瑞鶴卷題詩，故寄諸人詩當皆在長春抵西域後，或不盡是年作矣。 再過西域山城驛序云庚辰之冬，馳驛西域，過山城驛中。辛巳暮冬再過題其驛壁。案山城驛當在尋思干、蒲華二城之間。 辛巳閏月西域山城值雨 十七日早行始憶昨日立春 是日驛中作窮春盤 西域蒲華城贈蒲察元帥 乞車 戲作二首以上文集六。

壬午，元光元年。十七年。三十三歲。（公元一二二二年）

公居尋思干。夏至行在。五月長星見西方，上以問公。公曰：「女直國當易主矣。」逾年而金主死。於是每將出征，必令公預卜吉凶。上亦燒羊髀骨以符之。神道碑。秋，太祖班師。九月，至尋思干。冬十二月，駐蹕霍闌没輦。西游記。

繫年詩：壬午西域河中游春十首 游河中西園和王君玉韻四首案此與邱長春壬午游西園詩用韻相同，蓋君玉亦和長春韻也。公和長春韻詩皆不著其名。 河中游西園四首案亦用邱長春韻。 河中春游有感五首案亦用長春韻。 壬午元日二首，以上文集五。

又在西域所作詩無年月可考者皆此三年中作：復用過陰山和人韻唱玄 用前韻送王君玉西征二首 用前韻感事二首 思親有感二首 思友人 贈李郡王筆自注云：李郡王

嘗爲西遼執政。又文集八醉義歌序云：「及大朝之西征也，遇西遼前郡王李世昌於西域。予學遼字於李公，期歲頗習。」以上文集二。　寄移剌國寶　和景賢十首　又一首案他詩題或作鄭景賢，末首云：「龍岡醫隱本知幾」，即西游記所謂三太子之醫官鄭公者也。太宗即位，猶爲侍醫，見文集十四謝龍岡遺鹿尾二絶詩序。　和王君玉韻以上文集三。　乞扇　感事四首案亦用邱長春韻。　西域家人輩釀酒戲書屋壁　西域從王君玉乞茶因和其韻七首以上文集五。　西域河中十詠　西域和王君玉詩二十首　西域有感　西域元日以上文集六。　贈遼西李郡王　西域嘗新瓜以上文集七。　醉義歌文集八。

文：進征西庚午元曆表文集八。案太祖時公歷官史無明文。表云欽承皇旨，待罪清臺。考大唐六典靈臺郎注漢則雜候上林清臺，後漢又作靈臺，守候日月氣，是清臺謂司天臺也。公此時當爲司天臺官。文集四再用韻謝非熊召飯詩云「聖世因時行夏正，愚臣嗜數愧春官」。文集七和景賢七絶詩云：「龍庭十載典南訛。」亦公嘗官司天臺之證。又知公於太宗初年尚居是官也。

癸未，二年。十八年。三十四歲。（公元一二二三年）

春正月，太祖駐蹕賽藍南三程之大川。西游記。

甲申，哀宗正大元年。十九年。三十五歲。（公元一二二四年）

秋，公在西域阿里馬城文集八萬松老人評唱天童覺和尚頌古從容菴録序。

文：萬松老人評唱天童覺和尚頌古從容菴録序甲申中元日，文集八。

乙酉，二年。二十年。三十六歲。（公元一二二五年）

是歲春正月，太祖還行宮。太祖紀。公尚留西域。冬在西域瀚海軍之高昌城。文集八辨邪論序。

文：辨邪論序乙酉日南至。文集八。

案：太祖西征之年，史文舛駁，茲表列之：

	元朝祕史	皇元聖武親征録西域史同	元史甲	元史乙	西游記	西游録及湛然居士文集
己卯	征回回。	以西域殺商，集各將帥會議西域事，定軍中章程。	夏六月，西域殺使者。帝親征，遂取訛答剌城，擒其酋哈只兒只蘭秃。		五月，劉仲禄在乃滿國兀里朶得旨。	西游録，大舉西伐，道過金山。
庚辰		上至也兒的石河，住夏。秋，進兵，所過城皆克。至斡脱羅兒城，上留二太子、三太子攻守，尋克之。	春三月，帝克蒲華城。夏五月，克尋思干城。	夏，駐蹕也兒的石河。秋，攻斡脱羅兒城，克之。		文集八上征西庚午元曆表，庚辰，聖駕駐蹕尋思干城。文集六再過西域山城驛詩序，庚辰之冬，馳驛西域，過山城驛。

續表

	元朝祕史	皇元聖武親征録西域史同	元史甲	元史乙	西游記	西游録及湛然居士文集
辛巳		上與四太子進攻卜哈兒、薛迷思干等城，皆克之。大太子又克養吉干、八兒真等城。上駐軍於西域速里壇避暑之地，命忽都忽那顏爲前鋒。秋，分遣大太子、二太子、三太子率右軍攻玉龍傑赤城。於是上進兵過鐵門關，命四太子攻也里泥沙兀兒等城。		春，帝攻卜哈兒、薛迷思干等城。皇子朮赤攻養吉干、八兒真等城，並下之。夏四月，駐蹕鐵門關。秋，帝攻班勒紇等城。皇子朮赤、察合台、窩闊台分攻玉龍傑赤等城，下之。冬十月，皇子拖雷克馬魯察葉可馬魯、昔剌思等城。	七月，帝將兵追算端汗至印度。冬，土寇壞河梁（阿母河）。十二月，二太子發軍復整舟梁，土寇已滅。	雙溪醉隱集一凱歌樂詞注：昔我太祖皇帝出師問罪西域，辛巳歲夏，駐蹕鐵門關。

續表

		壬午
元朝祕史		
皇元聖武親征録西域史同	上親克迭兒密城。又破班勒紇城，圍守塔里寒寨。冬，四太子又克馬魯察葉可馬盧、昔剌思等城。	春，四太子又克徒思匿察兀兒等城。上以暑氣方隆，遣使招四太子速還。因經木剌奚國，大掠之。渡搠搠蘭河，克野里等城。上方攻塔里寒
元史甲		
元史乙		春，皇子拖雷克徒思匿察兀兒等城。還經木剌夷國，大掠之。渡搠搠闌河，克也里等城，遂與帝會，合兵攻塔里寒寨，拔之。夏避暑塔里寒
西游記		夏四月，邱長春從車駕廬於雪山避暑。上約四月十四日問道，將及期，有報回紇山賊指斥者，上欲親征，因改卜十月吉。八月八日，發邪米
西游録及湛然居士文集		

續表

西游録及湛然居士文集	西游記	元史乙	元史甲	皇元聖武親征録西域史同	元朝祕史
	思干。十二日，過碣石城。中秋，抵河上，即夜過班里城。其衆新叛去，尚聞犬吠。二十二日及行宫。二十七日車駕北回。九月朔，渡航橋而北。下旬至邪米思干大城西南三十里。十月朔駐蹕大城之東二十里。十二月駐蹕霍闌没輦之東。	寨。西域主札闌丁出奔與滅里可汗合，忽都忽與戰不利，帝自將擊之，擒滅里可汗。札闌丁遁去，遣八剌追之不獲。		寨。朝覲畢，并兵克之。三太子克玉龍傑赤城。大太子還營所。寨破後，二太子、三太子始來朝覲。是夏避暑於塔里寒寨高原。時西域速里壇札蘭丁遁去，遂命哲别追之。再遣速不台、拔都爲繼，又遣脱忽察兒殿其後。哲别至蔑里可汗城，不犯而	

續表

元朝祕史	
皇元聖武親征録西域史同	過。速不台、拔都亦如之。脱忽察兒至，與其外軍戰。蔑里可汗懼，棄城走。忽都忽那顔聞之率兵進襲。時蔑里可汗與札蘭丁合就戰。我不利，遂遣使以聞。上自塔里寒寨率精鋭往擊之。追及辛目連河，獲蔑里可汗，屠其衆。札蘭丁脱身入河泳水而逸。
元史甲	
元史乙	
西游記	
西游録及湛然居士文集	

續表

西游録及湛然居士文集		癸未
元朝祕史		
皇元聖武親征録西域史同	遂遣八剌那顔將兵急追之，不獲。因大虜忻都人民之半而還。	春，上率兵循辛目連河而上。命三太子循河而下。至昔斯丹城，欲攻之，遣使來稟命。上曰：隆暑將及，宜別遣將攻之。夏，上避暑于八魯灣川，候八剌那顔，因討近敵，悉平之。八剌那顔
元史甲		
元史乙		夏，避暑八魯灣川。皇子朮赤、察合台、窩闊台及八拉兵來會，遂定西域。諸城置達魯花赤監治之。
西游記		春正月二十一日，東還一程，至一大川。東北去賽藍約三程。
西游録及湛然居士文集		

續表

	元朝祕史	皇元聖武親征録西域史同	元史甲	元史乙	西游記	西游録及湛然居士文集
		軍至，遂行至可温寨。三太子亦至。上既定西域，置達魯花赤於各城監治之。				
甲申	至額兒的石地面過夏。	旋師，住冬避暑，且止且行。		帝至東印度國，角端見，班師。		
乙酉	回禿剌黑河林舊營。	春，上歸國。自出師西域至此凡七年。		春正月，還行宫。		

丙戌，三年。二十一年。三十七歲。（公元一二二六年）

冬十一月，靈武下。諸將争掠子女財幣，公獨取書數部、大黄兩駝而已。既而軍士病疫，唯得大黄可愈，所活幾萬人。神道碑。

繫年詩：除戎堂二首序云：王師西征，賢帥賈公留後，於雲内築除戎堂於城之西阿，以練戎事。予道過青塚，公召予宴於是堂，鴻筆大手，題詩灑墨，錯落於楹棟間，皆讚揚公之盛德云云。文集七。

文：糠孽教民十無益論序丙戌重午日題於肅州鄯善城。文集十三。

丁亥，四年。二十二年。三十八歲。（公元一二二七年）

秋七月，太祖崩於靈州。皇四子拖雷監國。冬，公奉詔搜索經籍赴燕京。文集八燕京崇壽禪院故圓通大師朗公碑銘云：丁亥之冬，予奉詔搜索經籍，馳傳來京。

繫年詩：丁亥過沙井和移剌子春韻二首文集二。　過東勝用先君文獻公韻二首　過夏國新安縣原注：時丁亥九月望也。　過青塚用先君文獻公韻　過青塚次賈摶霄韻二首　再用韻以美摶霄之德　再用韻自歎行藏　再用韻感古　再用韻唱玄　過雲川和劉正叔韻　過雲中和張伯堅韻　過雲中和張仲先韻　過雲中和王正夫韻　過白登和李正之韻　過天城和靳澤民韻　過武川贈僕散令人案歸潛志九元遺山權國史院編修官時，末帝召故僕散阿海女子入宫，俄以人言其罪，又蒙放出，元因賦金谷怨樂府詩，案即集中芳華怨，其人至汴京，破後尚存此詩。有班姬流落云云，或即贈其人耶。　過燕京和陳秀玉韻五首　還燕京題披雲樓和諸士大夫韻以上文集三。　扈從旋師道過東勝秦帥席上繼杜受之韻文集十四。

戊子，五年。睿宗監國元年。三十九歲。（公元一二二八年）

公再使燕時，燕多劇賊，未夕，輒曳牛車指富家取其財物，不與則殺之。時睿宗以皇子監國，事聞，遣中使偕公往窮治之。公詢察得其姓名，皆留後咸得卜親屬及勢家子。盡捕下獄。其家賂中使將緩之。公示以禍福。中使懼，從其言，獄具，戮十六人於市，燕民始安。本傳神道碑略同，案中使者塔察兒也。元史塔察兒傳睿宗監國，聞燕京盗賊恣意殘殺，直指富庶之家，載運其物，有司不能禁，乃遣塔察兒、耶律楚材窮治其黨，誅首惡十有六人，由是巨盗屏迹。

繫年詩：和李德修韻案詩有「歷日隨時建夏寅」句，與文集四再用韻謝非熊召飯詩合。文集三。　和呂飛卿韻　再用韻贈國華　謝飛卿飯　再用韻記西游事　再用韻贈摶霄　再用韻謝非熊召飯　再用韻唱玄　再用韻　和摶霄韻代水陸疏文因其韻爲詩十首　寄賈摶霄乞馬乳　謝馬乳復用韻二首　贈摶霄筆　再用韻寄摶霄二首　再用韻別非熊　贈賈非熊摶霄　和李振之二首　非熊兄弟餞予之燕再用振之韻　和連國華三首　連國華餞予出天山因用韻　還燕和吴德明　和竹林一禪師韻　送韓浩然用馬朝卿韻案雙溪醉隱集三亦收此詩。　戊子喜雨用馬朝卿韻二首　戊子餞非熊仍以呂望磻溪圖爲贈以上文集四。　戊子繼武川劉摶霄韻文集七。

己丑，六年。太宗元年。四十歲。（公元一二二九年）

春，公在燕京。秋，太宗將即位，宗親咸會，議猶未決，時睿宗爲太宗親弟，故公言於睿宗曰：「此宗社大計，宜早定。」睿宗曰：「事猶未集，别擇日可乎？」公曰：「過是無吉日矣。」遂定策立儀制。乃告親王察合台曰：「王雖兄，位則臣也，禮當拜。王拜則莫敢不拜。」王深然之。及即位，王率皇族及臣僚拜帳下。既退，王撫公曰：「真社稷臣也。」元代尊屬有拜禮自此始。時朝集後期應死者衆，公奏曰：「陛下新即位，宜宥之。」太宗從之。本傳。是歲命河北漢民以户計出賦調，命公主之。太宗紀。

繫年詩：和楊居敬韻二首有「聖主龍飛第一年」句。文集二。釋奠序云：「王巨川能於灰燼之餘草創宣聖廟，以己丑二月八日丁酉率諸士大夫釋而奠之，禮也。諸儒相賀曰：『可謂吾道有光矣！』是日，四衆迎奉釋迦遺像行城，歡聲沸沸，僕皆預其禮。」文集三。己丑過雞鳴山案金史地理志德興府德興縣有「雞鳴山地當燕京雲中間大路。」此詩云「三年四度過雞鳴」，謂丁亥戊子二度奉使燕京，至己丑始返過此凡四次也。又云「殘花濺淚千程别」，則過此山時當在春末。文集四。

文：題恒岳飛來石己丑清明日。西游録序己丑元日。以上文集八。和公大禪師塔記己丑清明日。文集十三。

庚寅七年。二年。四十一歲。（公元一二三〇年）

時中原甫定，民多誤觸禁網，而國法無赦令。公議請肆宥，衆以云迂。公獨從容爲帝言，詔自庚寅正月朔日前事勿治，且條便宜一十八事頒天下。其略言：郡宜置長吏、牧民，設萬户總軍，使勢均力敵，以遏驕横。中原之地財用所出，宜存恤其民。州縣非奉上命敢擅行科差者罪之。貿易借貸官物者罪之。蒙古、回鶻、河西諸人種地不納税者死。監主自盗官物者死。應犯死罪者，具由申奏，待報然後行刑。貢獻禮物爲害非輕，深宜禁斷。帝悉從之，唯貢獻一事不允，曰：「彼自願饋獻者，宜聽之。」公曰：「蠹害之端，必由於此。」帝曰：「凡卿所奏無不從者，卿不能從朕一事耶？」本傳。秋七月，帝自將南伐，公從。拔天成等堡，遂渡河攻鳳翔。太宗紀。初太祖之世，歲有事西域，未暇經理中原，官吏多聚斂自私，資至鉅萬，而官無儲徛。近臣別迭等言：「漢人無補於國，可悉空其人以爲牧地。」公曰：「陛下將南伐，軍需宜有所資，誠均定中原地税商税鹽酒鐵冶山澤之利，歲可得銀五十萬兩、帛八萬匹、粟四十餘萬石，足以供給，何謂無補哉！」帝曰：「卿試爲朕行之。」乃奏立燕京等十路徵收課税使，凡長貳悉用士人。如陳時可、趙昉等皆寬厚長者，極天下之選，參佐皆用省部舊人。本傳。案太宗紀繫於冬十一月。

繫年詩：和王巨川韻有「聖駕徂征率百工」句。文集三。謝王巨川惠蠟梅因用其韻　和王巨川題武成王廟　又用韻　又一首　和景賢七絶　又四絶　和景賢二絶　和高冲霄二首以上文集七。

文：燕京崇壽禪院故圓通大師朗公碑銘庚寅六月望日。文集八。

辛卯，八年。三年。四十二歲。（公元一二三一年）

春二月，克鳳翔，攻洛陽、河中諸城，下之。夏五月，帝避暑於九十九泉。秋八月，幸雲中，公皆從。太宗紀。帝至雲中，十路課稅使咸進廩籍及金帛，陳於廷中。帝笑謂公曰：「汝不去朕左右而能使國用充足，南國之臣復有如卿者乎？」對曰：「在彼者皆賢於臣。臣不才，故留燕爲陛下用。」帝嘉其謙，賜之酒，即日拜中書令，並以粘合重山爲左丞相，鎮海爲右丞相，事無鉅細皆先白之。本傳。公奏凡州郡宜令長吏，專理民事，萬户總軍政，課稅所掌錢穀，各不相統攝，遂爲定制。權貴不能平，咸得卜激怒皇叔，斡辰大王。俾專使來奏，謂公「悉用南朝舊人，且渠親屬在彼，恐有異志，不宜重用。」且以朝廷所忌，誣構百端，必欲置之死地。上察見其誣，怒逐來使。神道碑。冬十月，帝復親征金，圍河中。十二月己未，拔之。太宗紀。

繫年詩：再過晉陽獨五臺開化二老不遠迎文集二，又見文集四，題作贈五臺長老。過太原南陽鎮題紫薇觀壁三首文集六。題古并覃公秀野園案牧庵集二十八河東檢察李公墓誌銘：「武仙襲太原，獨交城爲吾守。或譏覃帥。雖閉壁實未嘗一出決戰，意視勝負誰在以爲歸也。假王欲攻之。公遣人語帥，翌日當悉力與賊角，不然屠矣。帥如其言。」又元史良吏傳：「譚澄父資榮，金末爲交城令。國兵下河朔，乃以縣來附，賜金符，爲元帥左都監，仍兼交城令。未幾賜虎符，行元帥府事。從攻汴有功。」此覃公當即其人。題昭上人松菊堂案遺山文集三十七有太原近禪師語録引。請照老住華塔　華塔照上人請爲功德主有「晉陽名刹昭千區。華塔叢林冠一隅」語。請真老住華塔　請玉公住太原開化以上文集七。再過太原題覃公秀野園文集十。以上皆太原作。和平陽王仲祥韻有「冰巖上新句」語。案公文集有平水冰巖老人王鄰序。和李世榮韻以上文集一。題平陽君實吟醉軒案孟攀鱗序公文集云：省僚王子卿、李君實、許進之、王君玉、薛正之，是君實後爲中書省屬官。文集二。題平陽李君實此君軒文集六。題平陽劉子寧玄珠堂　過平陽高廷英索詩强爲一絶案元史太宗紀二年冬十一月，始置十路徵收課税使，楊簡、高廷英使平陽。以上文集七。吟醉軒文集十。以上平陽作。憩解州邵薛村洪福院　邵薛村道士陳公求詩以上文集七。以上解州作。和黄華老人題獻陵吴氏成趣園詩文集一。案此上諸詩皆作於太原、平陽、解州及獻陵。公去年扈駕至鳳翔，及是春由鳳翔回，是冬又扈駕攻河中，屢過此等地方，然則諸詩皆去歲或是歲所作矣。和移剌子春見寄五首文集三。和李邦瑞韻二首案元史本傳，李邦瑞字昌國，以字行，京兆臨潼人。和邦瑞韻送奉使之江表案元史太宗紀，三年夏九月，遣綽不干使宋假道。宋殺之，復遣李國昌使宋需糧。以上文集四。

壬辰，天興元年。四年。四十三歲。（公元一二三二年）

春，帝南征。將涉河，詔逃難之民來降者免死。或曰：「此輩急則降，緩則走，徒以資敵，不可宥。」公請製旗數百以給降民，使歸田里，全活甚衆。本傳。正月戊子，帝由白坡渡河。太宗紀。公先東歸，與鄭景賢游濟源，時圍汴甚急，公長兄辨才、仲兄善才皆在圍城中。公以旨索之。金主召見二人於隆德殿，均再拜乞留死。主幸和議可成，賜金幣，固遣之。君臣相視泣下。二月十七日，善才自投内東城濠水中死，年六十一。辨才歸，留寓真定。遺山集二十六龍虎衞上將軍耶律公墓誌銘及二十七奉國上將軍武廟署令耶律公墓誌銘。夏四月，帝出居庸，避暑官山，留速不台圍南京。太宗紀。

繫年詩：王屋道中文集二。王屋道中文集七。過濟源和香山居士韻文集二。過濟源登裴公亭用閑閑老人韻四首　再用前韻四首　復用前韻四首以上文集七。過沁園有感文集五。過覃懷二絶文集七。過清源謝汾水禪師見訪文集二，又見文集四，題作過清源贈法華禪師。案秋澗先生大全集七十二題耶律公手書濟源詩後：「故中書令耶律公當壬辰歲過濟瀆，留題詩翰，逮今歲龍集適一甲子。其孫希逸始託總尹靳榮俾刻石祠下」云云，是濟源諸詩皆壬辰所作，而王屋道中詩云：「風軟卻教冰泛水，寒輕還使雪成泥。行吟想像覃懷景，多少梅花坼玉溪。」又過沁園有感詩云：「水外無心修竹古，雪中含恨瘦梅新」，是此游尚在春初，太宗鈞州之役，公未嘗扈駕也。和裴子法見寄案牧庵集二十七安西路同州儒學正潘君阡表，楊時、邳大用、裴子法、吕仲和諸公皆前朝名進士。用李德恒韻寄景賢　過天德和王輔之四首　槐安席上和張梅韻　過天寧寺用彦老韻二首　過天山周敬之席上和人韻二首案敬之名未詳，時爲天山守。文集十四周敬之修夫子廟云「可愛風流賢太守，天山剏起仲尼居。」和人韻以上文集二。

和威寧珍上人韻有「南征又自大梁還」句。文集三。寄武川摩訶院圓明老人五首　過天德用遷上人韻　武川摩訶院請爲功德主以上文集七。和吕飛卿有「盟津既渡諸侯喜，親見王舟躍白魚」句。文集九。過深州慈氏院有「今年扈從次饒溝」句。文集十。

文：評唱天童拈古請益後録序壬辰重陽日序於天山。文集八。

癸巳，天興二年。五年。四十四歲。（公元一二三三年）

春正月，金主奔歸德，金元帥崔立以南京降。夏六月，金主奔蔡。太宗紀。蒙古制，凡敵人拒命，矢石一發，則殺無赦。汴京垂陷，首將速不台遣人來報，且言此城相抗日久，多殺傷士卒，意欲盡屠之。公馳入奏曰：「將士暴露凡數十年，所争者地土人民耳。得地無民，將焉用之？」上疑而未决。復奏曰：「凡弓矢甲仗金玉等匠及官民富貴之家皆聚此城中，殺之則一無所得，是徒勞也。」上始然之。詔除完顔氏一族外，餘皆原免。時避兵在汴者户一百四十七萬，仍奏選工匠儒釋道醫卜之流散居河北，官爲給贍。其後攻取淮漢諸城，因爲定例。神道碑。時河南初破，俘獲甚衆，軍還逃者十七八。有旨居停逃民及資給者滅其家，鄉社亦連坐。由是逃者莫敢舍，多殍死道路。公從容進曰：「河南既平，民皆赤子，走復何之，奈何因一俘囚連死數十百人乎？」帝悟，命除其禁。本傳。金宣宗之南遷也，公兄辨才、善才皆扈駕，比公西游，公母楊太夫人與妻梁夫人亦南行，初居東平。文集六思親二首云：「老母琴書老自娱，吾山側近結蘧廬。」吾山即魚山，在東平。文集十送姪了真行詩云：「吾兄繼世禄，襲封食東平。」乃公家湯沐邑。公兄子鈞北歸亦居東平乃其一證。後寓嵩山。文集五感事四首：「山寺幽居思少室，梅花歸夢繞揚州。萱堂温凊十年闕，負米供親媿仲由。」又文集六思親之二：「故園屈指八千里，老母行年六十餘。何日挂冠辭富貴，少林佳處卜新居。」曰少室曰少林皆嵩高事。又文集十送姪了真行詩「前歲陽翟破，道服潛偷生。」又文集十三祭姪女淑卿文：「欲爲尼於嵩高。」而公妻梁氏亦歿於河南之方城。是汴京圍城之際公家皆在嵩南，故太宗爲公理索二兄而不及其他眷屬。公拜中書令後，太夫人尚在。文集二過天寧寺用彦老韻：「十年不得舞衣斑，行盡天涯萬里山。廣閣伴食空皓首，蒼生未濟漫胡顔。」可以爲證。逮金亡，則公妻先逝，太夫人亦已棄養。文集四邦瑞乞訪親因用其韻：「干戈擾擾戰交侵，一紙安書值萬金。兄子生還愁未解，萱堂仙去恨尤深。涕零倚木西風怨，腸斷聞鈴夜雨淋。養老送終真有憾，號天如割望雲心。」是作此詩時太夫人已卒。考李邦瑞乞訪親事見於元史邦瑞傳云：「邦瑞使宋還，因奏干戈之際宗族離散，乞歸尋訪。帝諭速不䚟、察罕、匣剌達海等以隸諸部者悉歸之。」案邦瑞使宋在太宗辛卯，其歸當在壬辰。而速不䚟統兵原在壬癸甲三年，察罕統兵則在乙未以後，是邦瑞乞訪親亦當爲甲乙二年中事。公太夫人之卒當在壬辰、癸巳間矣。金亡後，公兄子鈞、鏞及兄女了真、淑卿皆北歸，而了真、淑卿公又贖之於俘虜中，故有「兄子生還愁未解」句。

繫年詩：燕京大覺禪寺奥公乞經藏記既成以詩戲之案記見文集八，末署癸巳中秋。文集九。扈從冬狩序云：「癸巳，扈從冬狩，獨予誦書於穹廬中，因自譏云。」文集十。

文：司天判官張居中六壬祛惑鈐序癸巳中秋日。苗彦實琴譜序癸巳中秋後二日。燕京大覺禪寺創建經藏記癸巳中秋日。以上文集八。

甲午，天興三年。六年。四十五歲。（公元一二三四年）

春正月，蔡州陷，金主自焚死，金亡。太宗紀。是歲詔括户口，以大臣忽覩虎領之。國初方事進取，所降下者因以與之，自一社一民，各有所主，不相統屬。至是始隸州縣。朝臣共欲以丁爲户，公獨以爲不可。皆曰：「我朝及西域諸國莫不以丁爲户，豈可捨大朝之法而從亡國政耶？」公曰：「自古有中原者未嘗以丁爲户，若果行之，可輸一年之賦，隨即逃散矣。」卒從公議。時諸王大臣及諸將校所得驅口，往往寄留諸郡，幾居天下之半。公因奏括户口，皆籍爲編民。神道碑。

繫年詩：和琴士苗蘭韻案元史禮樂志太宗十六年，太常用許政所舉大樂令苗蘭詣東平指授工人造琴十張。文集四。　用秀玉韻序云：甲午之秋，秀玉殿學遠以新詩寄東坡杖，因用原韻謝之。　用樗軒散人韻謝秀玉先生見惠東坡杖　謝西方器之贈阮杖序云：了然居士素蓄東坡鐵杖、泊地字號阮，真絶世之寶也。天兵既克汴梁，先生攜二君來燕，欲藏之，恐不能終寶。欲贈湛然，南北相去不知其幾千里，慮中道浮沈，是以獻諸秀玉殿學、田公奉御，欲轉致於予也。甲午之秋，陳、田入覲，果饋之於我，亂道數語，用酬厚意。　鼓琴　扈從羽獵狼山宥獵　對雪鼓琴　和董彦才東坡鐵杖詩二十韻以上文集十。　用張道亨韻　題龐居士陰德圖　和馮揚善韻案遺山集七有送馮揚善提領關中三教詩。　和秀玉韻　示從智答聶庭玉繼柏巖大禪師韻　和張善長韻　愛棲巖彈琴聲法二絶文集八苗彥實琴譜序：「古唐棲巖老人，苗公秀實其名，彥實其字，善於琴事，爲當今第一。壬辰之冬，王師圍汴梁，予奏之朝廷，索棲巖於南京，得之，達范陽而棄世。其子蘭挈遺譜而來，凡四十餘曲。」　冬夜彈琴頗有所得亂道拙語三十韻以遺猶子蘭序云：「苗蘭琴事深得棲巖之遺意。甲午之冬，予扈從羽獵，以足疾得告，凡六十日，對彈操弄五十餘曲，棲巖妙旨，於是盡得之。　夜坐彈離騷　彈秋宵步月秋夜步月二曲　彈秋水　彈秋思用樂天韻二絶示景賢　彈廣陵散終日而成因賦詩五十韻　吾山吟　從萬松老師乞玉博山　寄萬壽潤公禪師用舊韻寄聖安澄公禪師　寄甘泉禪師謝惠書　送房孫重奴行　從龍溪乞西巖香并方　借琴戲景賢　再用前韻二首　寄景賢　再用知字韻戲景賢　復用前韻戲呈龍崗居士兼善長詩友二首　慕樂天　彈廣陵散以上文集十一。　琴道喻五十韻以勉忘憂進道　彈琴逾時作解嘲以呈萬松老師以上文集十二。　子鑄生朝潤之以詩爲壽予因繼其韻以遺之甲午重午前三日。文集十四。

文：楞嚴外解序甲午清明後五日。　釋氏新聞序甲午上元後一日。以上文集十三。

乙未，蒙古太宗七年。四十六歲。（公元一二三五年）

朝議以回鶻人征南、漢人征西，以爲得計。公極言其不可，曰：「漢地、西域相去數萬里，比至敵境，人馬疲乏，不堪爲用，況水土異宜，必生疾疫。不若各就本土征進，似爲兩便。」争論十餘日，其議遂寢。神道碑。

繫年詩：乙未元日 付從究 旦日遺從祖序云乙未旦日。 旦日示從同仍簡忘憂序云乙未旦日。 元日勸忘憂進道序云乙未元日。 轉燈序云乙未元日。 録寄新詩呈沖霄有「録寄新詩三十首」句。案自卷十一之首至此詩前凡三十首，知即公所録示沖霄者也。以上文集十一。 贈高善長一百韻文集十三約善長和詩戰書序云：「予奉善長詩百韻，仍乞光和。渠謙抑退讓，以降啓見戲，予亦戲作戰書以督之，聊發一笑耳。」書首云「維旃蒙協洽之歲，三月甲午朔」。 爲子鑄作詩三十韻序云：「乙未爲子鑄壽，作是詩以遺之。鑄方年十有五也。」以上文集十二。 雲漢遠寄新詩四十韻因和而謝之詩末題乙未閏月上旬。案遺山集十有馬雲漢方鏡背有飛魚詩，其前有燕都送馬郎中北上詩。又名臣事略十二引王文康公言行録：「公行時，故人馬雲漢以宣聖畫像爲贈。」 德新先生惠然見寄佳製二十韻和而謝之詩末題乙未閏月上休日。案中州集七，王革字德新，一名著，以蔭補官，碌碌筦庫，垂三十年。正大中以六赴廷試，賜出身調宜君簿，年七十八，終於雲中。又歸潛志五，王革字德新，宏州人。北渡後居雲内，後遷雲中。以上文集十四。

文：屏山居士金剛經別解序乙未元日序於大磧黄石山。 書金剛經別解後乙未清明日。 約善長和詩戰書乙未三月甲午朔。 萬松老人萬壽語録序乙未夏四月序於和林城。 祭姪女淑卿文乙未三月二十六日。案淑卿名舜婉，公仲兄善才之女。祭文云：「吾兄按察載振於清風。」考善才兩爲節度使，則按察謂善才也。又云：「德播人口，名達帝聰。遣使求於故鄉，有詔入於深宮。守志持節，慎心飭躬，垂及知命，尚爲嬰童，古所未有，來者孰同。章奏久掌，名位日隆。上謂之女學士，人呼之宫相公。屢有諫諍，多所彌縫，德殊辭輦之班，功勝當熊之馮。忽家亡而國破，歎勢盡而途窮。果全身而不辱，示微疾而善終」云云，是淑卿曾入金掖庭，金亡之後，歸於公所，踰年而卒。乃元遺山作善才墓誌但云女二人，嫁士族，而不及淑卿，何耶？以上文集十三。

丙申，八年。四十七歲。（公元一二三六年）

春，萬安宫成，太宗紀。上會諸王貴臣，親執觴以賜公曰：「朕之所以推誠任卿者，先帝之命也。非卿，則天下亦無今日。朕之所以得高枕而卧者，卿之力也。」蓋太祖晚年，屢屬於上曰：「此人天賜我家，汝他日國政當悉委之。」神道碑。有于元者奏行交鈔。公曰：「金章宗時初行交鈔，與錢通行，有司以出鈔爲利，收鈔爲諱，謂之老鈔，至以萬貫唯易一餅，民力困竭，國用匱乏，當爲鑒戒。今印造交鈔，宜不過萬錠。」從之。本傳。秋七月，忽覩虎以户口來，上議割裂諸州郡分賜諸王貴族，以爲湯沐邑。公曰：「尾大不掉，易以生隙，不如多與金帛，足以爲恩。」上曰：「業已許之。」復曰：「若樹置官吏，必自朝命，除恒賦外，不令擅自徵斂，差可久也。」從之。是歲始定天下賦税，每二户出絲一斤，以供官用，五户出絲一斤，以與所賜之家。上田每畝税三升半，中田三升，下田二升，水田五升。商税三十分之一，鹽每銀一兩四十斤，已上皆爲永額。朝臣皆謂太輕。公曰：「將來必有以利進者，則已爲重矣。」侍臣脱歡奏選室女，勅中書省發詔行之。公持之不下。上怒，召問其故。公曰：「向所刷室女二十八人尚在燕京，足備後宫使令，而脱歡傳旨，又欲徧行選刷，臣恐重擾百姓，欲覆奏陛下耳。」上良久曰：「可。」遂罷之。又欲於漢地拘刷牝馬。公言：「漢地所有繭絲五穀耳，非産馬之地，若今日行之，後必爲例，是徒擾天下也。」乃從其請。神道碑。

繫年詩：丙申元日爲景賢壽　丙申上元夜夢中偶得　送門人劉德真征蜀　送門人劉復亨征蜀　喜和林新居落成　題新居壁　和林建佛寺疏文集十四。

文：和林城建行宫上梁文文集十三。

文集中詩文訖於丙申，其詩作於和林者，皆癸巳、甲午、乙未、丙申四年中作，兹彙録之：和李世榮見寄　和李世榮韻　再用其韻　又索六經　和移剌繼先韻三首　和薛伯通韻鹿尾　和裴子法韻　和許昌張彦升見寄案河汾諸老詩集二有石泉張先生，字彦升詩。　和南質張學士敏之見贈七首案中州集七，張本字敏之，覲津人。貞祐二年進士，工於大篆及八分。四十歲後學詩，詩殊有古意。正大九年，以翰林學士從曹王出質。客居燕京長春宫將十年，後游濟南病卒。第七首有「今日龍庭忽見君」句，似敏之亦曾至和林。　和張敏之鳴鳳曲韻　和孟駕之韻案元史孟攀麟傳，字駕之，雲内人。和陳秀玉谿梨詩韻案此詩作於秀玉入覲時。秀玉於甲午、乙未二年均至和林，見文集十謝西方器之贈阮杖詩序及元史太宗紀。　和冀先生韻以上文集一。　和景賢還書韻二首　外道李浩求歸再用韻示景賢案遺山集三十九，癸巳歲寄中書耶律公書：「竊見南中士大夫歸河朔者，在所有之，臨淄人李浩其一人也。」

外道李浩和景資霏字韻予再和呈景賢以上文集二。　和解天秀韻　用萬松老人韻作十詩寄鄭景賢萬松老人真贊　贈萬松老人琴譜　寄曲陽戒壇會首大師　寄景賢十首　和景賢韻三首和李世榮韻以上文集三。　和王正之韻三首案中州集五王監使特起字正之，此別一人。祝忘憂居士壽案集中贈忘憂詩甚多，且屢爲代作。疏文又稱劉潤之爲忘憂門下館客，乃當時一貴人，而與公厚善者。此詩有「玉佩丁東照蘭省」句。則忘憂曾入中書省，此時中書兩丞相，鎮海與公不咸，而粘合重山與公善，疑即粘合也。　蠟梅二首　謝禪師□公寄閭山紫玉　和鄭壽之韻　寄沙井劉子春　和人韻二首　和武川嚴亞之見寄五首　邦瑞乞訪親因用其韻　和李邦瑞韻以上文集四。　用鹽政姚德寬韻　用昭禪師韻二首　和薛正之見寄案孟攀鱗撰公文集序有省僚薛正之。　和冲霄韻五首案孟攀鱗撰公文集序有門下士高冲霄。　和冲霄十月桃花韻二首　用薛正之韻以上文集五。　和景賢見寄　用劉潤之乞冠韻　和楊彥廣韻以上文集六。　和張敏之詩七十韻三首　次韻黃華和同年九日詩十首　寄雲中東堂和尚　謝萬壽潤公和尚惠書　寄龍溪老人乞西巖香　謝聖安澄公饋藥　和王正夫韻　繼孟雲卿韻　次雲卿見贈　和王正夫憶琴　繼宋德懋韻三首　和平陽張彥升見寄　跋白樂天慵屏圖　和請住東堂疏韻寄倪公首座案遺山集三十五壽聖禪寺功德記萬壽長老僧、洪倪暨余皆河東人。　戲陳秀玉以上文集九。案卷九以上皆作於癸巳前。　和邦瑞韻送行　繼希安古詩韻　和非熊韻　又　用李君實韻

繼崔子文韻　繼武善夫韻　寄冰室散人　寄平楊潤和尚　紅梅二首　寄西菴上人用舊韻四首　和漁陽趙光祖二詩案歸潛志十四有漁陽趙著光祖贈詩。　自贊　和韓浩然韻二首　張漢臣因入覲索詩案遺山集二十八，歸德府總管范陽張公先德碑，范陽張公漢臣名子良。又元史張子良傳，字漢臣，涿州范陽人，京東路行尚書省兼都總帥，管領宿州。　和謝昭先韻　德恒將行以詩見贈因用元韻以見意云　送文叔南行　和馮揚善九日韻　示石州劉企賢　和劉子中韻序云蓬山散人劉詡子中，頗通儒，幼依全真出家，今已還俗。案遺山集十九內翰王公墓表，公游泰山，從事上谷劉詡子中以嚴侯命從公。是子中嘗爲東平從事。　李庭訓和予詩見寄復用元韻以謝之案中州集八，李過庭字庭訓，武亭人。又遺山集三十九寄中書耶律公書：「南中士大夫歸河朔者，秦人張徽、楊焕然、李庭訓。」　寄暠公堂頭同參案遺山集三十七有暠和尚頌序。　寄移剌子春寄妹夫人詩云「三十年前旅永安，鳳簫樓上倚闌干」。注：先叔故居之樓名。案遺山集二十七耶律文獻公神道碑：「初興平養公爲子，後生子震，興平捐館，悉推家資予之。及震卒，妻子貧無以爲資，復收養之。」此妹夫人蓋震之女。　送姪九齡行案公羣從惟鈞年最長。此詩云「而方知命正宜歸」，則年與公相若，九齡殆鈞字也。　送姪了真行案詩云：「吾兄繼世禄，襲封食東平。」蓋公長兄辨才之女。　和少林和尚英粹中山堂詩韻案雙溪小集有木菴老衲性英跋。遺山集二寄英禪師詩「愛君山堂句，深靖如幽蘭。」　和武善夫韻　和馮揚善韻以上文集十。　寄東林　戲劉潤之　用劉潤之韻以上文集十一。　勉景賢　劉潤之館於忘憂門下作述懷詩有弟子二三同會食誰曾開口問先生之句予感而和之　劉潤之作詩有厭琴之句因和之　懷古一百韻寄張敏之示忘憂　和金城寶宮旭公禪師三絶　再和世榮二十韻寄薛玄之　蘭仲文寄詩二十六韻勉和以謝之案歸潛志十四有金城蘭光庭仲文贈詩，又遺山集十有蘭仲文郎中見過詩。　又　又　用曹楨韻序云楨，金城人，字幹臣。案遺山集十有送曹幹臣詩。　怨浩然　從國才索閑閑煎茶賦　再賡仲祥韻寄之序云：「金城薛玄之用李世榮舊韻寄詩於予，索拙語已和寄，忽思冰巖，再賡仲祥元韻以寄之。」寄金城士大夫　誠之索偈案誠之，劉復亨字，見文集十四送劉征蜀詩。　遺姪淑卿香方偈以上文集十二。　潤之館於忘憂門下生徒乘駟渠徒步抵和林城有詩云破帽麻鞋布腿裲强扶衰病且徒行區區不道圖他甚一夜山妻駡到明予憐而和之　贈景賢　寄東林寄萬壽潤公禪師

寄甘泉慧公和尚　龍崗以鹿尾數十枚遺予因録近和人詩數篇以報仍作詩二絶爲引和景賢贈鹿尾二絶　中秋召景賢飲　請定公住大覺疏　補大藏經板疏武川摩訶院刱建瑞像殿疏　請奥公住崇壽院　寄聖安澄老乞藥　信之和予酬賈非熊三字韻見寄因再賡元韻以復之四首案河汾諸老詩集一麻信之革有上雲内帥賈君詩，是信之曾爲賈氏客，此信之當即麻革也。　用梁斗南韻案遺山集三十九寄中書耶律公書：「耆舊如馮内翰叔獻、梁都運斗南。」　贈姪正卿詩云：「遼室東丹九葉芳，曾陪劍佩侍明昌。」案公姪鈞與公年相若，得及侍明昌則正卿與文集十之姪九齡殆一人也。

寄張鳴道　送省掾郭仲仁行　送燕京高慶民行案元史太宗紀：「十年秋八月，陳時可、高慶民等言諸路旱蝗，詔免今年田租，仍停舊未輸納者，俟豐歲議之。」　和趙廷玉子贇韻案遺山集十八禮部尚書趙公神道碑，公諱思文字廷玉，子贇，尚書省令史。　贈東平主事王玉汝案元史王玉汝傳，字君璋，鄆人。嚴實入據鄆，署玉汝爲掾史，稍遷至行臺令史。　周敬之修夫子廟　寄萬壽堂頭乞湖山　寄東林同參　寄簡堂頭　寄孔雀便面奉萬松老師　答倪公故人　送王璘行　繼介邱穆景華韻　繼平陶張才美韻　德柔嘗許作鞍玉轡且數年矣作詩以督之案德柔，劉敏字。見遺山集二十八大丞相劉氏先塋神道碑。元史劉敏傳失載。　卜鄰一絶寄鄭景賢　寄岳君索玉博山　雲中重修宣聖廟疏寄光祖　送德潤南行　再和萬壽潤禪師書字韻五首　贈景賢玉潤鳴泉琴　景賢作詩頗有思歸意因和元韻以勉之　景賢召予飲以事不果翌日予訪景賢值出予開樽盡醉而歸留詩戲之　和賢景召飲韻　趙州柏樹頌　黄龍三關頌　和太原元大舉韻　太原修夫子廟疏以上文集十四。　此外不知何時作者如左：

和百拙禪師　從聖安澄老借書　題西菴所藏佛牙二首　和移剌繼先韻二首　寄雲中卧佛寺照老　寄平陽净名院潤老　贈雲川張道人　贊李俊英所藏觀音像案至元辨僞録三：長春問湛然中書觀音贊意，中書輕而不答。有識聞之，莫不絶倒。觀音贊殆謂此詩，則此詩亦壬午以前在西域所作歟？　題西菴歸一室以上文集二。　西菴上人住夏禁足以詩戲之文集四。　用劉正叔韻文集五。

和松月野衲海上人見寄二詩　用李德恒韻　松月老人寄詩因用元韻　和薛正之韻以上文集六。　用李邦瑞韻　寄平陽浄名潤老　和鄭景賢韻　和李茂才寄景賢韻　和李漢臣韻四首　和北京張天佐見寄　過天山和上人韻二絶　題張道人扇二首　題誌公圖　題黄山墨竹便面　請住東堂　請倪公　請巖公禪師詣天德作水陸大會　和賈摶霄韻二絶　和高麗使三首　夢中偶得　和武善夫韻二首　題寒江接舫圖　題黄梅出山圖　夢中贈聖安澄老　跋定僧巖　詠探春花用高冲霄韻　寄休林老人　再和西菴上人韻　和薛伯通韻四絶　和松菊堂主人照老見寄三詩　洞山五位頌　大陽十六題　天德海上人寄詩用元韻　寄白雲上人用舊韻　和房長老二絶以上文集七。

丁酉，九年。四十八歲。（公元一二三七年）

公奏曰：「制器者必用良工，守成者必用儒臣。儒臣之事業，非積數十年殆未易成也。」帝曰：「果爾可官其人。」公曰：「請校試之。」乃命宣德州宣課使劉中隨郡考試，以經義、詞賦、論分爲三科。儒人被俘爲奴者亦聽就試，得士凡四千三十人，免爲奴者四之一。本傳。始諸王貴戚皆得自起驛馬，而使臣猥多。馬悉倒乏，則豪奪民馬以乘之。城郭道路所至騷動。及其到館，則要索百端，供饋稍緩，輒被箠撻，館人不能堪。公奏給牌劄，仍定飲食分例，其弊始革。公陳時務十策：一曰信賞罰，二曰正名分，三曰給俸禄，四曰封功臣，五曰考殿最，六曰定物力，七曰汰工匠，八曰務農桑，九曰定土貢，十曰置水運。上雖不能盡行，亦時擇用焉。回鶻阿散迷阿失告公私用官銀一千錠。上召問公。公曰：「陛下試詳思之，曾有旨用銀否？」上曰：「朕亦憶得嘗令修蓋宮殿用銀一千錠。」公曰：「是也。」後數日，上坐萬安殿，召阿散迷阿失詰之，遂服其誣。太原路課税使副以贓罪聞。上讓公曰：「卿言孔子之教可行，儒者皆善人，何故亦有此輩？」公曰：「君父之教，臣子豈欲陷之於不義；而不義者亦時有之。三綱五常之教，有國有家者，莫不由之，如天之有日月星辰也。豈可因一人之有過，使萬世常行之道獨見廢於我朝乎？」上意乃解。神道碑。是歲十一月十一日，長兄辨才卒於真定，年六十有七。遺山集二十七奉國上將軍武廟署令耶律公墓誌銘。

戊戌，十年。四十九歲。（公元一二三八年）

秋，天下大旱蝗。上問公以禦之之術。公曰：「今年租賦乞權行倚閣。」上曰：「恐國用不足。」公曰：「倉庫現在，可支十年。」許之。初，籍天下户，得一百四萬，至是逃亡者十四五，而賦仍舊，天下病之。公奏除逃户三十五萬，民賴以安。燕京劉忽篤馬者，陰結權貴，以銀五十萬兩撲買天下差發。涉獵發丁者，以銀二十五萬兩撲買天下係官廊房地基水利豬雞。劉庭玉者，以銀五萬兩撲買燕京酒課。又有回鶻以銀一百萬兩撲買天下鹽課，至有撲買天下河泊橋梁渡口者。公曰：「此皆姦人欺下罔上，爲害甚大。」咸奏罷之。嘗曰：「興一利不若除一害，生一事不若減一事，人必以班超之言蓋平平耳，千古之下，自有定論。」神道碑。

己亥，十一年。五十歲。（公元一二三九年）

上素嗜酒，晚年尤甚，日與諸大臣酣飲。公數諫不聽，乃持酒槽之金口曰：「此鐵爲酒所蝕，尚致如此，況人之五臟，有不損耶？」上悦，賜以金帛，仍敕左右日進酒三鍾而止。時四方無虞，上頗怠於政事，姦邪得以乘間而入。初公自庚寅年定課税，所額每歲銀一萬錠。及河南既下，户口滋息，增至二萬二千錠。而回鶻譯史安天合至自汴梁，倒身事公，以求進用。公雖加獎借，終不能滿望。即奔詣鎮海，百計行間。案雙溪醉隱集六龔山塋域詩序尊大夫居臺省，竟爲伴食所沮，曾不得行其道之萬一。伴食亦謂鎮海也。首引回鶻奥都剌合蠻撲買課税增至四萬四千錠。公曰：「雖取四十四萬亦可得，不過嚴設法禁，陰奪民利耳。民窮爲盜，非國之福。」而近侍左右皆爲所啗，上亦頗惑衆議，欲令試行之。公反覆争論，聲色俱厲。上曰：「汝欲鬭搏耶？」公力不能奪，乃太息曰：「撲買之利既興，必有躡跡而篡其後者，民之窮困，將自此始。於是政出多門矣。」公正色立朝，不爲少屈，欲以身殉天下，每陳國家利病生民休戚，辭氣懇切，孜孜不已。上曰：「汝又欲爲百姓哭耶？」然待公加重。神道碑。

庚子，十二年。五十一歲。（公元一二四〇年）

國初盜賊充斥，商賈不能行，則下令凡有失盜去處，周歲不獲正賊，令本路民户代償其物，前後積累動以萬計。又所在官吏取借回鶻債銀，其年則倍之，次年則并息又倍之，謂之羊羔利。積而不已，往往破家散族，以至妻子爲質，然終不能償。公爲請於上，悉以官銀代還，凡七萬六千錠。仍奏定今後不以歲月遠近，子本相侔，更不生息，遂爲定制。神道碑。案碑繫於丙申，據元史太宗紀當在此年。

繫年詩：贈劉陽門跋云：「庚子之冬，陽門劉滿將行索詩，以此贈之，賞其能治也。暴官猾吏豈不媿哉。」下署玉泉。此詩真蹟今藏武進袁氏。

辛丑，十三年。五十二歲。（公元一二四一年）

春二月，上疾篤脈絶。皇后不知所以，召公問之。公曰：「今朝廷用非其人，天下罪囚必多冤枉，故天變屢見。宜大赦天下。」因引宋景公熒惑退舍之事以爲證。后亟欲行之。公曰：「非君命不可。」頃之，上少蘇，后以爲奏。上不能言，頷之而已。赦發，脈復生。冬十一月，上勿藥已久，公以太一數推之，奏不宜畋獵。左右皆曰：「若不騎射，何以爲樂！」獵五日而崩。神道碑。

壬寅，皇后乃馬真氏稱制元年。五十三歲。（公元一二四二年）

癸卯，二年。五十四歲。（公元一二四三年）

后以儲嗣問公。公曰：「此非外姓臣所當議，自有先帝遺詔在，遵之則社稷幸甚。」神道碑。夏五月，熒惑犯房。公奏曰：「當有驚擾，然訖無事。」居無何，朝廷用兵，事起倉卒，后遂令授甲選腹心，至欲西遷以避之。公曰：「朝廷天下根本，根本一搖，天下將亂。臣觀天道必無患也。」後數日乃定。本傳。案：時皇叔斡赤斤引兵趨和林。奧都剌合蠻方以貨取朝政，執政者亦皆阿附，惟憚公沮其事，則以銀五萬兩賂公。公不受，事有不便於民者，輒中止之。時后已稱制，則以御寶空紙付奧都剌合蠻，令從意書填。公奏曰：「天下先帝之天下，典章號令自先帝出。必欲如此，臣不敢奉詔。」尋復有旨奧都剌合蠻奏準事理，令史若不書填則斷其手。公曰：「軍國之事，先帝悉委老臣，令史何與焉！事若合理，自是遵行；若不合理，死且不避，況斷手乎！」因厲聲曰：「老臣事太祖、太宗三十餘年，固不負於國家，皇后亦不能以無罪殺臣。」后雖怨其忤己，亦以先朝勳舊，曲加敬憚焉。神道碑。是歲，夫人蘇氏卒。

甲辰，三年。五十五歲。（公元一二四四年）

夏五月十有四日，公薨。案：太宗紀及本傳皆云甲辰夏五月薨。神道碑上敍癸卯年事。下即云公以其年五月十四日薨，似以公卒年在癸卯，與元史不合。然遺山撰文獻神道碑曰「癸卯秋八月，中令君使謂好問」云云，則癸卯八月公尚無恙。河汾諸老詩集一，麻革中書大丞相挽詞下注甲辰五月十四日，並與公享年五十五歲合，則元史是而神道碑誤也。蒙古諸人哭之如喪其親戚，絶音樂者數日。天下士大夫莫不涕泣相弔。以中統二年十月二十日葬於玉泉東甕山之陽，從遺命也。案雙溪醉隱集六甕山塋域詩序尊大人領省塋域在燕都，面北一舍，西至玉泉五里，實曰甕山，寢園居在，昊天罔極。禪寺之右正寢，去隧東北百餘步。以漆水國夫人蘇氏祔。先娶梁氏，以兵亂隔絶，歿於河南之方城。生子鉉，監開平倉卒。案鉉卒年無考，當遠在公卒後。雙溪醉隱集三有壬子秋日客舍紀事因寄家兄詩。考壬子爲憲宗二年，在公卒後八年，而開平府之名命於中統元年，則鉉之卒當在中統元年之後，至元五年以前。公卒後以鑄襲公位，領中書省，亦用蒙古重少子之俗，非其時鉉已前卒也。蘇氏，東坡先生四世孫威州刺史公弼之女，生子鑄，爲中書左丞相。案元史附公傳。孫男十一人：曰希徵，曰希勃，曰希亮，元史有傳。曰希寬，曰希素，曰希周，曰希光，曰希逸，案元史云淮東宣慰使。曰希□，曰希□，曰希□。案元史以爲皆鑄子。程雪樓文集九秦國文靖公神道碑，女一，適荆湖北道宣慰副使耶律希圖，中書左丞相鑄之子也，是失名三人中其一名希圖。

女孫五人。神道碑。

癸卯春，蘇夫人卒，公使子鑄奉其喪歸燕京，殯於玉泉山東五里之甕山。案雙溪醉隱集六，有護先妣國夫人喪南行奉別尊大人領省詩云：「重重門户無人到，深閉桃花一院春。」則以春杪南行也。遺山集四十有中令耶律公祭先妣國夫人文云：「維大朝癸卯歲八月乙巳朔五日己酉，哀子某謹以家奠，敢昭告於先妣國夫人蘇氏之靈」云云，此代文實雙溪作而題中令耶律公，蓋後來追記。因雙溪嗣公領中書省，故題云中令也。又案公墓本在頤和園内，修園時徙於園門之西。并葬伯兄辨才、仲兄善才於義州弘政縣先塋。命鑄招元好問至燕京屬撰文獻神道碑并兩兄墓誌銘。

（王忠慤公遺書内編）

三、耶律文正公年譜餘記

王國維　撰

金史耶律文獻傳及遺山所撰文獻神道碑、元史公傳及宋周臣所撰神道碑，皆不著鄉貫。唯公子鑄雙溪醉隱集注云：「予家遼上後家醫無閭。」四庫總目據之以補史闕。案文獻及公二兄辨才、善才皆葬義州弘政縣，醫無閭山正在其東北。然公家自文獻以後久居燕京，而公詩中多憶閭山之作，如和薛伯通韻云：「閭山舊隱天涯遠，夢裏思歸夢亦難。」文集一。送王君玉云：「安東幸有閭山月，萬頃松風萬山雪。」文集二。和移剌子春見寄第五首云：「他年歸去無相棄，同到閭山舊隱居。」寄景賢第三首云：「十載殘軀游瀚海，積年歸夢繞閭山。」以上文集三。和人韻第一首云：「年來痛憶閭山景，月照茅亭水一圍。」文集四。和沖霄韻第四首云：「無恙閭峯三百寺，遨游吟嘯老餘生。」文集五。和武善夫韻第一首云：「何時致政閭山去，三徑依然松菊寒。」文集七。次韻黄華和同年九日詩第五首云：「洛陽失金谷，閭山有别野。」文集九。謝西方器之贈阮杖云：「抱桐扶杖閭山巔，舉觴笑詠秋風邊。」繼武善夫韻云：「北闕欲辭新鳳閣，東州元有舊閭山。」鼓琴云：「湛然有幽居，祗在閭山陰。」送姪九齡行云：「閭山自有當年月，一舸西風賦式微。」以上文集十。信之和余酬賈非熊三字韻見寄因再賡元韻以復之第四首云：「舊隱醫閭白霫南，故山佳處好停驂。」文集十四。」語意皆明指遼東之醫無閭。然其繼孟雲卿韻云：「歸歟奚待鬢雙皤，無恙閭山聳岌峨。萬壑松風思仰嶠，千巖煙雨憶平坡。」文集九。案仰嶠、平坡皆燕京名刹，仰嶠今仰山，平坡即翠微山香界寺。則閭山亦當謂西山，而謂之閭山者，當時或有所避忌，故爲謾語也。公生長燕京，似無隱閭山之事，然則集中閭山皆作西山觀可也。

文獻食邑東平，金史與神道碑均不載。公送姪了真行詩云：「吾兄繼世禄，襲封食東平。」文集十。是東平與公家亦有因緣。東平有魚山亦謂之吾山，漢武瓠子歌所謂「功無已時兮吾山平」者也。公詩中亦多説吾山。和移剌繼先韻云：「尚記吾山舊隱居，松風蕭瑟松花落。」又云：「吾山佳處歸休乎，鹿逸平林魚縱壑。」文集一。繼劉搏霄韻云：「不得吾山卧翠霞，西行行徧海之涯。」和武善夫韻云：「遥憶吾山歸未得，故人書簡怨東陽。」以上文集七。次韻黄華和同年九日詩第四首云：「當年别吾山，曾與黄華期。」文集九。又吾山吟云：「吾山吾山予將歸。」文集十一。然公詩中用吾山與閭山同意，亦指西山。如和竹林一禪師韻云：「蒼生未濟歸何益，一見吾山一度羞。」文集四。此詩編於還燕和吴德明之後，蓋亦歸燕京時所作，此讀詩者不當以辭害志也。

契丹有大小字，與女直同。其文字借漢字偏旁，參互錯綜，以表契丹語，與西夏、女直文字體製相同。金史完顔希尹傳謂希尹依仿漢人楷字，因契丹字制度合本國語製女直字。可知女直文字即仿契丹。金制，貴冑凡女直、契丹、漢字曾學其一，即許承襲。是契丹雖亡，其文字仍與女直、漢字並行。然中葉以後，通者漸少。耶律文獻素善契丹大小字，因此辟爲國史院書寫。世宗詔以小字譯唐史，成則別以女直字傳之。文獻在選中，獨主其事。又張景仁謂文獻藏匿遼史，此遼史必契丹國書國史也。是文獻於契丹文字殆屬專門。金源之末，此學遂絶。文正醉義歌序云：「遼朝寺公大師醉義歌，昔先人文獻公嘗譯之。先人早逝，予恨不得一見。及大朝西征，遇西遼前郡王李世昌於西域，予學遼字於李公。期歲頗習，不揆狂斐，乃譯是歌。」文集八。是中原契丹文字已少傳習，故文正於西域習之。然則文正殆可謂通契丹文字最後之一人也。

蒙古初起，用遼大明歷，此事可於文正進征西庚午元曆表文集八。證之。逮太祖歸自西域，或曾改回回歷。太宗嗣位，乃復用大明歷。文正和李德修韻云：「衣冠師古承殷輅，歷日隨時建夏寅。」文集三。又謝非熊召飯云：「聖世因時行夏正，愚臣嗜數媿春官。」文集四。此二詩作於太宗初。行秀湛然居士集序亦稱公志天文以革西歷，則太祖末年必曾用回回歷，回回歲首常在古天正地正間。否則不必作是語也。此事史所不紀，故著之。元史世祖紀至元九年，禁私鬻回回歷亦元初盛行回回歷之證。

文正師事萬松老人，稱嗣法弟子從源。其於禪學所得最深，然其所用以佐蒙古安天下者，皆儒術也。公對儒者則唱以儒治國，以佛治心之説。而寄萬松老人書文集十三。則又自謂此語爲行權。然予謂致萬松一書亦未始非公之行權也。公雖洞達佛理，而其性格實與儒家近，其毅然以天下生民爲己任，古之士大夫學佛者，絶未見有此種氣象。古所謂墨名而儒行者，公之謂歟！

文正於太祖辛巳、壬午駐尋思干。長春真人邱處機適以此時至西域，其相晤對自不待言。公在西域所作詩，其用長春韻者，如過金山用人韻七律一首、用長春贈書生李伯祥詩韻。文集一。過陰山和人韻七古一首、再用前韻七古一首、復用前韻唱玄七古一首、用前韻送王君玉西征七古二首、用前韻感事七古二首、以上用長春自金山至阿里馬城紀行詩韻。過陰山和人韻五律一首、用長春宿鼈思馬大城詩韻。又七律一首、用長春過沙陀望陰山詩韻。又七律一首、用長春渡霍闡没輦河夜行望大雪山詩韻。以上文集二。壬午西域河中游春十首、用長春壬午春分日游邪米思干郭西詩韻。游河中西園和王君玉韻四首、用長春二月望日復游郭西詩第一首韻。河中游西園四首、用長春二月望日復游郭西詩第二首韻。河中春游有感五首、用長春行抵邪米思干大城詩韻。過閭居河四首、用長春出沙陀至魚兒濼詩韻。感事四首、用長春由魚兒濼驛路西行途中述風俗詩韻。以上文集五。過金山和人韻七絶三首、用長春度金山詩韻。文集七。凡四十五篇皆用長春詩韻。而於過金山過陰山則云和人韻，於游河中西園則云和王君玉韻，餘亦不著長春之名。案公作西游録序文集八。以全真爲老氏之邪，而於和劉子中韻詩序文集十。惜其幼依全真，乃有擇術不可不慎之語。又於王巨川首唱瑞應鶴詩則譏之，文集六寄巨川宣撫詩序。李子進不題瑞鶴詩卷則美之。文集六觀瑞鶴詩卷獨子進治書無詩。是公於長春實深致不滿，故和其詩而没其人。然尚未頌言攻之者，則以全真託於老氏，非如糠蘗之託於釋氏故也。

文正以太宗辛卯領中書省，至薨凡十四年，其得君之專，行政之久，實古今所希見。太宗用公雖承太祖遺命，然十三年之間君臣無絲毫之隙。余反覆公詩而得其故焉。案公集中投贈唱和最多者有一人，即鄭景賢是也。集中呈景賢或和景賢之詩至七十五首，占全詩十分之一。全集凡詩文七百七十六首。景賢初與公同在西域，洎於暮年，交誼尤篤。細讀諸詩，其人蓋以醫事太宗，即長春西游記所謂三太子之醫官鄭公者也。景賢號龍岡居士，然名與鄉里均無可考。牧菴集三有鄭龍岡先生挽詩序稱其友高道凝，爲撰埋銘而文不傳。鮮于伯機困學齋雜録紀藏琴之家有鄭太醫而不著其名字，蓋伯機已不能考矣。唯牧菴紀其三大節：「一曰廉，太宗賜銀五萬兩，辭；今上賜鈔二千緡償責，辭。二曰讓，太宗再富以地比諸侯王，再辭；貴以上相位兩中書右，又辭。三曰仁，金以蹙國，汴都尚城守，太宗怒其後服，拔將甘心，公佛逆，曲折陳解，城賴不屠，所全毋慮數十萬人」云云。是太宗之眷景賢蓋出公右。其上相之位固後日所以處公，而汴京之不屠亦公之所力爭而始得者。然則公之相當由景賢，而其平日維持調護於君臣之間，使太宗任公而不疑，公得行其志而無所屈者，亦由景賢之力。不幸而史失其名，然其安天下救生民之功，固不在公下，世有孔子，能不興微管之歎乎！

金亡，時汴京人口據文正神道碑云户一百四十七萬。元史本傳則云凡一百四十七萬人。蓋以户一百四十七萬當得四五百萬人，故改户爲口。然金史哀宗紀，天興元年五月汴京大疫，凡五十日，諸門出死者九十餘萬人，貧不能葬者不在此數。又崔立傳，人人竊相謂曰，攻城之後，七八日之中，諸門出葬者，開封府計之凡百餘萬人。則汴京人口其庶可知。蓋此時河南北被兵，又盜賊蜂起，故金之民人皆萃於汴京，則一百四十七萬户之説當非盡誣。

文正集爲中書省都事宗仲亨所集，癸巳歲始刊於平陽。有平水王鄰及襄山孟攀鱗序。攀鱗亦流寓平陽。次歲萬松老人又爲之序。其集凡九卷，古律詩雜文五百餘首。今本十四卷，凡古律詩雜文七百七十六首。蓋前九卷癸巳所刊，後四卷則甲午以後續增也。然亦至丙申而止。自丁酉至甲辰公薨之年。凡八年，詩文無一篇存者，蓋今之十四卷未爲足本也。

湛然集中律詩以入聲作平聲者凡數十見。此決非訛字，亦非拗體，蓋公習用方言，不自覺其爲聲病也。公爲詩在三十以後，及官既高，人亦無以此告公者，遂有此病。

蒙古之制，凡攻城而抗拒者屠之。故蒙古入中原所屠名城不可勝計。又金國南遷以後，威令不出國門，故山東、河北盜賊蠭起，其禍比蒙古尤烈。劉静修武强尉孫君墓銘：「金崇慶末，河朔大亂，凡二十餘年，數千里間人民殺戮殆盡，其存者以户口計千百不餘一。」又易州太守郭君墓銘：「金貞祐主南遷，而元軍北還，是時河朔爲墟，蕩然無統，强焉弱凌，衆焉寡暴，故其遺民自相吞噬殆盡。」加以蒙古入主中夏，武人專横，其君臣又絶不知有治民之術，若此時無文正人之類，正有不知其何如者。宋周臣之言，非門弟子之私言，乃天下之公言也。

皇元聖武親征録紀太祖庚辰、辛巳、壬午、癸未四年之事，皆遞後一年，而元史太祖紀因之。

元遺山以金源遺臣，金亡後上耶律中書書，遺山集三十九。薦士至數十人。昔人恒以爲詬病，然觀其書則云「以閣下之力，使脱指使之辱，息奔走之役，聚養之，分處之，學館之，奉不必盡具，饘粥足以餬口，布絮足以蔽體，無甚大費」云云。蓋此數十人中，皆蒙古之驅口也。不但求免爲民，而必求聚養之，分處之者，則金亡之後，河朔爲墟，即使免驅爲良，亦無所得食，終必餒死故也。遺山此書，誠仁人之用心，是知論人者不可不論其世也。

（王忠慤公遺書内編）

四、四庫全書總目提要：湛然居士集提要

元耶律楚材撰。楚材字晉卿，遼東丹王八世孫，金尚書右丞履之子。從太祖平定四方。太宗時官至中書令。至順元年追封廣寧王，謚文正。事蹟具元史本傳。耶律或作移剌，蓋譯語之譌。焦竑經籍志以爲兩人，非也。

是集所載詩爲多，惟第八卷、第十三卷、十四卷稍以書、序、碑、記錯雜其中，編次殊無體例，疑傳寫者亂之。史稱其旁通天文、地理、術數及二氏、醫卜之説，宜其多有發揮，而文止於斯，不敵詩之三四，意尚有遺佚歟？然十四卷之數與諸家著録皆符，或經國之暇，唯以吟咏寄意，未嘗留意於文筆也。王士禎池北偶談摘録其贈李郡王筆、寄平陽潤老、和陳秀玉韻、贈蒲察元帥、河中遊西園、壬午元旦諸詩，以爲頗有風味；而稱其集多禪悦之説。考僧行秀所作集序，稱楚材年二十七受顯訣於萬松，盡棄宿學，其耽玩佛經，蓋亦出於素習。平水王鄰則曰：按元裕之中州集，載右相文獻公詩，又稱趙閑閑爲吾道主盟，李屏山爲中州豪傑，知晉卿學問淵源有自來矣。故旁通詣極，而要以儒者爲歸云云。今觀其詩語皆本色，惟意所如，不以研鍊爲工，雖時時出入内典，而大旨必歸於風教。鄰之所云，殆爲能得其真矣。

（四庫全書總目提要卷一六六集部别集類一九）

五、湛然居士文集卷七跋

李文田 撰

湛然集卷七過金山和人韻三首，第一高、牢、號；次流、秋、毬；三清、晴、明。案邱處機西遊記金山詩三絶，第一清、晴、明；次流、秋、毬；三高、牢、號。然則和人者即和邱處機也。西遊記絶不及耶律晉卿，而此集亦絶不聲叙長春一語，殆以晉卿溺釋，長春學道，本不同類，始雖相和，後乃相惡而絶交歟？觀晉卿歸依萬松老人而頗毁老氏，故知其異趣也。偶拈出之。光緒丁亥六月李文田。

晉卿西遊録序、辨邪論序等篇皆專爲攻擊邱處機而作者也。六月十日又識。

（原附漸西本湛然居士文集卷七後）